KB267162

傳說
목 형 게 임 판 타 지 소 설
FANTASY FRONTIER SPIRIT
魔尊傳說
마존전설
Legend Of Dark Master

마존전설 3

목형 게임 판타지 소설

초판 1쇄 찍은 날 § 2005년 6월 13일
초판 1쇄 펴낸 날 § 2005년 6월 23일

지은이 § 목형
펴낸이 § 서경석

편집장 § 문혜영
편집책임 § 서지현
편집 § 장상수 · 최하나

펴낸곳 § 도서출판 청어람
등록번호 § 제1081-1-89호
등록일자 § 1999. 5. 31
어람번호 § 제1-0621호

주소 § 경기도 부천시 원미구 심곡1동 350-1 남성B/D 3F (우) 420-011
전화 § 032-656-4452 팩스 § 032-656-4453
http://www.chungeoram.com
E-mail § eoram99@chollian.net

ⓒ 목형, 2005

ISBN 89-5831-540-7 04810
ISBN 89-5831-537-7 (세트)

魔尊傳說

목형 게임 판타지 소설

FANTASY FRONTIER SPIRIT

Dark

마존전설

Legend Of Dark Master

③

질풍천해(疾風天下)

도서출판 청람

Contents

산을 내려가다

파팍!

콰룽— 콰룽—

단 두 번의 주먹질에 5미터 거리에 있던 거대한 석판이 그대로 가루가 되어 흩어진다. 이미 일류고수를 상회하는 엄청난 무위. 그러나 정작 석판 파괴자로서 남다른 재주를 선보인 수한은 그런 광경에도 그리 신통치 않다는 표정이다.

"…부족해. 역시 권강만으로는 너무 부족해."

연신 불만스러움을 토로하는 수한. 설령 유저 최고수라는 천무검군도 흉내조차 낼 수 없는 광경이건만 이런 소리라니… 역시 짱돌 투척이나 사시미 종횡무진이라는 극단의 조치가 필요할 듯 보인다.

하지만!! 그의 입장에선 그럴 수밖에 없다. 앞으로 11개월 후 벌일 생사대전에서, 그의 상대는 이 정도 일을 손가락 하나만으로 할 수 있는 괴물 중의 괴물. 바로 마교의 부교주이며, 사상 최악의 마두라 불리는 소수마제인 것이다!!

"으아아아아~ 어떡해?! 뭔가 방법이 필요해!!"

어깨를 짓누르는 중압감이 너무 커서일까? 결국 지나친 스트레스의 결과로 땅바닥 뒹굴거리기와 절규로 수련의 마무리를 장식하는 수한이다.

며칠 전 묵성의 숙적, 홍저와 대적하는 도중 묵천파황권을 대성했다. 그 덕에 권강과 호신강기란 특수 스킬을 습득하게 되었으니…….

권강(拳罡). 권풍에 강기를 섞어 방출하는 기술로 강기류 공격 스킬 중 가장 위력이 약한 대신 연발, 연타가 가능한 스킬. 그리고 유저라면 레벨 300 이상에 일급 이상의 권법을 마스터했을 경우 간신히 습득할 수 있다는 특수 스킬이다.

호신강기(護身罡氣). 방어구를 제외한 본신 자체 방어력의 다섯 배를 구현하며, 크리티컬 확률을 50%나 감소시키는 대인 방어 스킬. 그리고 유저라면 레벨 400 이상에 일급 이상 내공심법을 마스터하거나, 혹은 레벨 300 이상에 레어 급 이상의 권법을 마스터할 경우 습득할 수 있는 특수 스킬이다.

한마디로 말하자면 그 둘은 레벨 10의 유저에겐 정말 꿈과 같은 스킬이었고, 때문에 그것을 습득한 순간 수한의 자신감 게이지는 다시 한 번 쭉쭉 올라갔다. 비록 화염과는 묵성에게 양보(?)했지만, 이런 특수 스킬들을 얻었으니 소수마제와의 싸움에서 어느 정도 승산이 있지 않겠는가?

그런 생각 때문일까? 묵성과 헤어진 수한이 수라혈제에게 쪼르르 달려가 새로 익힌 스킬을 자랑한 것은 어쩌면 당연한 일이리라. 그러나 수라혈제는 열심히 떠벌리는 수한을 착잡한 시선으로 바라봤다. 마치 그게 뭐 자랑할 만한 일이냐는 눈초리.

결국 말보다 행동이라… 수라혈제는 자신의 의손자를 연무실로 데려가 가볍게 한 수 펼쳐 보였다.

슬쩍 내민 다섯 손가락에 일순간 생성된 1미터짜리 조강(爪罡)들. 그리고 역시 가볍게 휘저은 손가락에 의해 그대로 썰려지는 집채만한 바위. 만약 수한이 미리 바위의 재질을 확인하지 않았다면, 그것이 바위의 모양을 한 두부인 줄 착각했으리라.

어쨌든 그 광경을 지켜본 수한의 형색은 의기충천(意氣衝天)에서 바로 의기소침(意氣銷沈)으로 바뀌었다. 저런 대단한 무위를 가진 수라혈제도 소수마제에겐 백여 초 만에 패배를 인정했다고 한다. 그런데 그런 괴물과 11개월 후에 자신이 일 대 일로 맞짱을 뜬다? 그는 이제 진지하게 유언장 초고를 어떻게 작성할지 고민할 수밖에 없었다. 이제 간신히 강기를 사용하게 됐는데 아직도 상대의 발꿈치, 아니, 그림자도 못 밟는 상태라니…….

“역시 4단계 무공이 필요해.”

그렇다. 지금 수한에게 남은 유일한 희망은 아수라태천경의 마지막 단계 무공들뿐. 그리고 그것들을 습득하기 위해선 내공심법의 성취가 필요하다.

“그게 안 되니 문제지!!”

결국 늘 하던 대로 땅바닥을 뒹굴거리며 발악하는 수한. 어떻게 좋은 방법이 없는 걸까? 정녕 화염과만이 유일한 방법이란 건가?

“으아아아~ 젠장, 나도 평범하게 게임 좀 하자!!”

남들보다 좀 더, 아니, 아주 빨리 고수가 되고 싶었다. 그래서 남들이 무관에 간다, 사냥을 한다, 비무를 한다고 할 때 자신은 맨몸으로 장백산맥에 올라 기연을 찾아다녔다. 그리고 그 결과가 지금의 상황.

장백산맥에 찾아가기 위해 온갖 고생을 다 했고, 장백산맥에선 영물을 찾기 위해 마물들 입속을 수차례 왕복한 적도 있었다. 거기다 천무검군에게 배신당해 칼침 맞은 적도, 그리고 수천의 군웅들에게 쫓기던 기억도 있다. 결국 마지막엔 이곳에 제 발로 찾아와 요 모양 요 꼴이 되었고.

물론 아주 후회한다는 건 아니다. 결과적으로 볼 때 남들보다 높은(아주~ 높은) 능력치를 가지게 되었고, 남들은 구경조차 못할 유니크 무공까지 습득했다. 그런 좋은 혜택을 받았는데도 불만을 토로한다면, 그날로 몰매 맞아 병원 신세를 지리라.

그러나! 그러나 말이다. 그 대가로 11개월 후 청제국 최강의 보스 급 몹과 싸운다는 것은 정말 너무한 것이 아닐까? 자신은 아직 레벨 10밖에…….

헉!!

순간, 수한의 머리에 내리 꽂히는 수십 다발의 벼락들. 그리고 그와 동시에 밟고 있는 지면이 일제히 붕괴되어 끝도 없는 나락으로 떨어지는 환상이 펼쳐진다.

이럴 수가… 게임 내용에 너무 집착한 탓에 아주 기본적인 사실을 잊고 있었다.

내공심법의 성취를 위한 해결책은?

내공, 즉 공력 수치의 상승.

이를 위해서 해야 할 일은?

화염과와 같은 극양의 영약을 먹어야 한다.

정말 그 방법밖에 없을까?

…방금 전까지 그런 줄 알았다. 그러나 이젠 다르다!!

"크카카카카카! 그래, 그 방법이 있었어!! 크카카카카카!!"

연무실을 쩌렁쩌렁 울리는 대악마의 웃음소리. 그리고 그 몸에서 폭발적으로 퍼지는 다크 오라. 이제 이곳이 정녕 인계인지 마계인지 구분이 안 될 지경이다. 하지만 그 광경은 앞으로 벌어질 대파란의 서곡에 지나지 않았으니…….

"할아버지!!"

"응? 이게 무슨 소리지?"

한참 바둑 수를 연구하던 수라혈제는 어디선가 들려오는 메아리에 잠시 의아함을 드러냈다. 분명 멀리서 누가 자신을 부른 것 같았는데?

"허허, 내가 잠시 환청을……."

"할아버지!!"

"…아직 내 귀가 정상인 모양이군."

수라혈제는 재차 자신의 귀에 들려오는 수한의 메아리(?)에, 쥐고 있던 흑돌을 내려놓았다. 어차피 저 극성맞은 의손자가 오면 바둑 수 연구는 물 건너간 일. 그저 이번엔 또 무슨 일로 자신을 귀찮게 하려는지 궁금할 따름이다.

"허허, 정말 귀찮다니까."

말은 그렇게 하지만 입은 웃고 있는 수라혈제다. 하긴 말년에 수한 같은 손자가 없었다면 대체 무슨 재미로 살겠는가? 주위엔 온통 험상궂고 무공에 미친 삭막한 녀석들만 있으며, 그 본인은 마교의 고위직인 5대 장로 중 한 명. 그러니 수한같이 그에게 사근사근 구는 녀석이 있을 리 만무했다.

　물론 그 외모에 대해선 수라혈제도 약간 거북스럽긴 하다. 하지만 수한이 누구던가? 어릴 때부터 그 남다른(?) 외모로 동네 최고의 인기를 구가하던 꽃돌이. 거기다 수영에게서 훈련받은—대체 왜?—어리광 스킬의 마스터로 인한 최강의 궁극 귀염둥이였다. 그런 그에게 비록 외모 탓에 어리광 스킬의 효과가 99.9% 반감되었다고는 하나, 그 0.1%만으로도 수라혈제에게는 신선한(?) 충격을 주기에 전혀 부족함이 없었던 것. 때문에 수라혈제는 그의 존재가 더욱더 소중할 수밖에 없었고, 그래서 이렇게 귀여워하는 것이다.

　파파팟—

　"할아버지!! 저, 왔어요!!"

　공기를 찢는 파공성과 함께 수라혈제의 정면에 갑자기 그 모습을 드러낸 수한. 수라혈제는 그 광경에 은연중 감탄할 수밖에 없었다. 방금 전 그 모습을 보건대, 신법 하나만은 교 내 최고일 것 같지 않은가?

　하긴 수한의 무재(?)가 뛰어나다는 것은 예전부터 알고 있었던 일. 권풍의 경지에서 빌빌(?)거리던 녀석이 단 며칠 사이에 권강을 구현해 내지 않았던가. 그것은 수한이 단 며칠 만에 일류고수에서 바로 절정고수로 거듭났다는 의미. 마교의 5대 장로인 자신도 수한의 나이에 그런 성취를 보이지 못했다. 거기다 몸 안에 잠재돼 있는 가공할 영기는 또 어떠한가? 만약 그것 모두를 흡수할 수만 있다면 묵천마신교 사상 최강의 고수라는 전대 교주, 천마혈존을 능가하는 절대고수가 될 수 있으리라.

　그러나 정작 수라혈제는 그에 관해선 아무런 언급도 하지 않았다. 괜히 그런 말을 했다간 자칫 수한이 자만할 가능성이 있었고, 또한 도처에 깔린 부교주의 심복들이 과잉 충성을 할 수도 있을 터. 그러니 이럴 땐 잠자코 지켜만 보는 것이 수한의 성취와 미래를 위해 훨씬 좋은 선택이리라.

"허허, 왔느냐? 그래, 이번에는 또 무슨 문제더냐?"

"헥헥헥, 그러… 니까… 제가… 이번에……."

"허허허, 일단 숨부터 돌리고 말을 하거라."

수라혈제는 숨도 채 고르지 못하는 수한의 모습에 너털웃음을 터뜨리며 그를 진정시켰다. 그의 생각엔 수한이 또 무슨 성취를 이루어 자신에게 자랑하러 온 것이 틀림없다고 여겼다. 때문에 내심 기대를 가지며 수한의 말을 기다렸다. 며칠 전엔 권강을 이루더니, 이번엔 대체 뭘 또 성취했을까? 그러나 그런 기대와는 달리 수한의 입에선 그가 전혀 예상치 못한 요구가 흘러나왔고, 때문에 잠시 당황할 수밖에 없었다.

"비무행?"

"예, 연무실에 틀어박혀 수련해 봤자 더 이상 발전이 없을 듯합니다. 그러니 세상에 나가 고수들과 비무를 하며 스스로의 실력을 재점검하고 깨달음을……."

"아아… 알겠으니 그만 하거라."

수라혈제는 청산유수같이 늘어지는 수한의 말을 다급히 제지하며 그의 말을 재차 음미하기 시작했다.

11개월 후 있을 묵천지회. 그를 위해 열심히 연무실에서 수련하고 있지만 더 이상 발전이 없다(이 부분은 수라혈제도 수긍하는 부분이다. 마공의 정체기는 단순히 수련만으로 극복할 수 있는 게 아니니까). 때문에 이곳 본단을 떠나 청제국을 돌며 여러 고수들과 비무행을 함으로써 좀 더 실전 경험을 쌓고 싶다.

…라는 것이 바로 수한이 말한 요지다. 일견 그럴듯해 보이는 주장이다. 그러나 수라혈제의 생각엔 그저 헛소리일 따름.

"허, 무슨 소릴 하는 게냐? 벌써 비무행을 떠나겠다니… 아직 이르다."

"예? 비무행은 아직 이르다고요?"

수라혈제의 말에서 뭔가 이상함을 발견한 수한. 설마 자신이 원하든 원치 않든 결국 비무행을 떠나야 한다는 건가? 그런 그의 반응에 잠시 침음성을 토하는 수라혈제. 속으로 '아뿔싸'를 연발했지만, 결국 수한의 간절한 눈빛에 굴복, 그에 대한 설명을 할 수밖에 없었다.

"휴우~ 묵천지회를 앞둔 교주 후보자, 즉 전대 교주가 추천한 인물은 적어도 6개월 이상은 본단을 떠나 비무행을 해야 한단다. 실전 감각을 익히기 위한, 보다 솔직히 말하자면 교도의 신분으로 제국에서 얼마나 견딜 수 있는지 알아보는 일종의 시험이지. 하지만 네 사부의 경우에서 알 수 있듯이 정말 위험천만한 일이다. 자칫 그 정체가 들킬 경우… 휴우~"

"아, 잘됐네요! 그렇지 않아도……."

수라혈제의 걱정스러워하는 말에 도리어 반색을 하는 수한. 이거 생각보다 일이 잘 풀릴 것 같지 않은가? 그렇지 않아도 나가야 할 판국에 그런 좋은 제도(?)가 있다니. 그러나 수라혈제의 생각은 그와 반대인 모양이다.

"갈! 무슨 그런 헛소릴! 전대 교주님이 어떻게 돌아가신 건지 벌써 잊었단 말이냐? 그딴 허튼소리 하지 말고 수련에나 정진하거라! 그리고 정 실전 대결을 원한다면, 내 얼마든지 상대를 해주마. 그도 싫다면 내 수하들에게 시킬 수도 있다. 이번 비무행은 내가 어떻게든 막아볼 테니, 넌 그런 생각은 아예 꿈도 꾸지 마라.”

수라혈제가 강하게 반박하자 수한도 딱히 대답할 말이 없어진다. 하지만 그는 반드시 제국으로 나가야 할 상황. 솔직히 고수와의 실전 대결은 어디까지나 명분이었지 정작 그 꿍꿍이속은 다른 곳에 있지 않은가.

‘아이고~ 어떡한다. 그렇다고 이유를 말할 수도 없고……’

수한은 고민했다. 자신은 어떻게든 이곳을 떠나 청제국으로 나가야만 한다. 그래야 자신의 이 기똥찬 계획을 실천에 옮길 수 있을 터. 그러나 수라혈제가 웬만한 이유로 이 위험천만한 생각에 찬성할 리 없었다. 그러니 뭔가 그럴듯한 핑계가 필요한데… 그러나 안타깝게도 그에겐 그런 것을 생각해 낼 만한 말주변이 있을 리 없다. 결국 고민에 고민을 거듭하던 수한, 그는 결국 최후의 비책을 써야만 했다.

“아잉~ 할아버지~”

“컥?!”

절대 어울리지 않는 수한의 코맹맹이 소리, 그리고 헛바람을 들이키는 수라혈제. 그로부터 반나절 동안 수라혈제는 자신의 비위 한계를 절실히 깨달을 수 있었다.

“…그래, 오냐. 다녀오너라. 그러나 너 혼자 보낼 수는 없으니 호위를 몇 명 붙여주마.”

수한의 갖은 아양 공세가 이어진 지 반나절. 수라혈제는 마침내 거의 반쪽이 된 얼굴로 백기를 들 수밖에 없었다. 아무리 그가 마교의 5대 장로 중 한 명이며 최절정의 고수라 하나, 수한의 얼굴로 갖은 아양을 떠는 모습은 더 이상 그의 비위가 견딜 수 없었던 것이다.

“에? 아니요. 저 혼자 가도 충분한데.”

“어허! 네 사부의 경우를 생각해 봐라. 많이 데려가란 말은 않을 테니 꼭 동행하거라.”

“…예.”

생각지 못한 짐(?)에 떨떠름한 표정의 수한. 그러나 수라혈제는 수한에게 짐(?)만 떠넘길 생각이 아닌 모양이다.

“그리고 참, 이왕 간다면 이것도 가져가거라.”

“응? 이건?”

품 안을 한참 뒤지더니 이상한 철패(鐵牌)를 내미는 수라혈제.

수한은 제법 묵직한 철패를 받아 쥔 채 머리 위로 물음표를 띄웠다. 험상궂은 악마 한 마리가 호령하고, 그 옆에 무수한 사람들이 무릎 꿇은 장면이 그려진 철패. 확실히 미관상 그리 썩 좋은 물건은 아니다. 그러나 이전 묵룡천마패의 경우를 생각하면 뭔가 나름대로 쓸모가 있을 듯.

“허험, 집마령(集魔令)이란 물건이다. 일단 교의 장로급 이상의 신분임을 나타내는 증표지. 묵룡천마패는 원로원에서 회수해 갔으니 신분을 증명할 뭔가가 있어야 하지 않겠느냐? 뭐, 일단은 제국 내 모든 분타의 지원을 받을 수 있을 게다.”

“아!! 할아버지, 정말 감사해요~”

수한, 다시 한 번 감격했다. 역시 수라혈제는 자신의 의할아버지로서 너무나 많은 것을 주신다. 거기다 이 물건은 그의 계획에 아주 큰 도움이 될 터.

‘클클클. 기다려라, 천무검군과 그 떨거지들.’

순간, 수한의 입가에 뭔가 섬뜩한 미소가 스쳐 지나간다.

“끄응, 대체 무슨 일로 부르는 거지? 야, 넌 좀 알겠냐?”

“글쎄, 나도 모르겠다. 솔직히 우리 같은 말단에게 그분이 무슨 볼일이 있겠냐? 아마 자잘한 심부름이나 시키시겠지?”

“역시 그렇겠지?”

언젠가 한 번 등장한 적이 있던 두 남자가 두런두런 얘기를 하며 걷고 있다. 덩치는 산만한 주제에 옆에 있는 사람에게 연신 불안한 마음을 표현하는 사람은 우칠. 그리고 그 옆에서 우칠을 달래는(?) 날카로운 인상의 남자는 전삼. 이전 외곽 경비 초소에서 수한과 약간의 인연이 있었던 인물들이다.

지금 이 두 사람은 마교의 5대 장로 중 한 명인 수라혈제의 부름을 받고 그의 거처로 향하는 중. 때문에 그들은 외곽 경비대의 말단 무사로서 가질, 아주 자연스러운 태도를 취하고 있었다. 즉, 쫄 대로 쫄았다는 의미다. 하긴 하늘 같은 교의 고위직 인물이 자신들 같은 말단 무사를 찾으니 자연 걱정될 수밖에. 우칠은 이미 동요할 대로 동요하는 모습이고 전삼은 억지로 누르고 있을 뿐, 두 사람 모두 긴장감 게이지가 만땅을 기록하고 있었다.

쿵쿵.

쿵쿵.

마침내 수라혈제의 거처에 도달한 두 남자. 그에 따라 어디선가 떡방아 찧는 소리가 요란하게 들린다. 하지만 두 사람의 긴장감 게이지 한계선 돌파 신화는 지금부터가 시작이었다.

스슥.

‘헉?’

“허걱!”

갑작스럽게 그 모습을 드러낸 십여 명의 인영들. 우칠뿐만 아니라 전삼마저 헛바람을 들이켰다. 저마다 ‘나 절정고수요’ 표현하는 듯한 기세와 형색. 그리고 가슴에 새겨진 아수라상. 그것은 어떤 전설적인 무력 집단을 상징하는 표식이었으니… 이에 우칠과 전삼은 더욱 긴장할 수밖에 없다.

“외곽 경비대 제17대 소속 우칠과 전삼?”

“예? 아예.”

“옛!”

우칠의 어리버리한 반응과 전삼의 빠릿빠릿한 대답이 교차하는 가운데, 대표로 입을 열었던 남자가 일행 중 누군가에게 고개를 끄덕인다. 그러자 입을 열었던 한 명을 제외하고 재차 그 모습을 감추는 인영들.

‘젠장, 정말 고수잖아.’

‘역시… 수라만마대(修羅萬魔隊)의 고수들답군.’

우칠은 뻔히 두 눈 뜨고도 기척조차 잡지 못한 그들의 은신술에 더욱 기가 죽는다. 반면 전삼은 그들의 모습에서 도리어 침착을 되찾았다. 어차피 자신들은 최하급 무사. 차라리 모든 것은 포기하고 가만히 순응하자 한결 마음이 편해진 것이다.

“따라와라.”

“에? 예… 예.”

“예.”

남아 있던 남자가 입을 열자 전삼과 우칠은 허둥지둥 대답하며 그 뒤를 좇았다.

그렇게 얼마나 걸었을까? 긴 화원과 몇 개의 입구를 지나 마침내 도달한 더전의 거대한 문. 우칠 일행을 안내하던 남자가 갑자기 공손히 입을 열었다.

"데려왔습니다, 대주(隊主)."

"들어오도록."

남자의 말과 안에서 들리는 담담한 음성의 대답. 순간 우칠과 전삼은 이 안에 수라혈마가 있음을 깨달았다. 묵천마신교의 5대 무력 집단 중 하나인 수라만마대. 그곳의 수장은 바로 5대 장로 중 한 명인 수라혈제이지 않은가. 그렇다면 이 문 너머에서 수라만마대의 고수에게 대주란 호칭을 받는 자가 세상천지에 그 말고 또 누가 있으랴?

"꿀걱."

누군지 알 수 없지만, 크게 침을 삼키는 소리가 들린다. 동시에 문이 서서히 열리며 그 안의 정경이 우칠 일행의 눈앞에 펼쳐졌다. 그리고 그 순간…

'헛!?

"허걱?!"

우칠과 전삼 중 한 명은 마음속으로, 또 다른 사람은 입 밖으로 경호성을 내지른다. 아니, 저놈은?!

뭔가 불만스럽다는 듯 인상을 왕창 구기고 있는 노인. 그 패도적인 기세나 고수다운 면모를 볼 때, 우칠 일행을 이곳으로 부른 수라혈제가 틀림없어 보인다. 그리고 그 옆에서 연신 싱글벙글 웃고 있는 험상궂은 면상의 남자. 그런데 그 웃고 있는 남자는 우칠 등에게 왠지 낯익은 얼굴이다.

'저놈은 그때 그……?!'

‘헉! 죽었다.’

우칠과 전삼의 등 뒤로 식은땀이 줄줄 흐르기 시작한다. 수라혈제 옆에 선 남자, 저자는 바로 한 달 전 그들이 칼침을 놓거나 그에 준하는 짓을 했던 인물이 아닌가? 그때야 사정을 잘 몰라 별의별 짓을 다 저질렀지만, 결국 드러난 저자의 신분은 보통 대단한 것이 아니었다.

묵룡천마패의 주인이며, 다음 대 교주 후보자. 우칠들로선 감히 똑바로 쳐다보기도 힘든 신분인 것이다. 그런데 아무리 몰랐다고는 하나 그런 자에게 칼을 휘두르다니……. 때문에 우칠들은 그날부터 자신의 머리가 효수되거나 요강으로 쓰이는 악몽을 꾸며 밤잠을 설쳐야만 했다.

그러나 그들의 걱정은 단순한 기우였는지 그 일이 있은 지 한 달이 지났건만 정작 상부에선 아무 말이 없었다. 아마 그 일을 관대하게 넘어가거나 깨끗이 잊은 듯 보이는 반응. 때문에 두 사람은 얼마 전부터 제대로 된 취침 문화를 즐기며 안도의 한숨을 내쉴 수 있었는데…….

역시! 그 안도의 한숨은 너무 이른 감이 있었나 보다. 갑작스런 수라혈제의 호출. 그리고 그 수라혈제 옆에서 떡하니 버티고 선 악몽의 장본인. 아무리 생각이 부족한 우칠이라도 뭔가 섬뜩한 그림이 도출된다. 자신이 아마 그때 ‘썰려라’ 라고 외쳤던가?

부르르르.

갑자기 푸줏간 돼지의 위치에 자신의 모습이 배치되는 상상을 하며 부르르 몸을 떠는 우칠. 수한의 몸에 직접적인 칼질을 한 전삼은 이미 혼백이 허공에 부유하고 있다. 그리고 바로 그 순간, 동시에 서로를 마주 보는 우칠과 전삼. 짧은 생애의 마지막 순간을 상대의 눈을 통해 되새기기 위해서다.

'크윽, 미안하다. 얼마 전 꾼 돈도 다 못 갚았는데…….'

'휴우~ 됐다. 그냥 저승에서 갚아라.'

"크험~ 험험."

장내에서 뭔가 끈끈한 동료애(?)가 오가는 가운데, 수라혈제가 헛기침을 하며 불편한 심기를 드러냈다. 이에 움찔하는 우칠 일행. 그러나 그들의 생각과 달리 수라혈제의 헛기침은 그들이 아닌 수한을 향한 것이었다.

"크흠, 정말 이런 허접한 녀석들을 데려갈 거냐? 이래서야 호위라기보단 그저 수행원이지 않으냐?"

"아닙니다. 이런 자들이어야 제가 마음이 편할 것 같습니다."

"휴~ 녀석도 참. 그래, 알겠다. 이들만으로 만족하마. 대신 몸조심하거라."

"예, 알겠습니다."

'……?'

"……?"

뭔가 자신들의 생각과는 전혀 다른 분위기. 적어도 칼 갈아라, 목 내밀어라 하는 분위기는 아니지 않은가? 이에 우칠과 전삼은 다시 한 번 서로를 쳐다보며 자신들의 생각이 사실인지 확인했다.

'왠지 그럴(?) 분위기가 아니지?'

'그래, 아무래도 그런 것 같다.'

사정은 잘 모르겠다. 그러나 분명한 사실은 자신들이 이 자리에서 당장 죽지 않는다는 것, 그리고 자신들을 향해 씨익 웃는 수한의 얼굴을 볼 때 자신들의 미래가 그리 평탄하지 않다는 것.

"걱정 마. 너희들은 그냥 내 말만 잘 따르면 돼~"

수한의 장담에 더욱 불안감을 느끼는 우칠과 전삼이었다.

"휴~ 갔구만."

한바탕 폭풍우가 친 듯 두 명의 수하(?)를 이끌고 떠나 버린 수한. 그 모습이 완전히 사라지자 수라혈제는 아쉬움 반, 속 시원함 반으로 긴 한숨을 내쉬었다. 마치 새로 생긴 의손자를 감당하기엔 자신의 나이가 너무 많다고 주장하듯이. 그러나 그런 약한 모습도 잠시, 일순 표정을 무겁게 굳힌 수라혈제는 침중한 음성으로 누군가를 불렀다.

"장호(張虎)!"

스슥.

"예, 대주."

우칠들을 안내했던 남자가 수라혈제의 앞에 다시 그 모습을 드러냈다.

"왠지 불안하다. 내 비록 소교주의 고집에 져서 저런 녀석들을 딸려 보냈지만, 이대로 가만히 있을 수 없구나. 수라만마대 일 개 소대를 뒤에 붙여라. 단, 정체를 들키지 말고 은밀히 도와라."

"예, 대주."

스슥.

등장과 같이 순식간에 사라진 인영. 그 은밀한 기척이 완전히 사라지자 수라혈제는 잠시 생각에 잠겼다.

저런 허접한 녀석들을 달랑 두 명만 데리고 가서 대체 뭘 하려는 속셈인지… 생각 같아서는 수라만마대의 전부를 내보내고 싶은 수라혈제였다. 그러나 수한은 그런 수라혈제를 온갖 아양 공세로 막았고, 결국 그는 자신의 약한(?) 비위를 탓하며 굴복해야만 했다. 그러나 역시 불안한 것은 어쩔 수 없는 일. 때문에 수라혈제는 수한 몰래 이렇게 비밀 호위대를 보내는 것이다.

'그나저나 대체 왜 저런 녀석들을 끌고 가려는 걸까? 별 쓸모도 없는 녀석들인데. 설마 이 할애비를 걱정해서 그런 걸까?'

만약 수한을 공개적으로 도와준다면 훗날 부교주가 교주가 될 경우 자칫 자신이 위험할 수도 있다. 설마 그 때문에 도움을 거부하는 걸까? 그런 생각을 하는 순간 가슴이 절로 훈훈해지는 수라혈제.

"허허허. 녀석, 자기 처지나 걱정할 것이지 왜 날 걱정해?"

비록 의도치 않았지만 수라혈제의 손자 사랑은 이렇게 더욱 깊어져만 갔다.

"클클클, 드디어 시작인가?"

음침한 웃음소리와 함께 뭉클뭉클 피어나는 다크 오라. 수한은 수라혈제의 거처에서 벗어나자마자 그동안 숨겨두었던 어둠의 면모를 마음 껏 발산하기 시작했다. 이에 구석에서 두 손 꼭 붙잡으며 오돌오돌 떨기 시작하는 우칠과 전삼.

"크크크, 귀여운 녀석들."

수한은 그런 두 사람을 바라보며 더욱 음침한 미소를 짓는다. 지나치게 강하지도, 그렇다고 너무 약하지도 않은 고수. 수한 자신이 계획한 일에 너무나 적합한 인재(?)들이지 않은가.

수라혈제가 처음에 제안한 수행원들, 즉 절정 이상의 고수들은 너무 지나치게 강하다. 적어도 수한 자신이 제대로 통제할 자신이 없을 정도로 말이다. 그 말인즉, 뭔가 하려고 하면 옆에서 딴죽을 걸 가능성이 높다는 의미다. 특히 그가 앞으로 벌일 계획을 생각한다면 그럴 확률

은 거의 99.9%. 때문에 그는 온갖 아양 공세와 수라혈제의 비위 시험
을 하며 그들의 호위를 거부했던 것이다.

그에 반해 우칠과 전삼이라 불리는 이 인재(?)들은 어떠한가? 이미
한차례 손속을 나눈 적이 있기에 그 실력은 뻔히 들여다보인다. 일류
급의, 그러니까 대충 천무검군과 비슷한, 적어도 청제국 내에서 어느
정도 실력 행사를 할 수 있는 능력. 그러나 현재 권강까지 쓸 수 있는
자신의 무위를 생각한다면 충분히 통제 가능한 전력. 거기다 이미 안
면까지 있는 사이이지 않은가. 물론 딱 한 번 스쳐 지나간, 그리고 그
리 좋지 않은 만남이었지만 말이다. 어쨌든 그런 이유 때문이라도 자
신의 말을 잘 들을 터. 그래서 수한은 일부러 이 두 사람을 지목해 자
신의 수행원으로 삼은 것이다.

"클클클, 처음엔 고생 좀 할 거다. 그러니 각오 단단히 해라. 클클
클."

뭔가 불길한 의미를 꾹꾹 눌러 담은 수한의 말에 정말 울고 싶어지
는 전삼과 우칠. 대체 뭐가 어떻게 돌아가는지 알 수 있어야 대응을 하
겠는데 당최 알 수가 없으니……. 그나마 수라혈제와 저 인간의 단편
적인 대화를 통해 알 수 있는 사실은, 자신들이 저 인상 더럽고 사악한
기운이 팍팍 느껴지는 인간을 바로 옆에서 수행해야 한다는 것. 그러
나 단지 그뿐이다. 목적지라든지, 혹은 이번 여정의 목적은 아예 감도
안 잡힌다. 그저 뭔가 심상치 않은, 아주 위험한 여정이 될 듯한 불길
한 예감이 팍팍 들 뿐이다. 아니, 단지 그뿐이라면 어려운 임무를 받았
다 생각하고 그냥 넘어갈 수도 있다. 문제가 있다면 저 인간이 자신들
의 생사여탈을 쥐고 무슨 일을 저지를지 감히 상상조차 안 된다는 것.

"흑흑, 아직 난 장가도 못 갔는데……."

“휴~ 그냥 죽었다 생각하고 순응해라.”

우칠이 눈물을 글썽이며 중얼거리자 전삼이 옆에서 다시 우칠을 달랜다. 그러나 달래는 본인 역시 눈물을 글썽인다. 아무리 마신을 숭상하는 마교도라 하나 그들 역시 오래 살고 싶은 인간인 것이다.

“뭐 하냐? 안 따라오고?”

서로의 손을 꼭 잡으며 진한 동료애를 나누던 우칠과 전삼, 그들은 수한의 호령에 화들짝 놀라며 그 뒤를 좇았다. 그리고 그렇게 도달한 곳이 교의 본단 외곽.

“꿀꺽.”

갑자기 우칠이 침을 크게 삼키며 다급히 전삼을 쳐다본다. 이심전심일까? 그 순간 전삼 역시 우칠을 쳐다봤다.

‘역시 교 밖으로 나가는 거지?’

‘그래, 아무래도 그런 것 같다.’

말이 아닌 눈빛만으로 나누는 대화. 그렇게 두 사람은 서로의 짐작을 확인하며 왠지 말로 표현할 수 없는 묘한 기분에 휩싸였다.

마교, 즉 묵천마신교의 모든 교도들에게 소원이 뭐냐고 물어보면 백이면 그중 99명이 교 밖으로 나가길 원한다(나머지 한 명은 더 강한 무공을 원하는 무공광이다). 그런 대답을 하는 이유는 대부분 대문파의 제자들이 그러하듯 자신의 무공을 마음껏 펼치며 명성을 날리고 싶다는 소박한 꿈 때문이었고, 동시에 마교도다운 이유, 즉 마음껏 살육을 벌이고 싶다는 마성(魔性)에 의한 탓도 있었다.

그러나 그런 일을 했다간 이 세상의 균형이 깨지는 것이 당연지사. 때문에 이 세상을 관장하는 균형의 축이 그것을 방관할 리 없다. 즉, 마교를 견제하는 무수한 정파 세력과 숨은 은거 기인, 그리고 마교가 가장 경계하는 대상인 팔선(八仙)들의 존재로 인해 전면적인 마교의 발호는 원천적으로 봉쇄당해 있었다.

그러나 본성(?)을 억지로 억누를 수만은 없는 노릇. 때문에 마교의 고위직이나 모종의 시험을 통과한 절정급 고수들은 몰래 교를 떠나 청제국에서 마음껏 분탕질을 치고 돌아온다는 게 공공연한 비밀. 물론 재수없게 정파의 고수들에게 걸리거나 은거 고인에게 잡혀 죽는 사례도 빈번했지만, 그것 역시 나름대로 스릴이 있지 않은가? 그리고 그런 행동 덕에 장백산맥에 얌전히(?) 웅크리고 있는 마교는 그 명성을 늘 유지할 수 있고, 몇몇 사람들—5대 장로와 부교주, 즉 별호를 가진 존재들—의 악명이 제국 전체에 쩌렁쩌렁 울려 퍼졌지 않은가?

어쨌든 각설하고! 교의 밖으로 나갈 수 있는 인물은 어디까지나 한정된, 선택받은 사람들뿐이다. 그런데 이제 겨우 말단 중의 말단에 지나지 않은 자신들이 교 밖으로 나간다?

순간 우칠과 전삼은 이게 행운인지 불행인지 도통 감을 잡을 수가 없었다.

분명 평상시라면 꿈에서도 그리는 일이기는 하다. 하지만 지금 당장 떠나기엔 뭔가 좀 불안하다고 할까? 물론 현재 자신들의 실력에 아주 자신감이 없다는 의미는 아니다. 자신들 역시 일류급 고수. 적어도 제국 내 한 구역에선 나름대로 큰소리칠 수 있는 실력인 것이다. 다만 문제가 있다면… 자신들이 어디 보통 신분이던가? 청제국 내 누구나 두려워하는 마물 중에 마물, 마교도가 아니던가. 아마 자신들의 신분이 제국 내에 알려진다면 바로 수백 명의 척살대가 조직될 터. 때문에 웬만한 절정급 실력이 아니고서야 교 밖으로 나가봤자 눈치나 살살 살피는 신세를 면치 못하리라. 그러니 청운의 꿈을 가지는 대신 이렇게 소심한 모습을 보이는 것이고.

그러나!! 우칠과 전삼은 차마 소교주와의 동행을 거부할 수 없었다. 이 일은 어디까지 수라혈제가 명한 일. 그들 같은 말단 무사가 어찌 거부하랴. 때문에 두 사람은 누구라 할 것 없이 긴 한숨을 내쉬며 푸줏간으로 향하는 소마냥 억지로 몸을 이끌 수밖에 없었다.

그리그 그렇게 얼마나 몸을 질질 끌었을까? 본단의 외곽 지역을 벗어나, 마침내 운무탈혼진 앞에 도달한 수한 일행. 그런데 바로 그때, 때마침 순찰 중이던 경비대주 냉염이 그들 앞을 지나간다.

"헛! 대주?"

"뭐, 어디어디?"

냉염의 모습에 일시에 화색이 도는 우칠과 전삼.

본시 냉염은 그 두 사람의 직속 상관인 동시에 꽤나 까다로운 성정인 탓에 평상시라면 얼굴조차 마주치기 싫은 인물 일순위다. 그러나 지금은 너무나 반가운, 지금의 상황에서 자신들을 구해줄 유일한 구명줄처럼 여겨졌으니… 자신들의 간절한 눈망울을 본다면 설마 그냥 지나치겠는가.

그러나 그런 우칠들의 기대와는 달리 냉염은 그들의 초롱초롱한 눈을 슬그머니 외면해 버린다. 하긴 그가 수한보다 약간(?) 고수라고는 하지만 그 신분은 거의 하늘과 땅 차이. 고작 외곽 경비대주 주제에 교주 후보씩이나 되는 수한을 어떻게 제지하고, 자기 수하들을 구하겠는가.

"큭! 이럴 수가……."

"크윽, 역시……."

순간 우칠과 전삼은 다시 한 번 깨달았다. 자신들을 구해줄 사람은 세상천지에 아무도 없다! 그러니 죽은 듯이 이 상황에 순응하는 것만이 살길이다. 결국 재차 좌절하는 우칠과 전삼. 그런 그들에게 수한의 음침하면서도 사악한 음성이 들려온다.

"클클, 이제 진 안으로 들어간다. 각오 단단히 해라. 아참, 파해법은 좌(左) 오, 우(右) 칠, 후(後) 일, 전(前) 이다. 기억했지? 못했으면 할 수 없고. 뭐, 이 진이 어떤 위력을 가졌는지 한 번 체험해 보는 것도 좋은 경험이 될 테니까. 클클클."

자기 할 말만 하고 그대로 운무의 바닷속으로 뛰어드는 수한. 뭔가 속사포같이 말하더니 금세 모습을 감춘 수한을 보고 우칠 등은 잠시 멍하니 있다가 번뜩 제정신을 차렸다.

그렇다! 교 밖으로 나가려면 운무탈혼진을 통과해야 한다. 그리고 방금 전, 저 인간은 진의 파해법을 말한 뒤 그대로 진 안으로 들어가 버린 게 지금의 상황! 전삼들은 자연 당황할 수밖에 없었다.

"야! 너 들었냐?"

"에… 그러니까 뭐였더라? 그게 아마 좌(左) 오, 우(右) 칠, 후(後) 이, 전(前) 일이었던가? 아니지, 좌(左) 오, 우(右) 팔, 후(後) 이, 전(前) 이였을 거야."

"분명하냐?"

"아마도……."

뭔가 불안불안한 마음으로 묻는 우칠. 그리고 그보다 더욱 불안한 마음으로 대답한 전삼. 생각 같아서는 절대 들어가고 싶지 않다. 그러나 안 들어갈 수도 없다. 결국 그들은 어기적어기적 운무탈혼진에 들어가려고 발걸음을 옮겼고, 동시에 자신들의 유언장 초고를 작성해 나갔다. 그런데 바로 그 순간, 운무에서 불쑥 튀어나오는 수한의 얼굴.

“헉!”

“허걱!”

우칠들은 그들의 심장 존재 여부를 재확인하며 화들짝 놀라야 했다. 갑자기 면전에 그런 얼굴이 등장했으니, 심장이 멈출 뻔했으리라. 아마 수명 중 십 년은 날아갔을 터. 그러나 그 두 사람의 십 년분 인생을 강탈한 수한은 그저 히죽 웃으며 자기 할 말만 할 뿐이다.

“내가 깜빡 잊고 말하지 않은 게 있는데… 진을 벗어난 뒤 전력을 다해 신법을 운용해. 뭐, 하지 않아도 상관은 없지만, 오래 살고 싶으면 하는 게 좋을 거야. 그럼 이만. 아! 그리고 파해법은 좌(左) 오, 우(右) 팔, 후(後) 이, 전(前) 이가 아니라, 좌(左) 오, 우(右) 칠, 후(後) 일, 전(前) 이야. 제대로 기억하도록. 클클클.”

재차 속사포같이 말한 뒤 다시 그 모습을 감춘 수한. 우칠과 전삼은 잠시 멍하니 있다가 이내 수한의 말을 이해하고 재차 진의 파해법을 기억하려 머리를 쥐어뜯어야 했다. 다행히 전삼은 평균보다 좋은 머리를 가지고 있었는지 금세 진의 파해법을 기억해 냈고, 그들은 안전히 진을 빠져나올 수 있었다.

…다만 문제가 있다면, 진의 파해법을 기억해 내는 것에 그들이 너무 집중을 했다는 것. 때문에 그들은 진을 빠져나온 다음 전력으로 신법을 운용하라는 수한의 경고를 까맣게 잊고 말았다. 그리고 그 사실은 우칠과 전삼에게 아주 치명적으로 작용했다.

크아앙!

쿠오오오!

끼아아아—

세상천지에 이렇게 많은 마물과 마수가 있었던가? 별의별 괴성과 몸

짓으로 진을 빠져나온 우칠들을 반기는 마물 군단. 그 열렬한 반응에 우칠과 전삼은 혼백이 몸에서 빠져나와 허공을 부유한다.

본래 청제국 지역은 장백산맥 너머 팔라스 연합과는 달리 마물, 즉 몬스터라 불리는 존재가 아주 희귀했다. 때문에 흔히들 말하는 사냥, 즉 유저들의 사냥은 대부분 몇몇 특화된 일반 동물들이나 간혹 등장하는 영수나 마수가 전부였고, 때문에 경험치를 얻기 위해선 고난이도의 퀘스트나 비무를 통한 명성치 습득, 그리고 문파전을 통한 전쟁밖에 없었다.

그러나! 지금 이곳에 펼쳐진 광경을 본다면 그런 일반론은 입에서 나오다가 그냥 쑥 들어가리라. 수십, 수백의, 그것도 제각기 다른 종류의 마물들. 만약 이들 모두를 잡을 수만 있다면 그날로 광렙 정도가 아닌 폭렙이다.

하지만 그것은 어디까지 사냥했을 경우의 일. 족히 레벨 300이 넘어 보이는 수백의 마물, 마수들을 잡기엔 수한 일행의 능력이 턱없이 부족하다. 거기다 애초부터 수한은 이들을 사냥할 마음이 전혀 없었다.

"뭐 하냐? 튀어!"

또 자기 할 말만 한 뒤 그대로 신형을 날리는 수한. 우칠 등은 그제 야 제정신을 차리고 황급히 몸을 날리기 시작했다.

크아아아!

"허걱, 나 살류~"

절대 우호적이지 않는 손, 발짓(?)들에 우칠은 비명을 내질렀고, 전 삼 역시 자신을 오늘 점심 메인 요리로 삼으려는 거대한 마수를 뒤돌 아보며 열심히 발을 놀려야 했다.

이대로 죽기엔, 아니, 마물들의 한 끼 식사로 전락하기엔 자신의 인생이 너무 아깝다고 외치며 열심히 도주하는 우칠과 전삼. 그러나 이곳은 어디까지 마물, 마수들의 홈그라운드. 어느새 정신을 차려보니 침을 질질 흘리는 마물들에게 둘러싸인 상태다.

"흑흑, 설마 이런 식으로 최후를 맞을 줄이야……."

"…절망적이군."

제각기 자신이 처한 상황을 분석하며 울상을 짓는 두 사람. 설마 본단을 벗어나자마자 이런 식으로 세상에 환원될 줄이야……. 적어도 정파 고수들과 몇 합을 겨루다 수적 전력 차로 당했다면 모를까, 마물들의 한 끼 식사, 혹은 디저트로써의 최후는 너무 비참하지 않은가.

그러나 그들이 그렇게 막 정신을 놓으려는 찰나, 연달아 폭음이 터지며 마물들이 물러난다.

콰콰쾅! 콰릉―

쿠오오오!

카아아아!

"뭐 해? 튀어!!"

이미 도주한 줄 알았던 수한이 갑자기 장내에 난입, 연달아 권강을 날리며 마물과 마수들을 견제했다. 이에 삶에 대한 자그마한 가능성을 되찾은 우칠들. 그들은 전력을 다해 신법을 운용, 마물들의 벽을 넘어섰다.

그 뒤 젖 먹던 힘까지 발휘하며 열심히 내달리는 우칠과 전삼. 그리고 그런 그들을 맹렬히 뒤쫓는 마물 군단. 한쪽은 생존을 위해, 다른 한쪽은 오랜만에 만난 진수성찬을 위해 쫓고 쫓기길 몇 시간. 그러나 그 치열한 추격전의 결과는 우칠 등의 승리로 돌아갔다. 역시 생존에 대한 욕구와 식욕에 대한 욕구는 그 가지는 무게가 크게 다른 듯.

"헤헤헥, 헥헥, 우… 리가 지… 금 살… 아 있는 거… 냐……?"

"헉헉헉, 일단 숨부터 쉬고… 말해라. 헉헉헉."

연신 숨을 헐떡거리며 자신의 무사함을 상대방으로 하여금 확인시키는 우칠. 그리고 역시 헐떡이며 대답하는 전삼. 수한은 그런 그들을 바라보며 고개를 흔들며 혀를 차기 시작했다.

"쯧쯧, 그렇게 몸이 느려서야, 앞으로 참 걱정이다."

"……?"

"……!"

수한의 말에 간신히 고개를 드는 우칠과 전삼. 우칠이 수한의 말에 물음표를 띠었다면, 전삼은 수한의 말에 얼굴이 하얗게 질렸다. 지금 수한의 말로 짐작하건대 앞으로 이런 일이 또 한 차례, 아니, 수차례 있을 것 같지 않은가? 거기다 다음 순간엔 전삼의 그런 생각보다 더 충격적인 말이 수한의 입에서 흘러나온다.

"자, 이제 충분히 쉬었으니 슬슬 출발해 볼까? 제국에 나가려면 아직 갈 길이 멀다."

이제 간신히 숨을 고르고 있는데 다시 출발한다고?! 거기다 이제 충분히 쉬었다니, 그 무슨 망발이란 말인가! 그러나 숨소리가 고른 수한의 신색을 볼 때 그의 입장에선 충분히 쉬었다는 말이 사실인 모양.

'젠장, 괴물이군.'

전삼은 자신도 모르게 중얼거리며 아주 살짝 존경과 원망의 염을 수한에게 보냈다. 자신들은 이렇게 녹초가 되었는데 본인은 숨소리조차 거칠어지지 않다니… 그러고 보니 아까 마물들의 공격에도 수한은 아주 여유롭게 행동했다. 마치 하나의 곡예를 보여주듯 화려한 몸놀림으로 마수들의 공격을 피했고, 심지어 권풍이나 권강으로 자신들을 간간이 구해주는 여유까지 보였다.

비록 실력이 하급 무사라 하나 무공을 알아보는 안목까지 없는 것은 아니다. 그 여유있는 움직임이나 가끔씩 보이는 그 엄청난 빠름. 그것은 하나의 경이였고 신법의 극을 달리는 광경이었다. …다만 문제가 있다면, 자신들이 그 신법의 대가를 줄줄 쫓아가야 한다는 것. 그것도 자신들 사정을 전혀 봐주지 않는 상태에서 말이다.

"클클, 그냥 수련이라고 생각해. 어차피 총타 내에선 신법 수련을 한 적이 거의 없잖아. 클클클."

이번에도 자기 할 말만 한 채 몸을 날리는 수한. 우칠과 전삼은 한숨을 푹 내쉰 채 다시 몸을 날려야만 했다.

…그로부터 열흘 뒤, 우칠들은 자신들이 익힌 신법을 완전히 대성할 수 있었다.

"그래. 그 녀석이 비무행을 떠났다? 그것도 달랑 두 놈만 데리고?"

"예, 부교주님."

마교의 수좌가 머무는 장소답게 어둠침침한 대전 안. 소수마제는 심복 수하의 보고에 연신 고개를 갸우뚱거렸다. 자신과 같은 교주 후보자, 아니, 11개월 후 자신의 교주 취임식의 제물이 될 녀석이 뭔가 이상한 행보를 보였다고 하지 않은가.

아무리 의무적인 일이라곤 하지만 교주가 제국에서 피살당한 지 겨우 두 달 남짓 지난 불안정적인 상황에서 벌써 비무행을 떠나? 거기다 그렇게 나가면서 내뱉은 명분이란 게 또 기가 차다. 실전 감각을 익히기 위한 비무행? 헛소리! 여기가 어딘가. 마신, 아수라를 숭배하는 철혈의 마전사들이 모인 곳, 묵천마신교다. 자연 호승심 넘치는 일류, 절정고수들이 넘쳐 났고, 하루에도 수십여 명이 비무로 죽거나 다치는 장소다. 그런데 이런 좋은 환경을 놔두고 왜 제국까지 내려가 실전 감각 익히기를 운운한단 말인가.

이상한 것은 그뿐만이 아니다. 비무행에 대동한 녀석들은 그야말로 가관. 외곽 초소나 지키던 최하급 무사들 달랑 두 명이란다. 설마 자기 사부가 어떻게 죽었는지 벌써 잊었단 말인가?

"대체 무슨 꿍꿍이로 그런 행동을 하는 걸까? 연무실에 틀어박혀 천마혈존이 남긴 무공을 연성하기에도 바쁠 판국에 말이야."

천마혈존 사후 청제국 최강의 보스몹(?)이 된 소수마제. 그러나 그가 아무리 뛰어난 실력을 가진 초절정고수라 하나 역시 게임상에 구현된 존재다. 때문에 유저의 입장인 수한의 생각을 전혀 짐작할 수 없었고, 그저 그 행동에 의문을 품을 따름.

"흠, 뭔가가 있다는 의미인데… 마영대주(魔影隊主)!"

스슥.

"하명하십시오, 교주님."

소수마제의 부름에 무협지상의 전형적인 방식으로 등장한—갑자기 바닥에서 솟구쳤다는 의미다—복면인.

소수마제는 복면인, 마영대주의 아부 섞인 호칭에 순간 기분이 좋아졌다. 그래, 내가 그따위 애송이에게 불안해할 필요는 없겠지.

"마영대주, 그 애송이 녀석을 잘 감시하라. 그리고 뭔가 특이한 일이 있으면 즉시 보고하도록."

"존명. 그런데 한 가지… 수라혈제가 이상한 행보를 보이고 있습니다. 은밀히 수라만마대 일 개 소대를 움직여 소교주 뒤를……."

"흐흠~ 그래?"

전혀 생각지 못한 5장로의 움직임에 소수마제는 잠시 고개를 갸웃거렸다. 이미 대세가 기울 대로 기운 상황. 그런데도 그런 녀석을 밀겠다는 건가? 소수마제가 약간 곤혹스러워하자 이번엔 마영대주 옆에 부복한 또 다른 수하가 입을 연다.

"이번에도 천마혈존 때처럼 처리하는 편이 낫지 않을까요? 아무리 수라만마대라 해도 제국의 힘은 그리 만만한 게 아닙니다. 그러니 번거로운 일을 쉽게 처리하시는 편이……."

뭔가 의미심장한 말을 내뱉는 심복 수하. 소수마제도 어느 정도 마음이 동하는 듯 고개를 끄덕였다. 그래, 교주가 될 자신이 일부러 그런 애송이를 상대할 필요가 있으랴.

"알아서 하도록."

"예, 알겠습니다. 그럼."

스슥.

소수마제의 말이 끝나자 이내 사라지는 마영대주와 심복 수하. 그리고 완전히 어둠으로 잠기는 대전. 그러나 그들의 마지막 대화가 가지는 의미는 그리 간단한 것이 아니었다.

"크아아아~ 이제 겨우 산에서 내려왔네. 어떠냐? 좋지? 이제 험한 산길이 아닌 대로로 간다."

"예에~ 정말 좋습니다."

"좋군요, 정말로."

단 열흘 만에 장백산맥을 내려온 수한 일행. 수한은 드디어 보이기 시작한 관도를 바라보며 탄성을 터뜨렸고, 우칠과 전삼은 거의 반쪽이 된 얼굴이면서도 역시 기쁨을 감추지 않았다.

그럴 수밖에 없는 것이, 지난 열흘간의 시간은 그들—수한 제외—에게는 너무나 힘든 시간이었던 탓이다.

장백산맥이 어디 보통 험한 곳이던가? 심심치 않게 그들을 습격하는 마물들은 도처에 널려 결코 방심을 용납하지 않았고, 거기다 사흘에 한 번씩 반나절간의 휴식 시간이 있었을 뿐—수한의 로그아웃을 위해—나머지 시간은 온종일 달려야 했던 강행군. 우칠과 전삼은 자신들이 아직 살아 있다는 것이 신기할 지경이었다.

물론 그런 강행군은 수한에게도 약간 부담이 되는 일이었다. 아무리 그가 먼치킨 내공을 가진 존재라 하지만 일단은 꾸준히 피로가 축적되었고, 간간이 휴식을 취해야 할 터. 하지만 수한 혼자만 있다면 모를까, 전삼과 우칠은 이 장백산맥에서 오래 버틸 재간이 없지 않은가. 그나마 수한이 있기에 이렇게 버틸 수 있는 것이지, 만약 그가 옆에서 도와주지 않았다면 진작 마물들의 한 끼 식사로 전락했으리라. 때문에 수한은 최대한 빨리 안전지대, 즉 장백산맥에서 벗어나기 위해 그런 무리를 한 것이다.

그러나 그런 수한의 깊은 속을 모르는 전삼과 우칠으로선 그의 행동이 일명 '신병 길들이기(?)'로 보일 따름.

"자, 그럼 이제 슬슬 준비를 해볼까?"

"예? 무슨 준비요?"

수한의 갑작스런 말에 우칠이 멍청히 반문했고 전삼은 순간 기겁했다. 감히 소교주님이 말씀하시는데 반문을?! 그러나 수한이 그런 것에 신경 쓸 리 없고 늘 그렇듯 자신의 할 일만 할 따름이다.

"일단 이거 쓰고 이것도 입어라."

행랑창에서 미리 준비해 둔 방갓과 장포를 끄집어낸 수한.

우칠 등은 갑자기 등장한 큼직한 방갓과 옷에 화들짝 놀랐지만, 이
내 하늘 같은 소교주의 명을 받들어 황급히 챙겨 입기 시작했고, 수한
역시 한쪽 구석에서 똑같은 복색을 갖추었다.

잠시 뒤, 나름대로 복장을 챙겨 입은 수한 일행. 큼직한 방갓으로 얼
굴을 감추고 거무칙칙한 장포로 전신을 가린 그들의 모습은 척 보기에
도 수상쩍다. 그러나 수한이 생각하기엔 이보다 좋은 게 없는 완벽한
위장이었으니…….

"음~ 좋아. 그럴듯해. 일단은 이것으로 정체를 감출 수 있겠어."

수한은 우칠 등을 보며 자신의 모습을 대충 짐작했고 이내 만족스러
워했다.

일단 자신들은 마공을 익힌 마교도. 괜히 그 얼굴이 알려지면 나중
에 귀찮은 일이 늘어난다. 게다가 수한 본인의 얼굴은 이미 군웅들과
의 추격 포위전 때 어느 정도 알려진 상황. 때문에 이렇게 나름대로 준
비를 한 것이다.

"클클, 이제 다시 힘차게 달려볼까?"

"예에~?"

"……."

옷을 갈아입자마자 다시 힘찬 구령과 함께 앞으로 내달리는 수한.
그 모습에 잠시 뜨악한 표정을 짓던 우칠과 전삼은 잠시 뒤 눈물을 머
금은 채 재차 몸을 날려야만 했다.

그렇게 수한 일행이 장내에서 사라진 뒤 얼마나 지났을까?

방금 전까지 아무도 없던 공간에서 한 명의 인영이 나타난다.

팔라스 연합의 어쌔신같이 검은색의 타이트한 복장을 한 남자. 그는
뭔가 불만스럽다는 듯 떨떠름한 표정을 지은 채 수한이 사라진 방향을

노려봤다. 그러나 언제까지 노려만 볼 순 없는지 이내 한숨을 푹 내쉰 뒤 자신의 손목에 찬 팔찌에 대고 입을 열었다.

"표적이 산을 내려왔습니다."

표적이 산을 내려왔습니다.

"좋아! 드디어 시작인가?!"

거대한 전광판에 뜬 문자 메시지. 수영은 순간 큰 소리로 외치며 자리에서 벌떡 일어났다. 게임상 시간으로 두 달 남짓, 현실상으론 거의 보름 만에 그녀가 기다리고 기다리던 표적이 드디어 포착된 것이다.

"생각보다 훨씬 빨리 움직였군요. 다행입니다."

최강준은 생각보다 빠른 표적의 움직임에 기꺼워하며 나름대로 기쁨을 감추지 않았다. 적어도 표적이 어딜, 어떻게 움직일지 몰라 계속 불안해할 필요가 사라진 것이다. 그러나 수영은 그런 그의 마음을 알아차린 듯 조소 섞인 미소를 지으며 반문했다.

"그래, 정말 다행이지. 그리고 이제 우리 모두 표적이 다시 산에 오를 때까지 야근이다."

그녀의 빈정거림에 잠시 할 말을 잃은 최강준. 그렇다. 자신들의 일은 끝난 게 아니라 이제 시작에 불과했던 것이다.

"일동 주목!"

자신이 한 말에 최강준이 침몰하는 동안 수영은 제4운영팀원들의 시선을 집중시켰다. 이제 드디어 기다리고 기다리던 마교주 육성 프로젝트가 시작되는 순간인 것이다.

"알다시피 표적이 산을 내려왔다. 그러니 당분간 집에 갈 생각은 하지 말도록!"

"우우우—"

잠시 장내에 울려 퍼지는 직원들의 환호성(?). 그러나 수영은 그에 아랑곳하지 않고 큰 소리로 지시를 내릴 따름이다.

"시끄러! 월급을 받았으면 그만큼 일을 해야지. 어쨌든 이번 작전은 '다크 스카이 체인지(Dark Sky Change)'로 명명한다! 그리고 표적은 지금 이 순간부터 '그림 페이스(Grim Face)'라 부르겠다. 먼저 제1, 2조 옵저버들은 계속 그림 페이스의 위치를 추적하도록. 그리고 나머지 옵저버와 에이전트 전원은 개방과 기타 정보 조직에게 그림 페이스의 존재가 드러나지 않게 최대한 방해한다. 물론 어디까지 최대한 할 수 있을 때까지만! 혹 상황이 여의치 않거나 위험하다는 판단이 서면 즉시 철수한다. 늘 말하는 거지만, 절대 우리의 존재가 그들에게 드러나선 안 된다! 그 밖에 질문 사항은?"

"없습니다!"

방금 전까지 떨떠름한 표정을 짓던 제4운영팀원들. 그러나 수영의 설명이 시작되자 바로 눈빛이 예리하게 변했고, 수영의 마지막 말에 일제히 복창까지 한다. 이에 슬그머니 미소를 지으며 수영은 큰 소리로 외쳤다.

"좋아! 그럼 지금 이 시간부터 '다크 스카이 체인지'를 발동한다!!"

"옛, 캡틴!"

수영의 지시에 힘찬 구령과 함께 일사불란하게 움직이는 사람들. 수영은 그런 그들을 만족스럽게 바라보다 이내 생각이 난 듯 담배 한 개비를 뽑아 입에 물었다.

딸깍.

"응? 아, 고마워."

그녀가 담배를 물자마자 어느새 정신적 타격에서 벗어난 최강준이 바로 불을 붙여준다. 이에 잠시 그에게 기특하다는 시선을 보내는 수영.

그렇게 잠시 담배 연기를 음미하던 그녀는 이내 누군가에게 전화를 걸었다.

얼마 뒤, 그녀의 귓가에 울려 퍼지는 신호음을 대신한 미소년 가수의 노래. 그 하이 소프라노의 음성을 들으며 수영은 잠시 투덜거렸다.

"젠장, 악취미군."

그러나 이런 사소한 일에 남의 취향을 문제 삼을 수도 없는 노릇. 수영은 인내심을 가진 채 노랫소리가 끝나길 기다렸다. 그리고 마침내…

딸칵.

—무슨 일이지, 이 시간에?

휴대폰을 통해 들려오는 낯익은 음성. 이에 수영은 담배 연기를 길게 내뿜으며 친구로서가 아닌 음모의 주재자로서 말을 건넸다.

"후우~ 시간 비워둬. 네가 활약할 시간이 임박했어, 더 웹."

—킥킥킥, 알았어.

순간 통화하는 양측 모두 입가에 미소를 짓기 시작한다. 수한의 그것과도 같은 사악하기 그지없는 미소들. 그것은 누군가의 크나큰 불행을 약속하는 보증수표나 다름없었다.

난동을 부리다

"클클클, 이제 다 왔군."

장백산맥에서 비교적 가까운 산동성(山東省)의 성도(省都) 제남(齊南)의 어느 어두운 골목.

어느 순간, 그곳에선 뭐라 표현할 길이 없는 섬뜩한 안광이 번뜩인다. 그리고 그 안광의 주인인 수한. 그는 이 기회를 맞아 한층 더 음침한 웃음을 터뜨리며 마음껏 다크 오라를 내뿜고 있었다.

"크크크크크크"

가뜩이나 어두운 골목을 더욱 어둠침침하게 만드는 다크 오라, 그리고 듣는 순간 소름이 다닥다닥 돋는 음침한 괴소. 정녕 이곳이 인계(人界)인지 마계(魔界)인지 구분이 안 되는 순간이다. 그러나 수한이 그렇게 한창 취미 생활을 하는 그때, 찬물을 끼얹는 존재가 있었으니…….

"저… 소교주님, 이제 정말 도착한 겁니까?"

수한의 뒤에서 파리한 안색을 한 채 늘어질 대로 늘어진 두 인영, 전삼과 우칠. 얼마나 지쳤는지 일류급 고수인 그들이 두 다리를 후들거리며 벽에 기대선 모습이다. 그리고 방금 전 수한에게 용감히 말을 건넨 사람은 겁없고 눈치없기로 유명한 우칠. 하늘 같은 소교주에게 감히 이따위 질문을?! 그러나 우칠로선 그럴 수밖에 없었다.

단 사흘! 정말 덜도 말고 더도 말고 그 정도 시간이다. 그리고 우칠들은 그 기간 동안 한 개의 성(省)을 신법만으로 횡단하는 무지막지한 여정을 소화했다(성의 크기는 대략 한국의 서너 배). 그것은 유니크 신법을 마스터한 수한조차 약간 버거운 여정. 그러니 고작 일류고수에 지나지 않은 우칠이 이렇게 비실거리는 것이고, 수한에게 이런 하극상(?)의 극치를 보인 것이다.

"크크크크. 그래, 바로 저 건물이 산동성 분타다. 크크크크."

우칠에겐 다행스럽게도, 수한은 우칠의 하극상을 징계할 생각이 전혀 없었다. 아니, 이 중대차한 하극상을 깨닫지도 못하고 있었다. 하긴 순수한 마교도가 아닌 그에겐 이런 반응이 당연한 건가?

어쨌든 바로 코앞에 목적지가 있는데 가만히 있을 수는 없는 노릇. 전삼과 우칠도 지칠 대로 지쳤겠지만, 수한 역시 안전한 로그아웃을 위해선 분타 방문이 필수. 때문에 수한은 얼굴을 가린 죽립을 재차 눌러쓴 뒤 거침없이 앞으로 걸어가기 시작했고, 이에 그 뒤를 힘겹게 쫓아가는 전삼과 우칠이다.

"호오~ 도박장인가?"

지도에만 의지하여 이곳까지 온 탓에 분타에 대해 아는 바가 거의 전무한 상황. 때문에 수한은 바로 코앞까지 와서야 분타가 있는 건물의 용도를 파악할 수 있었으니… 간간이 안에서 들리는 환호성이나 밖에까지 느껴지는 후끈거림. 이거야말로 말로만 듣던 '그곳'이 아니던가! 하긴 이 정도 위장이야 무협지 탐독 신공을 통해 어느 정도 예상한일. 분타 위장 3대 작업장으로 돈벌이와 정보 수집이 용이한 도박장, 주루, 표국인 것은 거의 상식이나 다름없지 않은가.

"응? 가만… 왠지 이대론 뭔가 허전한데……."

막 도박장에 들어가려던 수한. 갑자기 무슨 생각이 들었는지 잠시 멈칫한다. 그리고 가만히 생각에 잠기더니…

"클클클, 좋아. 잠시 너희들은 내가 하는 대로 잠자코 있도록."

무슨 생각이 떠올랐는지 별안간 입매를 치켜 올리는 수한. 왠지 불길한 예감이 든다.

벌컥. 콰쾅!

수한이 힘껏 도박장의 문을 열어젖히자 거친 굉음과 함께 문이 거의 부서질 듯 열린다. 그러자 방금 전까지 후끈 달아올라 있던 도박장은 일시에 고요해졌으니……. 하긴 수한 일행의 몰골이 어디 보통 수상한 모습이던가.

죽립을 푹 눌러쓴 탓에 입만 보이는 얼굴은 둘째 치고, 전신을 가린 검디검은 장포는 또 어떠한가? 거기다 한 놈도 아닌 세 놈씩이나 그렇게 똑같은 복색이니 분명 뭔가 있어 보일 수밖에 없다. 즉, 우리들은 엄청 수상한 사람이니 알아서 기라고 주장하는 모습이다.

뚜벅두벅.

고요해진 도박장 안을 일부러 발걸음도 요란하게 걷는 수한. 그리고 그 뒤를 비실거리며 좇는 전삼들. 그리고 그런 그들을 막아서는 일단의 사람들.

"저, 이런 곳에 오실 만한 분들이 아닌 듯 보이는데 대체 무슨 일로……?”

하긴 수한 일행의 복색을 보고 도박하러 왔다고 믿기엔 약간 무리가 있을 터.

자연 이곳을 지키는 ‘주먹’들, 아니, 분타의 고수들이 수한 일행이 행여 말썽을 부릴까 싶어 앞으로 나선 것이다. 그러나 수한은 지금 이 순간 약간 뻔뻔해지기로 마음먹은 모양이다.

“뭐 하러 왔긴? 도박하러 왔지.”

“그런?!”

수한의 말에 방금 전 앞으로 나섰던 남자가 울컥하며 주먹을 불끈 쥔다.

하긴 수한의 등장으로 인해 행여 불상사에 연루될까 봐 도박장 손님 전부가 슬금슬금 꽁무니를 빼버렸으니 자연 화가 날 수밖에 없다. 결국 수한 일행 덕분에 오늘 장사는 공친 게 아니겠는가. 그런데 그렇게 손님들을 다 내쫓고, 한껏 폼이나 잡던 녀석들이 고작(?) 도박을 하러 왔다고?! 그러나 수한에게 막 달려들려던 그는 누군가의 제지로 인해 한 걸음 물러설 수밖에 없었다.

“그만! 도박을 하러 이곳에 온 이상 우리 손님이다. 무례를 범하지 마라.”

수한 일행을 막아선 사람들 중 가장 나이 든 중년인.

그의 말에 남자는 연신 씩씩거리면서도 슬그머니 뒤로 물러났고, 다른 사람들 역시 슬슬 흩어지기 시작했다. 그 모습으로 보건대 중년인의 지위가 이 중 가장 높은 듯. 다시 말해 수한이 원하던 인물이란 뜻이다.

“잠깐! 그냥 가지 말고 안내나 좀 해주겠소? 솔직히 이런 곳은 처음

인지라.”

수하들을 해산시키고 막 자리를 떠나려는 중년인을 수한이 막아섰다. 그리고 재차 뻔뻔스럽게 도박장 안내를 부탁한다.

이에 장내에 급속토록 퍼지는 살기. 방금 전 수한 일행을 막아섰던 무사들이 재차 모여들기 시작했다. 그러나 중년인의 손짓에 그들을 재차 물러날 수밖에 없었으니⋯⋯.

“크흠~ 좋소. 그래, 무슨 도박을 원하시오?”

“가장 쉽고 가장 큰돈을 만질 수 있는 거.”

“⋯주사위 놀이가 좋겠구려.”

주사위판은 금세 마련되어졌다. 그리고 그 규칙 역시 수한이 원하는 대로 아주 쉬운 내용이었다. 즉, 두 개의 주사위를 던져 상대방보다 높은 수가 나오면 이기는 게임. 다만 여기서 문제가 있다면, 수한이 건 돈의 액수다.

땡그랑!

도박판 위에 수한이 던진 건 하나의 동자. 백 개가 모여야 간신히 은자 하나를 이루는 제국 내 가장 낮은 화폐다.

“크크크, 어떻소? 이만하면 충분히 건 듯한데.”

“크으윽, 저놈이⋯⋯!”

동자 하나 내민 주제에 그 행동은 마치 금자라도 수북이 내놓은 듯 당당하다. 자연 그런 수한의 행동에 열불이 나는 도박장 사람들. 그러나 수한의 앞에 있는 중년인은 아무런 동요 없이 그들을 진정시킬 뿐이다. 그러자 이번엔 수한이 당황할 차례.

‘어라? 이게 아닌데⋯⋯.’

지금쯤 슬슬 화를 내야 할 상황일진대 도통 화내는 기색을 보이지 않는다. 이래서야 방금 전 생각해 둔 계획에 큰 차질이 생기는데…….
상대의 무한한(?) 인내심에 불현듯 불안함을 느끼는 수한. 그러나 상황
은 이미 기호지세였고, 거기다 중년인은 자신이 직접 수한을 상대할 생
각인 모양이다.

"내가 먼저 던지겠소."

수한이 미처 뭐라 하기도 전에 주사위를 던지는 중년인. 그리고 그
결과 주사위가 가리킨 숫자는 육, 육. 이래서야 아무리 잘해봐야 무승
부다.

'이런, 젠장. 괜히 동자 하나만 날리네.'

돈에 대한 안 좋은 추억이 있는 수한에겐 동자 한 냥조차 아깝기 그
지없다. 자연 눈앞의 결과에 죽립 안의 수한 얼굴은 한껏 구겨졌으
니……. 하긴 그가 언제 주사위라도 제대로 던져 본 적이 있었겠는가?
기껏 보드게임한답시고 몇 번 굴려본 게 다다. 그리고 그를 더욱 성질
나는 건, 상대의 의연한 태도. 상대가 먼저 화를 내며 덤벼들길 원했는
데, 도리어 자신이 화가 날 판이다. 이래서야 한껏 도발한 보람이 없지
않은가. 그렇다고 여기서 무작정 정체를 밝히기엔 체면이 영 아닌
데…….

'아! 바로 그 수가 있었지.'

한참 주사위를 들고 미적거리던 수한의 뇌리에 그럴듯한 생각이 스
치고 지나간다. 그래, 차라리 이럴 경우엔…….

휘익, 떼구르르—

"큭큭큭, 이거 아깝게 되었군 그래."

주사위가 가리킨 숫자는 일, 사. 중년인이 던진 육, 육에 비하면 턱
없이 부족하다. 이에 한껏 비아냥거리는 누군가. 바로 그때 수한이 벌

떡 몸을 일으킨다.

"이건 사기다!!"

버럭 소리를 지르며 주사위를 집어 든 수한. 그러더니 손에 불끈 힘을 주어 주사위를 가루로 만들어 버린다. 그 모습에 어안이 벙벙해진 주위 사람들. 설마 동자 한 냥을 먹으려고 사기를 치겠는가? 아니, 그보다 주사위를 가루로 만들어 버렸으니 자연 주사위에 납이라든지 뭔가 속임수가 없음이 드러났을 터. 그럼에도 저 꿋꿋이 사기라 부르짖는 행동은 또 뭔가?

어쨌든 분명한 사실은 이제 상황은 수한이 원하는 대로 흐른다는 것. 참을성이 부처와 비견되던 중년인조차 이제 도저히 참을 수 없는지 얼굴에 노기를 드러내기 시작했다.

"이게 무슨 짓이오! 대체 원하는 게 뭐요?"

'약간의 활극과 재미, 그리고 실험.'

속으로 중년인의 물음에 답한 뒤 주저없이 주먹을 휘두르는 수한. 그리고 그때부터 본격적으로 싸움은 시작되었다.

우두두둑!

"커억! 허리가……."

뼈마디에서 들리는 불유쾌한 소리와 함께 우칠은 허리를 부여잡으며 침상 위로 쓰러졌다. 이에 한심스럽다는 듯 우칠을 바라보는 전삼.

"헐~ 잘한다, 잘해. 사흘 동안이나 뒹굴거리기만 하더니……."

"그래도! 그때는 얼마나 피곤했었는데! 거기다 막 이곳에 도착해선 한바탕했었잖아? 그러니 푹 쉬는 편이……."

전삼의 오묘한 시선에 우칠은 즉각 항변을 한다. 그러나 그의 변명은 전삼에겐 그저 헛소리일 따름.

"피곤? 그래, 그렇게 피곤했다는 놈이 이곳에서 오자마자 기둥뿌리를 맨손으로 뽑아버리냐?"

"……."

지은 죄가 있으니 더 이상 할 말이 있을 리 없다. 결국 우칠은 조용히 찌그러져 침상에 몸을 맡긴다. 그리고 전삼은 그런 우칠을 노려보다 이내 고개를 돌린 채 한숨을 내쉬었다.

'에휴~ 저놈은 적당이란 말을 정말 모른다니까.'

사흘 전, 이곳 산동성 분타에 도착한 뒤 우칠이 벌인 일을 생각하면 지금도 아찔해진다. 아무리 소교주가 '엎어' 라고 소리쳤다곤 하지만 이곳은 어디까지나 교의 분타. 그런데 그 소리를 듣자마자 대뜸 기둥뿌리를 뽑아버리다니… 충성심이 지나친 건지, 아니면 무식한 건지 도통 알 수가 없다.

'뭐, 어쨌든 덕분에 약간 편해지긴 했지만.'

다행히 우칠의 만행은 아주 나쁘게만 작용하지 않았다. 우칠이 워낙 일을 크게 벌인 탓인지, 자기 얼굴만 봐도 분타 사람들이 설설 기었고 아침저녁으로 산해진미가 대령되어졌다. 그러나… 역시 찜찜한 건 어쩔 수 없다.

'소교주님은 대체 무슨 생각으로 그런 짓을……?'

분타를 한바탕 뒤집어 버린 지 벌써 사흘이나 지났건만, 아직도 수한의 속을 알 수 없는 전삼이다. 난데없이 생떼를 쓰며 분타 사람들과 충돌하다니… 게다가 그 방법이란 게 왜 그리 유치한지……. 전삼은 그 흉측한 얼굴에 담긴 생각을 도통 읽을 수가 없었다.

"에휴~ 뭐, 내가 신경 쓸 문제가 아니지."

어차피 하늘 같은 소교주가 주도한 일이다. 자신 같은 말단 무사는 그저 따르기만 하면 그만, 더 이상 무슨 생각이 필요하랴.

"야, 전삼아."

"응? 왜?"

한참 복잡한 머리 속을 정리하는데 우칠이 말을 건넨다.

"그나저나 소교주님은 언제 나오실 것 같냐?"

"……"

전삼은 우칠의 말에 그저 침묵만을 지켜야 했다. 그러고 보니 소교주의 얼굴을 못 본 지 벌써 사흘째다. 오자마자 이곳을 쑥대밭으로 만들더니 그 다음엔 집마령을 척 내밀며 분타 사람을 재차 정신적 공황에 빠뜨렸던 소교주. 그 다음엔 자신들을 이 객방에 처박아놓고 뭔가 일을 꾸미는 듯 보였는데, 당최 소식이 없다.

"글쎄? 뭐, 우리 같은 말단이 그런 것에 신경 쓸 필요가 있겠냐? 그냥 가만히 기다리기만 하면 되지."

"그래도 왠지 불안하니까 그러지."

"휴~ 어쩌겠냐? 계급이 원수지. 그냥 최대한 체력을 보충하는 수밖에."

가진 바 실력은 일류급이지만 경험은 일천한 우칠과 전삼. 늘 마교 본단에서만 생활하던 그들에겐 모든 것이 낯설었고 두렵기까지 하다. 그러니 자연 의지할 만한 인물은 소교주인 수한뿐. 그런데 도통 그가 모습을 보이지 않으니 슬금슬금 불안한 마음이 드는 건 어쩔 수 없다.

…수한이 로그아웃 중임을 모르는 그들로선 어쩔 수 없는 반응이었다. 그나마 다행이라면 수한이 양반이 아니라 호랑이라는 점.

벌컥.

“나와라!”

“헉? 소교주님?”

“헛?”

우칠 등이 자기 얘기를 하는 순간 갑자기 방에 난입한 수한. 이에 우칠들은 기겁할 수밖에 없었다. 호랑이도 제 말 하면 온다더니, 그 말이 딱 들어맞는 상황이 아닌가?

그리고 잠시 뒤, 우칠들을 질질 이끌며 객잔의 어느 비밀스런 방으로 향하는 수한. 방금 전처럼 노크도 없이 벌컥 방문을 열어젖힌다.

“나 왔다.”

“헉? 소교주님!”

방금 전 우칠처럼 화들짝 놀라며 자리에서 벌떡 일어나는 쥐상의 중년인.

척 보기에도 간신배 스타일이다. …물론 생김새만으로 그런 것을 짐작하는 것은 일종에 편견일 수도 있겠다. 그러나 현재 글의 진행 상황이나 그 첫인상을 볼 때 그냥 그렇게 여기자. 그리고 솔직히 간사한 건 사실이었다.

“헤헤헤헤, 본단의 영웅들을 뵙습니다. 저는 이 산동성 분타를 책임지고 있는 ‘토귀(土鬼)’라 합니다. 부디 잘 부탁드립니다. 헤헤헤헤.”

우칠 등을 향해 말하는 투나 연신 손바닥을 비벼대는 그 모습을 볼 때, 역시 생긴 대로 논다는 말의 표본이다! 그러나 중요한 사실은 그게 아니기에 수한은 그런 그의 모습에 개의치 않았고, 대신 우칠들이 그의 신분에 화들짝 놀라며 움찔거린다. 일 개 분타를 책임진 분타주라면 본단의 외곽 경비대의 대주 냉염과 거의 동급의 지위. 그런 자에게 존대와 아부를 받으니 경비대 말단 무사에 지나지 않는 우칠들은 거의 정신이 혼미해질 지경. 그러나 여기엔 토귀 나름대로의 사정이 있었다.

이곳에 오자마자 아무런 이유도 없이 난장판을 만들어 버린 집마령주, 아니, 소교주 일행이다. 저 우락부락한 녀석은 분타의 가장 큰 돈줄이 되는 도박장의 건물을 완전히 무너뜨린 무식한 놈. 그리고 그 옆에 냉정하게 생긴 녀석은 얼마나 매섭게 손을 썼는지, 그에게 당한 사람들 전원이 최소 전치 6개월. 심지어 소교주의 단 한 방에 기절한 부분타주는 아직 정신도 못 차리는 상태. 자연 무공이 뒤처지는 토귀로선 이렇게까지 조심스러울 필요가 있었다.

각설하고! 우칠들은 상대의 신분에 놀라 입을 다물고, 토귀는 상대의 과묵한(?) 반응에 침묵을 지키는 상황 속에 수한이 재차 대화의 주도권을 쥐게 되었다.

일단 사흘 전, 로그아웃하기 직전에 명령한 것부터.

"그래, 전에 내가 부탁한 것은 다 알아봤는가?"

"헤헤헤, 소교주님이 말씀하신 거야 당연히 준비했습죠, 예. 헤헤헤헤."

"…그럼, 어서 말해 보게."

수한과 다른 방식으로 듣기 거북한 웃음소리. 그러나 수한은 억지로 꾹 참은 채 토귀를 재촉했다.

"먼저 당금 천하의 가장 유명하면서 고강한 실력의 고수들, 즉 십대고수들에 관해……."

"서론 빼고 본론만!"

토귀가 말을 질질 끌 기색을 보이자 냉큼 잘라먹는 수한. 토귀의 기분 나쁜 목소리를 최대한 적게 들으려는 그 나름의 노력이다.

"아예, 일단 십대고수들의 전체적 역학 관계를 말하자면, 일황삼제 육왕(一皇三帝六王)입니다."

"엥? 언제 그렇게 바꿨데? 얼마 전까진 그냥 십왕(十王)이었잖아."

토귀의 첫말에 수한은 재차 말을 끊어먹었다. 하긴 그럴 수밖에 없는 것이, 그가 알고 있는 사실과 뭔가 많은 차이를 보이는 게 아닌가. 그가 장백산맥에 올라갈 때만 해도 그냥 밋밋한 십왕 체제였는데, 지금은 레벨 400 이상의 초절정고수를 나타내는 황(皇)과 제(帝)의 칭호가 무려 네 명이나 생겼다?

물론 현재 마교엔 공식 마제(魔帝)의 수만 여섯이요, 그에 준하는 자가 백여 명이라 청제국의 그런 전력이 마교도인 우칠과 전삼에겐 그리 큰 감흥을 줄 리 없다. 그러나 그런 태평한 생각이나 해대는 우칠 등과 달리 수한에겐 이것은 아주 절박한 문제. 강자가 많으면 많을수록 그의 모종의 계획에 변수가 많아지는 탓이다.

"아, 예. 얼마 전까지 그랬지만, 생각지도 못한 큰일들이 몇 차례 벌어져 결국 지금의……."

"그건 넘어가고, 그 사람들의 신분 내력과 특징이나 말해 봐."

"…아, 예."

말할 때마다 자꾸 말을 끊어먹는 수한. 이제 토귀도 슬슬 화가 날랑 말랑 한다. 그러나 어쩌랴? 계급이 전혀 다른데.

"일단 일황(一皇)은 곤륜파 장문인의 사제로 얼마 전 곤륜파에 난입한 사파의 거두 적랑왕(赤狼王)을……."

"그만! 다음 사람."

곤륜파는 저 멀리 변방에 위치한 문파다. 자연 천하제일고수인 일황, 무극검황(無極劍皇) 무허는 수한의 관심에서 완전히 벗어난 존재가 되었다.

"에, 또 다음 사람은 옥화편제(玉花鞭帝)라 불리는 여중제일고수로서 이름이나 그 신분 내력은 아직 밝혀지지 않은 상탭니다. 다만 그 하는 행실이 기이해, 일단 정사 중간으로 두는 인물입니다."

"엥? 여자? 그런 사람이 레벨 400… 아니, 제(帝)씩이나?! 거기다 별호를 들어보니 검이나 도가 아닌 채찍을 쓰는 사람 같은데?"

"아예, 그래도 채찍에 강기까지 구현할 수 있는 탓에 일단은 절정 이상의 고수가 틀림없습니다. 거기다 얼마 전에 벌인 살겁의 주인공인 탓에 충분히 그 이름값을 했습죠."

"그 살겁이란 게 대체 무슨 일인데?"

"평소 주색을 밝히던 탐화군(探花君)이란 고수를 포함해 제국 내 악명이 높은 색마 백여 명을 한 번에 쓰윽."

말을 하며 손으로 목을 긋는 시늉을 하는 토귀. 그 어감과 실감나는 표정 연기에 순간 수한은 헛바람을 들이켰다.

군(君)이란 호칭이 붙었다면 적어도 레벨 200 이상의 일류고수를 나타낸다. 거기다 유유상종이란 말이 있듯이 그런 자와 함께 어울려 다니며 그때까지도 살아 있었다면 그 백여 명의 실력 역시 일류급임에 틀림없으리라. 그런데 그런 자들을 단 한 번에?!

"헉?! 설마 일류고수급 고수 백여 명을 단신으로 상대했다고?!"

"예, 그들 모두 일류고수라 합니다. 거기다 그 피해자들 중 반수 이상이 절정에 도달하기 직전의 인물들이었으니… 당시엔 정말 말이 많았습죠."

"허걱!"

수한은 정말 기겁했다. 레벨 200대 후반의 오십여 명을 일시에, 거기다 덤(?)으로 일류급 고수들 오십 명을 함께 처리하다니! 그 정도 무위라면 능히 레벨 400대 이상의 실력이리라.

'휴~ 만약 채찍 쓰는 여자를 보게 되면 즉시 몸을 피해야겠다.'

속으로 '보자마자 피해야 할 인물' 중 제일순위에 옥화편제를 기입하는 수한. 그러다 언뜻 떠오르는 것이 있어 재차 토귀를 향해 입을 연다.

"그나저나 방금 전 그 행실이 기이하다고 했는데, 뭐가 문제인 거지? 일단 색마를 척살했다면 일대 여협으로서 명성이 높은 정파의 고수여야 할 것 아닌가? 그런데 대체 무슨 기행을 했길래 정사 중간이라 불리는 거지?"

"아예, 그게 좀 이상한 것이… 물론 어디까지 소문이지만, 그 뭐라 해야 할까? 에, 저… 좀 이상야릇한 소문이 있습니다."

"그래, 그게 뭐냐고?!"

수한은 몸을 배배 꼬며 미적거리는 토귀를 보다 못해 재차 언성을 높이며 재촉했다. 이에 화들짝 놀라며 서둘러 입을 여는 토귀.

"아예! 그러니까, 그게 그 옥화편제란 별호에서 알 수 있듯이 아주 절세미인이긴 한데… 이상한 괴벽이 있다고 합니다. 그게 뭐고 하니, 얼굴이 반반한 미동을 모은다는 소문이… 거기다 아까 말씀드린 혈겁에서도 얼굴이 제법 잘생긴 놈들은 살려서 어디론가 끌고 갔다는 소문도 있고 말입니다. 아, 물론 음녀(淫女)라든지 그런 식의 소문은 아니지만… 역시 왠지 좀 꺼림칙한 말들이 없지 않지요."

흠칫.

수한은 순간 뭔가 알 수 없는 오싹한 기운이 등 뒤를 스치고 지나가는 것을 느꼈다. 이것은 일종에 육감이라고도 부를 수 있는 느낌, 혹은 예감이라고도 할 수 있는 그런 것이었다.

'절대! 절대로 그 여자를 만나지 말아야지!'

속으로 수차례 되새기며 다짐에 다짐을 거듭하는 수한.

그런 그의 모습에 토귀는 안절부절못하기 시작했다. 기껏 열심히 설명해 주고 있는데 소교주란 녀석이 주먹을 꽉 쥔 채 혼자만의 생각에 계속 빠져 있는 게 아닌가. 그렇다고 자기 계급에 함부로 그 생각을 방해할 수도 없는 노릇. 결국 토귀는 결국 뭐 마려운 개마냥 연신 끙끙거릴 수박에 없었다. 그러나 그의 걱정과는 달리 수한의 상념은 금세 끝났고, 재차 십대고수에 대한 정보 수집에 들어갔다.

"흠~ 알았네. 옥화편제는 넘어가고, 다음은 또 누군가?"

"아예, '낭인지왕(浪人之王)'이라 불리던 단천도제(斷天刀帝) 이연입니다. 얼마 전 용병으로서 크게 한 건 하는 바람에 제(帝)의 칭호를 얻게 되었습니다."

"아! 그 사람! 그자라면 나도 알지. 후아~ 이제 드디어 레벨 400이 넘은 건가?"

토구에 설명에 탄성을 내지르며 반가워하는 수한.

확실히 이연이란 이름은 수한에겐 낯선 것이 아니었다. 천무검군이 유저들 사이의 가장 고렙이라 인기가 있다면, 단천도제 이연은 NPC임에도 그 강함과 카리스마 탓에 유저들 사이에서도 인기가 높았다. 문파에 소속되지 않은 자유로운 낭인의 신분으로 십대고수의 반열에 오른 강자. 거기다 제국 내 모든 낭인들에게 존경과 두려움의 대상이 되는 카리스마까지. 비록 그 존재가 NPC라 하지만 유저들 사이에선 일부 그를 따르는 무리까지 있다고 한다.

"좋다. 그 사람은 넘어가고, 다음!"

이미 얼굴까지 한 번 본 인물이기에 수한은 더 이상의 설명을 요구하지 않고 다음 사람으로 넘어갔다.

"에, 다음은 최근 가장 유명한 사람이라 할 수 있습죠. 그 신분 내력에 대해선 그 어떤 것도, 심지어 이름과 얼굴조차 알려지지 않은 인물입니다. 그저 세간에서 암영살제(暗影殺帝)라 불리고 있을 따름입죠."

"엥? 그런데 어떻게 가장 유명한 인물이 될 수 있지?"

"헤헤헤, 그가 얼마 전 화산파, 종남파, 그리고 청성파의 장문인들을 한 달 만에 모두 암살했기 때문입니다. 그것도 사전에 예고장까지 보낸 상태에서 말입니다."

"컥?!"

수한은 순간 헛바람을 들이켰다. 이건 방금 전 옥화편제보다 더한 놈이 아닌가? 방금 토귀가 열거한 문파들 모두 구대문파에 속하는 거대 문파. 그런데 그런 문파의 수장들을 한 달 만에 전부 암살해? 그들 모두 절정에 도달한, 아니, 일개인의 무력보다 그들이 가지는 신분을 고려할 때, 그것은 정말 일대 사건이 아닐 수 없었다.

거기다 미리 예고장을 보낸 상태에서 암살에 성공하다니……. 그것은 구대문파 중 세 개 문파의 삼엄한 경계망 속을 마치 자기 집 안마당같이 활보했다는 의미! 아무리 암살이라곤 하지만 제(帝)의 칭호를 받을 만한 인물이 아닌가?

"헤헤헤, 때문에 제국 전체가 발칵 뒤집혀졌습죠. 아마 얼마 안 가 천하공적화하자는 공론이 모일 듯합니다."

"하긴 그렇겠지. 구대문파 중 세 개 문파의 장문인을 암살했으니… 휴우~ 이거 정말 섬뜩하군."

수한은 순간 괜히 산에서 내려온 것이 아닌지 후회되는 마음까지 들었다. 옥화편제 같은 괴물에다, 암영살제라는 암살의 제왕까지… 이래서야 더디 마음 놓고 자신의 계획을 진행할 수 있을지 의문이다. 그러나! 지금은 일단 토귀의 설명에 계속 귀 기울이기로 했다.

"그럼, 다음 사람."

"아예, 지금부턴 방금 전 네 사람보다 한 수 처지는 육왕(六王)입니다. 먼저 녹림천왕(綠林天王) 초류성으로서……."

"통과."

"예? 아예."

녹림천왕 초류성, 녹림삼십육채 총채주로서 사파 거두 중의 거두다. 그러나 산에 오를 일이 없는 수한이 산 도적에게 신경 쓸 이유가 있을 리 없으니, 패스.

"다음은 장강용왕(長江龍王) 파진군……."

"통과."

"…예."

장강용왕 파진군, 장강십팔채 총채주로서 초류성과 함께 사파의 양 대산맥을 이루는 자. 그러나 강 근처에도 갈 일이 없는 수한이 수적 두적에게 관심이 있을 리 없다. 그러니 역시 패스.

"다음은 십대고수 중 유일하게 관과 연관이 있는 자입니다. 군문 제일의 고수로 이름 높은 구룡창왕(九龍槍王) 호용이죠. 이자는……."

"역시 통과."

이제 슬슬 짜증이 나는 수한이다. 관에서 일하는 자가 자신의 일과 무슨 상관이 있단 말인가. 그는 그저 자신의 일에 방해될 만한 자의 명단을 확보하고자 이렇게 토귀를 닦달하고 있는데, 정작 토귀는 엉뚱한 말만 하고 있다.

반면 토귀의 입장에선 기껏 열심히 설명하는데 계속 초를 치는 수한이 야속하기 그지없었다. 대체 설명 들을 생각이 있는 건지 의심스러울 지경. 그러나 계급이 원수라 그저 꾹 참을 수밖에 없었다. 대신 나머지 세 명은 한 번에 쭉 나열하기로 마음먹었다.

"에… 다음은 나머지 육왕 중 정파의 세 고수들입니다. 그냥 한 번에 쭉 설명할까요?"

"그래, 그게 낫겠군."

"에, 그러니까 이전부터 십대고수의 자리를 지켜오던 반불권왕(半佛拳王) 공현…….."

수한이 모를 리 없는 인물이다. 바로 두 달 전 그에게 백보신권으로 통렬한 일격을 날린 소림사 장문인이니까.

"다음은 천향검왕(天香劍王) 태허…….."

역시 수한의 기억에 생생히 남아 있는 자다. 반불권왕 공현과 함께 그에게 검강을 휘두르며 난도질을 꾀했던 무당파 장문인. 수한은 자신도 모르게 주먹을 불끈 쥐며 전의를 다졌다.

'지금은 그냥 넘어가지만, 내가 마교주만 되면…….'

"마지막으로 최근에 십대고수 중 한 명이 된 정파의 고수입니다. 그자의 이름은 천무검왕(天武劍王) 천무로서…….."

꽈드득!

자신도 모르게 손에 힘을 줘 의자 손잡이 부분을 가루로 만든 수한. 그러나 그는 정작 자신의 행동을 알지 못한 채 악귀 같은 표정을 지으며 반문했다.

"뭐?! 천무검왕?! 얼마 전에 천무검군이었던 그 인간?!"

"예? 예, 그렇습니다, 소교주님. 그런데 왜 그런 얼굴로…….."

뮈? 그 인간이 십대고수 중 한 명이라고?!

수한은 순간 정신이 아득해지는 것을 느끼며, 동시에 머리끝까지 화기가 차솟았다. 현재 자신이 계획한 일의 근간이 되는 부분이 천무검군에 대한 응징이었다. 그런데 하필 그 인간이 십대고수가 되었다고 한다. 즉, 레벨 300 이상에 왕(王)이라는 칭호까지 얻은, 천하에 큰 영향력을 끼치는 존재가 되었다는 의미. 다시 말하자면, 지금의 수한이라도 함부로 건들 수 없는 존재가 되었다는 것을 뜻했다.

'어떻게 그럴 수가?!'

군웅들의 포위망에 걸릴 당시, 그러니까 지금부터 두 달 남짓 전에만 했어도 고작 레벨 200대 초반에 불과한 놈이… 말 그대로 지금의 자신에겐 한주먹거리도 안 될 녀석이 단 두 달 만에 절정고수가 되었다고?! 수한은 그 사실을 믿기 싫었고, 부정하고만 싶었다. 그러나 마교의 일 개 분타를 책임진 수장이 그런 일을 잘못 알 리도 없다. 즉, 그것은 결코 바뀌지 않는 진실이란 의미다.

"크아아아아!"

"헉? 소교주님, 왜 그러십니까?"

"헉! 폭주다!"

"으아악~ 주화입마(走火入魔)다!"

수한이 의자를 가루로 만들 때부터 뭔가 심상치 않음을 느끼던 우칠과 전삼이다. 거기다 이젠 두 눈에 불길이 확 이는 모습을 보이는데 어찌 긴장하지 않으리? 때문에 수한이 막 발작을 일으키며 방 안의 잡기를 때려부수자마자, 그들은 몸을 날려 구석으로 피했다.

반면 토귀는 폭주하는 수한을 달래려고 애를 써야 했다. 현재 수한이 폭주하고 있는 방은 그의 집무실. 때문에 온갖 중요한 물건과 값비

싼 집기가 널린 곳이다. 그런 곳에서 이렇게 난동을 부리면…….

퍼퍼억!

"캑!"

괜히 폭주하는 수한 옆에서 깐죽거리다 거하게 한 대 얻어맞은 토귀. 그는 바로 정신을 잃으며 집무실 파괴 현장에서 벗어났다. 그리고 그 광경에 이전에도 그랬듯이 서로의 두 손을 부여잡으며 오돌오돌 떨기 시작하는 우칠들.

그 뒤 반나절 동안 묵천마신교의 산동성 분타가 운영하던 한 객잔에선 거친 폭풍우가 몰아쳤다.

한차례 폭풍이 지난 뒤, 토귀의 집무실.

이것이야말로 난장판의 진수요, 폐허의 표본 같은 광경이 펼쳐져 있었다. 그리고 그 중심에서 연신 숨을 헐떡이는 수한. 하긴 순수 근력만으로 이런 난장판을 만들었으니 숨이 찰 만하다.

"헉헉. 그러니까 그 인간이 십대고수 중 한 명이란 말이지?"

"크흐흑흑, 예에~ 그렇습니다."

방금 전 제정신을 차린 토귀가 굵은 눈물을 흘리며 대답했다. 수한의 난동으로 분타 일 년치 예산이 날아갔으니 그렇게 울 수밖에. 그러나 그놈의 계급이 뭔지 따지지도 못하고 그저 울기만 한다. 반면 수한은 그런 토귀의 신색에 전혀 무관심한 채 자기 할 말만 할 따름이다.

"후후후, 그놈… 그래, 그놈, 천무검군이 어떻게 왕(王)씩이나 될 수 있는 거지? 그것도 단 두 달 만에?"

"흑흑, 그게 그러니까… 두 달 전 전대 교주에 대한 포위 추격전이 끝난 뒤 자기 세력권 내로 돌아가더니 그 인근의 산적이란 산적은 모조리 때려 부수기 시작했습니다. 그리고 나중엔 근방에 있던 녹림삼십육채의 다섯 곳을 본인과 그 제자만으로 초토화시키자, 그렇게 십대고수 중의 한 명이……."

"뭐? 그놈 제자라 해봤자 고작 열두 명밖에 없잖아. 그런데 그놈 하나와 열두 명이서 녹림삼십육채 중 다섯이나 박살을 내?"

녹림삼십육채란 녹림천왕 초류성을 중심으로 모인, 제국 내 최강의 산적들의 모임이다. 그리고 그 모임의 주축이 되는 것이 바로 삼십육 개의 산채들. 그런데 그중 다섯 개를 단 십여 명이서 초토화시켰다고? 그런 것은 구대문파 중 하나가 일대 제자 전원을 모아야 가능한 일일 텐데?

"그게… 저도 이상한 일이라 여겨 조사를 해보니, 당시 그 제자 전원이 그 스승과 비등한 일류고수급 실력을 가지고 있었다고 합니다. 결국 일류고수 십여 명이 일시에 들이닥쳐 기습을 해대니……."

뿌득.

토귀의 설명이 계속 이어졌지만 수한은 그것을 듣는 대신 어금니를 악물었다. 토귀의 처음 설명을 듣는 순간, 이내 그 상황이 짐작된 탓이다. 예전에 천무검군, 아니, 천무검왕에게 강탈당했던 삼엽구영초을 비롯한 무수한 영약들. 천무 그 녀석은 틀림없이 그것을 자신의 제자에게 먹여 그들의 능력치를 일순간에 향상시켰을 것이다. 그리고 그렇게 급조된 일류고수급 열두 명과 자신의 힘으로 산적들을 사냥해 충분한 명성치와 경험치를 얻었을 터. 그래서 그렇게 빨리 레벨 300을 넘어 십대고수 중 한 명이 되었으리라.

'젠장, 잔머리 하나는 진짜 좋군.'

수한은 욕을 하면서도 진심으로 감탄할 수밖에 없었다. 일반적인 유저라면 삼엽구영초 같은 영물들이 생기면 저 혼자 몽땅 먹어치우거나, 거대 문파에 바쳐 인맥을 형성했을 터. 하지만 천무검왕은 자신이 키우는 제자들에게 그것을 먹여 단기간 내에 일류고수로 만드는 것을 택했다. 그리고 그렇게 형성된 십여 명의 일류고수들을 사냥에 적극 투입, 단기간 내에 엄청난 경험치와 명성치를 습득해 결국 단 두 달 만에 십대고수가 되는 일을 해낸 것이다.

자신이 몽땅 독식하는 대신 다수의 강력한 힘을 만들고, 정작 본인은 레벨 업으로 능력치를 얻겠다는 생각. 결론적으로 천무검왕 자신은 절정고수가 되었고, 더불어 십여 명의 일류고수까지 거느리게 되었다. 그런 고차원적인 전략은 무수한 영약을 먹어치운 수한을 실로 부끄럽게 만들었으니…….

"젠장, 역시 프로란 건가?"

본인이 십대고수 중 한 명인 절정고수고 그 밑엔 일류급 고수 십여 명. 거기다 소림과 무당과의 인맥. 이미 그 영향력과 힘은 일개 중소문파의 힘을 능가하는 저력이다. 그리고 그런 가공할 힘을 상대하기엔 현재 수한의 능력으론 역부족. 그러나 만약 마교를 장악한다면…….

"후~ 좋아. 훗날을 기약하지. 그럼, 마지막으로 확인을… 토귀!"

"예? 옛!"

혼자 생각에 잠기며 중얼거리던 수한이 갑자기 소리쳐 부르자 토귀는 화들짝 놀라며 대답했다.

"이전 도박장에서 분타의 전력 중 몇 할이나 투입되었지?"

"아, 예? 그게 무슨……?"

생각지 못한 질문인 탓일까? 아니면 아무리 본단에서 왔다곤 하나 고작 세 명에게 형편없이 깨져서일까? 토귀는 일시지간 말을 꺼내지 못한다. 그러나 수한이 버럭 고함을 지르자 토귀도 더 이상 버틸 재간이 없다.

"그러니까 네가 책임지고 있는 분타 내에 고수 중 몇 명이나 우리한테 깨졌냐고?!"

"아예, 그게 그러니까… 알다시피 제국 내 분타 사람은 모두 정통 마공을 익히지 못한 탓에……."

"클클클클, 역시 그렇군. 그럼 널 제외한 고수급은 다 우리한테 깨졌다는 거네?"

"…예, 그렇습죠."

마지못해 답하는 토귀의 얼굴은 창피함으로 시뻘게진다. 그러나 그 대답을 듣는 수한의 얼굴에는 뭔가 의미심장한 미소가 스쳐 지나갔으니…….

"좋아, 그렇단 말이지… 그런데 이곳 분타의 전력이라면 대충 약소문파 한두 개와 비슷한가?"

"예? 아예, 물론입니다. 아무리 본단 무공을 익히지 못했다고는 하나, 저희들이 나선다면 약소문파 한두 개쯤이야 그날 저녁으로……."

어떻게든 창피함을 무마시키고자 열성적으로 분타 고수들의 전력을 부풀리는 토귀. 그 모습에 수한의 얼굴에 재차 웃음꽃이 피어난다. 이대로라면 그의 모종의 계획은 충분히 승산이 있다는 의미. 그리고…….

'저기 저놈들도 나름대로 키운다면 어느 정도 쓸모가 있겠지.'

수한의 시선이 구석에서 오들오들 떨고 있는 우칠과 전삼에게로 향했다. 척 보기엔 전혀 믿음직하지 않은 모습들. 그러나 그 실력은 일류급 고수다. 거기다 천무검왕의 기발한 아이디어까지 고려한다면, 그들이 가지는 가능성은 더욱 커진 상황.

"클클클. 그래, 좋아. 일단 안전 장치라 생각하고 좀 더 키워서 써먹자. 천무 놈도 한 것을 내가 못할 리 없지. 크크크크."

뭔가 불길한 웃음을 지으며 행랑창에서 무언가 묵직한 것을 끄집어낸 수한. 그러더니 천천히 전삼 등을 향해 다가간다.

"크크크크크."

부들부들.

'뭔가'를 손을 든 채 마음껏 다크 오라를 내뿜는 수한. 그 모습에 토귀조차 주춤 물러난다. 그리고 이미 당한 바가 많은 우칠 등은 연신 몸을 떨어대며 뒤로 물러나지만… 아뿔싸, 이미 그들은 구석까지 내몰려진 상태다.

"크크크크, 기뻐해라. 내가 너희들을 강하게 만들어주마."

데스나이트(Death Knight)를 만들고자 기사의 영혼을 유혹하는 마왕같이, 뭔가 사악한 미소를 지으며 다가오는 수한.

우칠 등은 이 순간 진정한 공포가 뭔지 뼈저리게 느낄 수 있었다.

사냥을 시작하다

"크크크크크."

칠흑 같은 어둠이 뒤덮인 밤. 그 어둠 속에 몸을 감춘 채 어느 한곳을 바라보는 수한. 전신을 가린 검은 장포와 검은 복면은 앞으로 벌일 일의 암시와도 같았고, 그의 두 눈은 먹잇감을 바라보는 맹수의 그것과도 같았다. 그리고 그의 먹잇감으로 지목된 곳은 정파 측 약소문파 중 하나인 '금철문(金鐵門)'.

"준비해라."

"옛."

수한의 말에 역시 복면을 뒤집어쓴 우칠과 전삼이 작지만 힘있는 음성으로 대답한다. 자신들 세 명만이 일 개 문파를 습격하는 상황임에도 전혀 주눅 들지 않은 모습들. 이에 수한은 그들을 잠시 흐뭇한 시선으로 바라봤다.

"크크크크, 역시 영약빨이 좋긴 좋군."

그렇다. 우칠들의 기세는 얼마 전과는 확연히 달라져 있었다. 두 눈엔 신광이 번쩍이며, 몸은 이전보다 훨씬 가볍고 민첩하다. 절정까지는 무리겠지만, 적어도 일류고수의 끝자락에 있는 듯한 모습. 이게 다 수한이 큰맘먹고 그가 가진 마지막 영약, 만년하수오(萬年何首烏)를 먹인 탓이다. 비상금(?)으로 아껴두었던―솔직히 지금껏 까맣게 잊고 있었다―영약을 자신의 수하에게 먹이다니… 크윽, 수한은 자신의 인덕(?)에 스스로 감탄했다.

어차피 자신이 먹어도 아무런 소용이 없는 상황. 그리고 천무검군의 이야기가 그를 자극했기에 가능한 일일 뿐, 만약 그렇지 않았다면 그냥 팔아먹었으리라.

결국 진실은 이렇게 왜곡되었고, 우칠과 전삼은 자신들 같은 말단 무사들에게 귀하디귀한 영약을 먹인 수한에게 이미 완전히 감복된 상태다. 호감도와 충성도는 이미 만땅을 넘어 하늘을 찌르고, 그 탓에 지금 같은 황당한 일에도 아무 불만을 나타내지 않은 채 잠자코 그의 명령에 따르고 있는 두 사람이었으니… 영약 반 뿌리에 혹해 수한에게 자신의 영혼을 팔아넘긴 우칠과 전삼. 과연 그들의 앞날에 무슨 일이 벌어질지 실로 안타깝다.

"크크크크. 좋아, 가자!"

음침한 괴소를 토하며 전의를 다지는 어느 순간, 수한은 드디어 '사냥'에 돌입했다.

스스슥.

주위에 인적이 완전히 사라진 것을 느끼자마자 금철문의 정문으로 몸을 날린 수한과 그의 수하들. 정문을 향해 내달리던 수한은 어느 시점에서 냅다 그곳에다 권풍을 날린다.

콰콰쾅!

엄청난 폭음과 함께 박살나는 금철문의 정문. 그 여파로 ‘금철문’이라 쓰인 편액마저 땅바닥에 나뒹굴었다. 그러자 수한은 땅바닥에 떨어진 편액을 주운 뒤 기세를 죽인 채 천천히 정문 안으로 들어서기 시작했다.

정문에서 큰 폭음이 울리는데, 안에 있던 사람들이 가만히 있을 리 없다. 수한이 채 열 걸음을 옮기기도 전에 우르르 몰려드는 금철문의 사람들. 그들은 박살난 정문과 수한의 손에 들린 편액을 바라보며 분노에 찬 얼굴로 소리쳤다.

“누구냐?!”

“피식~ 흑룡문(黑龍門)을 건들고도 우리가 누구인지 모르겠나?”

흑룡문. 현재 금철문과 대립 관계에 있는 흑도 문파의 이름이다. 수한은 그 문파의 이름을 자기 문파인 양 크게 소리치며 한껏 상대방을 비웃기 시작했다. 자신만만하기 이를 데 없는 태도, 거기다 옷차림이나 분위기가 뭔가 한가락 할 것만 같다. 이에 장내에 모인 금철문의 문도들은 자신들도 모르게 잠시 주춤할 수밖에 없었다.

“아니, 그럴 리가 없다. 흑룡문에 어떻게 너희들 같은 고수가…….”

척 보기에도 고수 같아 보이는 세 복면인. 거기다 정문이 저렇게 처참하게 박살난 모습으로 볼 때, 그 실력을 확실히 짐작할 수 있다. 즉, 저들은 자신들 같은 약소문파에선 도저히 감당할 수 없는 고수라는 의미. 그런데 어찌 자신들과 동급인 흑룡문에서 저런 고수들이 있을 수 있으랴?

한편 상대방이 엄청 빠른 눈치로 설설 기기 시작하자 이번엔 수한이

곤란해졌다. 그의 생각대로라면, 정문을 때려부수자마자 저들이 알아서 자신들을 공격해야 하는데, 저렇게 지레 겁을 먹어서야……

'칫, 역시 너무 약소문파를 선택했나? 뭐, 할 수 없지.'

수한은 좀 더 과격해질 필요가 있다고 여기며 손에 쥔 편액에 그대로 주먹을 내질렀다. 문파의 자존심을 상징하는 편액을 박살 내면 누구라도 화를 낼 터. 때문에 수한은 자신의 행동이 이들을 충분히 분노케 할 것이라 여겼다.

퍼석.

근력만 150이 넘는 수한이다. 그런 그의 주먹이 일반 하류고수와 같을 리 만무. 자연 권풍을 채 운용하기도 전에 편액은 단숨에 가루가 되어버렸다. 그러자 그 모습에 경악하며 금철문의 문도들이 일제히 한 걸음씩 물러난다.

'헛! 역효과인가?'

점점 자신이 원하지 않는 방향으로 일이 진행되자 수한은 난감해졌다. 설마 상대방이 이렇게까지 약할 줄이야… 이러다가 자칫 저들이 자존심을 돌보지 않고 계속 양보한다면 그의 계획은 수포로 돌아가지 않겠는가. 하지만 그의 그런 걱정은 지나친 기우였나 보다.

"이이이… 이 자식이?!"

역시 세상 어디서나 성질 급한 놈은 꼭 한 놈씩 있는 법. 금철문도 중 누군가가 분기를 참지 못한 채 수한에게 몸을 날린다.

"크크크크, 그래야지."

이런 반응을 절실히 기다리던 수한이다. 그러니 이 절호의 기회를 놓칠 리 만무. 때문에 자신을 향한 금철문도의 검을 피하는 대신 그대로 주먹을 내질렀다.

쾌룽!

"컥!"

이제 갓 레벨 50을 넘긴 말단 무사가 레벨 200대에서나 선보인다는 '권풍'을 감당해 낼 리 없다. 거기다 이번에 수한이 방출한 것은 권풍도 아닌 권강이다. 당연히 일격에 회색으로 물들어가는 이름 모를 엑스트라.

띠링.

—레벨이 오르셨습니다.

엑스트라가 회색으로 물들자마자 수한의 뇌리에 울리는 기계음. 이에 수한은 터져 나오는 기쁨을 주체 못한 채 앙천광소(仰天狂笑)를 터뜨렸다.

"크하하하하하!"

게임상으로 거의 일 년 반 만의 레벨 상승. 지금껏 영약을 통한 능력치 상승이나 무공 숙련도에만 정신이 팔렸던 수한이 드디어 레벨에 신경 쓰기 시작한 역사적인(?) 순간이었다.

한편 수한이 장내가 떠나갈 듯한 광소를 터뜨리며 미친 척하자, 금철둔도 내 분위기는 한층 더 침중해진다. 하긴 수한에게 당한 자가 아무리 말단 무사라 하나 단 일 격에 회색으로 물들었으니 자연 분위기가 무거울 수밖에. 거기다 어느 정도 안목있는 자들은 수한이 방금 전에 펼친 것이 권강임을 알고 전의를 완전히 상실하기까지 했다.

사기가 떨어질 대로 떨어져 이제 바닥을 기는 금철문도들. 그런데 바로 그때, 누군가 그런 그들을 헤치며 앞으로 나선다. 척 보기에도 금철문의 요직에 있는 인물, 바로 금철문을 책임지는 금철문주다.

“크험~ 그대는 대체 누구인가? 흑룡문에 그대 같은 고수가 있다는 것을 도저히 믿을 수 없다.”

너무나 절묘한, 그래서 산통을 깨게 만드는 물음. 이에 복면 속 수한의 얼굴이 와락 구겨진다. 그냥 덤비면 될 텐데 왜 이다지도 의문이 많은지… 계속 자신들의 정체를 문제 삼자 은근히 짜증까지 나는 수한이다.

‘젠장, 역시 너무 약소문파를 상대하니까 이런 문제가 있군. 다음에는 좀 더 큰 문파를 찾아야겠어.’

속으론 뭔가 계획 수정에 들어간 수한. 그러나 겉으론 자신이 흑룡문도의 한 명임을 맹렬히 주장한다.

“거참, 되게 안 믿네. 우린 흑룡문…….”

“흑룡문에서 우릴 초빙했다. 그러니 당분간 흑룡문의 사람이라 할 수 있지.”

수한이 막 되지도 않은 주장을 할 찰나, 옆에서 끼어든 전삼. 자신의 주인이 뭔가 실수(?)하려는 기미가 보이자, 수하 된 입장에서 재빨리 수습한다. 그러자 어느 정도 납득한 듯 고개를 끄덕이는 금철문주. 하긴 서로 대립 관계에 있는 문파들 사이에서 고수를 초빙해 상대 측을 공격하는 일은 그리 별스런 것이 아니리라. 거기다 지금같이 이미 피를 본 상황에서 상대가 누구이든 무슨 상관이 있으랴?

차창!

“금철문도들은 들어라! 비록 이곳 금철문이 작은 문파라 하나 상대는 고작 세 명. 어찌 이대로 문파를 포기할 수 있겠는가? 전원 검을 뽑아 저 건방진 녀석들을 주살하라!!”

검까지 뽑아 들며 금철문주가 소리치자, 금철문도들 역시 반사적으로 검을 뽑아 들었다. 그렇다. 상대가 비록 고수라 하나 고작 세 명. 이대로 도주하기엔 너무 억울하지 않은가?

한편 자신이 나서기도 전에 쉽게 일이 해결되자 수한은 괜히 쑥스러워진다. 이에 슬그머니 전삼을 바라보는 수한.

'휴~ 역시 머리 좋은 녀석이 한 놈 정도는 있어야겠어.'

금철문주의 납득하는 표정과 장내의 살벌한 분위기에 안도의 한숨을 내쉬는 수한. 그는 속으로 전삼에게 포인트 1점(?)을 주며, 역시 사람은 머리가 좋아야 한다며 중얼거렸다.

'NEW WORLD'. 타 가상현실 게임과는 달리 회사 내 운영팀의 간섭이 거의 전무하다고 알려진 게임이다. 즉, 운영팀이 게임의 설정이나 유저들 행동을 직접적으로 조절할 수 없고, 오직 세상 내 존재하는 법칙만이 그 세상을 지탱한다는 의미다. 때문에 게임의 주요 요소인 몹들은 운영팀이 인위적으로 조종하는 리젠 방식이 아닌 새끼를 깐다거나, 혹은 일반인이 저주로 마물이 된다거나 하는 등 나름대로 존재 이유가 있었다.

덕분에 세상 내 존재하는 몹들, 즉 유저들의 사냥감의 수는 타 게임에 비해 극히 적을 수밖에 없었다. 그나마 팔라스 연합의 경우, 판타지 세상을 구현한다는 명목 하에 번식력 좋은 마물을 워낙 많이 뿌려 유저들의 사냥엔 큰 지장이 없다고 한다. 그러나 설정상 마물의 존재가 적고, 강력한 황권 아래 치안 유지가 잘된 청제국 지역에선 그와 사정이 달랐다.

성이나 마을 근처에서 뭔가 큰 게 떴다(?) 하면 바로 군대를 동원해 토벌해 버리니, 유저들이 사냥할 거리가 있을 리 만무. 그나마 사냥터가 아주 없는 것도 아니지만, 그것들 역시 장백산맥이나 몇몇 대산들에 지나치게 편중되어 있는 상태다. 즉, 너무 많은 수의, 그리고 너무 지나치게 강한 몹들이 모여 있어 몇몇 유저들만으로는 접근조차 불가능하다는 의미다. 일례로 천마혈존 포위 추격전에 동원된 삼천여 명의 군웅들조차도 장백산맥에서 무수한 희생자를 냈었다고 하니 사냥터로써의 그 엄청난 난이도를 쉽게 짐작할 수 있으리라.

어쨌든 결론만 말하자면, 청제국에선 일반 동물계 몹들이 분포되어 있는 사냥터가 일부 있을 뿐, 레벨 100 이상의 중고렙용 사냥감이 없다는 것이 통설이다. 때문에 어느 정도 레벨을 올린 유저들은 레벨을 올리기 위해 사냥이 아닌 다른 방법을 모색할 수밖에 없었으니… 비무를 통한 타 속성 NPC 사냥(?)이나 몇몇 은거 기인들과 거대 문파가 내주는 퀘스트, 그리고 문파전을 통한 경험치 습득 같은 방식으로 레벨업의 욕구를 충당해야만 했다.

그러나!! 아무리 경험치 습득을 위한 다양한 방법이 있다곤 하지만, 레벨 업을 위해선 사냥만큼 좋은 것이 없다. 그 대표적인 예로 천무검왕을 보라! 일류고수 십여 명이란 전력을 갖추자마자 바로 산적들의 산채에 쳐들어가 그곳들을 쓸어버린 천무검왕. 그 결과는 폭렙을 거듭, 단 두 달 만에 레벨 200대 초반에서 300을 훌쩍 넘어서지 않았던가? 그러니 레벨 업을 위해선 타 속성 존재를 사냥하는 것만이 최선의 방법이라 볼 수 있으리라.

그리고 그런 측면에서 볼 때 수한은 정말 레벨 업 최상의 조건을 갖추고 있었다. 비록 마 속성인 탓에 일반 몹들—특히 마물들—을 잡아봐야 경험치를 얻지 못하지만, 그 대신 그에 수십, 아니, 수백 배에 달하는 타 속성 NPC들이 제국 곳곳에 널려 있지 않은가. 거기다 그 사냥감들은 고른 레벨 분포까지 되어 있어 입맛 따라 사냥할 수 있기까지 했다. 그러니 이미 능력치만은 절정이 넘어선 수한으로선 이제 천무검왕을 능가하는 폭렙의 진수를 보일 수 있으리라.

…다만 한 가지 문제가 있다면 마교도라는 수한의 신분. 마교도는 어디까지나 천하공적의 존재인 탓에 혹여 그의 정체가 드러난다면 인근 모든 정사 문파가 힘을 모아 그를 추살하리라. 때문에 문파전을 벌이는, 혹은 벌일 여지가 있는 문파를 찾아가 그 반대 측인 양 행동하는 수한. 제딴에 머리를 열심히 굴린다고 복면까지 뒤집어쓰며 지금 같은 일을 벌이는 것이다.

콰릉!

"크아아악!"

"켈켈켈켈."

권강이 누군가의 육신을 박살 냄과 동시에 사악한 악마의 웃음소리가 장내를 들썩인다.

…당연한 이야기겠지만, 수한이 그 웃음소리의 주인이다.

"켈켈켈, 역시 정파의 쓰레기들은 허약하기 그지없군. 켈켈켈."

마치 전설적인 마두 같은 대사를 날리며 재차 자신의 사냥감을 찾아 두리번거리는 수한. 우칠과 전삼 역시 수한만큼 날뛰며 금철문도들을 거침없이 주살하고 있다. 그야말로 마교도다운 착실한(?) 모습들. 하긴 수한에게 지금의 행동은 단순한 사냥이 아닌 천무검왕과 그의 떨거지들에 대한 일종의 복수전이나 다름없었다.

두 달 전 그를 뒤쫓던 삼천여 명의 군웅들은 전부 정파의 사람들. 비록 이곳 금철문이 그들과 무관한 사이일 수도 있겠지만, 적어도 같은 정파에 속한 문파다. 즉, 수한이 생각하기엔 이들 역시 자신의 화풀이

대상인 것이다. 열심히 사냥을 해 경험치도 쌓고 나름대로 화풀이 겸 복수도 하고, 이거야말로 일석이조가 아니겠는가?

"크켈켈켈켈! 죽여라, 죽여!!"

콰릉! 콰릉!

"으아악!"

"커컥!"

괴소를 내지르며 살육에 미쳐 마구 날뛰는 수한. 그의 앞을 가로막는 건 그 누구도 회색의 물결에서 벗어날 수 없었고, 전삼과 우칠은 이미 그 이상으로 광분한 상태. 그 광경에 금철문주는 진실로 절망했다.

"이럴 수가… 이런 변두리에 왜 이런 고수들이……!"

수한 일행이 흑룡문의 사람임을 인정하며, 자신들의 수적 우세를 믿고 공격을 감행했던 그다. 그런데!! 그 결과는 처참하기 이를 데 없다. 고작 세 명뿐인 적을 맞이해 우세를 점하기는커녕, 일방적으로 몰리는 전황. 아니, 몰리는 정도가 아닌 거의 학살 수준이다.

하긴 문 중 최고수인 문주가 고작 레벨 100대 후반인 금철문이다. 그런 이곳이 능력치만 따지면 초절정고수인 수한과 절정 초입의 두 사람을 감당할 수 있을 리 없다. 도강에 근접한 도기(刀氣)를 날리는 우칠과 전삼, 그리고 권강을 통한 원샷 원킬(One Shot One Kill)의 진수를 보이는 수한. 금철문주와 그의 문도들에겐 도저히 항거할 수 없는 거대한 벽과도 같았다.

때문에 월등한 수적 우세로 근근이 버티던 금철문도들도 시간이 지남에 따라 급속토록 밀리기 시작했고, 마침내 그나마 유지하던 진영마저 무너졌다. 그 이후 압도적인 전력 차로 인한 무차별 살육.

콰릉!

“케에엑!”

“허억!”

수한 일행의 무위에 잠시 멍하니 있던 금철문주는 자신의 옆에서 터져 나가는 문도의 몸에 일순 제정신을 차렸다. 그가 장내를 둘러보니 백여 명을 헤아리던 문도는 이제 고작 십여 명뿐. 개전이 일어난 이후 단 오 분 만에 벌어진 일치곤 너무나 참담한 결과다. 결국 금철문주는 치욕을 무릅쓰고 도주를 택할 수밖에 없었다.

“크윽~ 모두 흩어져 살길을 찾으라!!”

차마 도주하라는 말은 하지 않았지만, 살길을 찾으라는 말에서 더욱 비참함이 느껴진다. 지금 이곳이 자신들의 본거지인데, 단 세 명에게 밀려 도주를 해야 하다니……. 그러나 저 악마 같은 녀석들을 볼 때 더 이상 이곳에 있다가는 말 그대로 몰살뿐.

“젠장, 언젠가 이 원한을…….”

금철문주는 수한 일행과 저런 괴물들을 보낸 흑룡문을 씹으며 열심히 내달렸다. 그러나 그의 도주를 수한이 용납할 리 없다.

“아니, 저놈이?!”

막 한 명을 회색으로 물들이던 수한은 금철문주가 꽁무니를 빼자 서둘러 몸을 날렸다. 금철문의 수장으로서 일단 가장 강할 것 같은 인물. 즉, 경험치를 가장 많이 줄 사냥감을 그냥 고이 보낼 수는 없지 않은가. 이미 금철문주가 사람의 형상이 아닌 경험치를 표시한 숫자판으로 보이는 수한. 그는 단숨에 끝장내고자 도주하는 금철문주의 등에다 연달아 권강을 날렸다.

콰릉! 콰릉!

“커억!”

"엥? 아직 안 죽었네?"

역시 문주는 아무나 되는 것이 아닌 모양이다. 권강을 두 방이나(?) 맞고도 끝끝내 살아남아 땅바닥에서 버둥거리는 금철문주. 이로써 수한의 원샷 원킬의 신화는 깨져 버렸다. 그러나 어차피 잡으면 똑같이 경험치로 환원되는데 몇 타에 잡았는지가 무슨 상관이랴? 때문에 수한은 추수하는 농부의 심정으로 쓰러진 금철문주에 향해 느긋이 다가갈 뿐이다. 그런데 그 순간!

서걱!

"큭!"

"헤헤헤헤헤."

수한이 막 금철문주에게 다가가 경험치를 얻으려는 순간, 누군가 달려오더니 냅다 금철문주를 썰어(?)버린다. 그리고 마치 '저 잘했죠' 란 모습으로 비굴한 웃음을 터뜨리는 녀석. 당연한 이야기겠지만, 눈치없기가 수한과 쌍벽을 이루는 우칠이다.

"이이… 이 자식이?!"

수한은 눈앞의 광경에 잠시 멍해졌다. 최소 레벨 5업을 보장하는 금철문주을 우칠이 냅름 '스틸' 해 버린 것이다. 거기다 자신이 무슨 잘못을 했는지도 모른 채 저런 천진난만(?)한 웃음이라니… 이는 하늘이 용서하고 땅이 용서해도 수한 본인이 용서 못할 중죄!

"으아아아~ 이 자식! 일단 맞고 시작하자!!"

"에? 으아아악!"

퍼퍼퍼퍼퍽!

난무하는 권풍과 그로 인해 허공을 부유하는 우칠. 수한은 속으로 우칠에게 감점 100포인트를 부여하며 열심히 타작을 시작했다.

한편 구석에서 그 처절한 구타 현장을 생라이브로 지켜보는 전삼. 그는 우칠의 명복을 빌며 수한이 어떤 행동을 싫어하고 좋아하는지 열심히 되새기기 시작했다.

'흑흑, 불쌍한 놈. 그래도 네 덕에 소중한 정보를 얻게 되었으니…….'

비록 아픔이 절절 느껴지는 비명성이 장내에 떠나갈 듯 울려 퍼지지만, 전삼의 마음 한구석은 어느새 푸근해진다. 동료의 살신성인의 정신으로 인해 대수한용 데이터를 모아 미래를 대비할 수 있는 탓이다. 역시 이런 일에선 동료고 뭐고 없단 말인가?

구타하는 수한, 구타당하는 우칠, 그리고 옆에서 수한을 관찰하는 전삼. 어느새 대금철문 사냥은 이렇게 막을 내리고 있었다. 그러나 그 일각에선 수한이 미처 생각지 못한 화근의 불씨가 만들어지고 있었으니…….

"크윽, 저놈들은 절대 흑룡문에서 초빙할 수 있는 자들이 아니다!"

금철문 쪽에서 열심히 몸을 날리며 도주하는 금철문의 부문주. 그는 재빠른 눈치로 수한 일행을 보자마자 자신들의 힘으론 도저히 감당할 수 없는 고수임을 직감했다. 그래서 싸움이 벌어지자 몸을 사렸고, 그런 그의 선택으로 인해 이렇게 목숨을 부지하게 된 것이다. 그리고 지금 이 순간, 그는 수한 일행에 대해 강한 의혹을 가지고 있었다.

권강을 날리는 일행의 수괴, 그리고 옆에서 도기를 내뿜으며 문도들을 주살하는 두 명의 수하. 세 명 다 적어도 절정의 초입에 도달한 고수들이다. 그런데 어찌 저런 고수들을 일류고수조차 한 명 없는 흑룡문에서 초빙할 수 있단 말인가? 이것은 분명 음모다! 대체 무얼 노리고 자기 문파를 노리는지는 알 수 없으나, 분명 뭔가 거대한 음모가 있는 게 분명하다.

“어디 두고 보자! 일단 살아남아, 반드시 일을 캐내어…….”

“살아남을 수 있다면 그렇게 해봐라.”

“헉! 누구냐!!?”

막 복수의 다짐에 여념이 없던 금철문의 부문주. 그는 자신의 등 뒤에서 들리는 누군가의 음성에 기겁하며 검을 빼 들었다. 그러나 등 뒤의 인물은 방금 전 악마 같던 수한보다 훨씬 더 무서운 자였으니, 그 결과는 뻔할 뻔 자다.

우득.

“켁!”

허리춤의 도는 뽑을 필요도 없다는 듯 손으로 상대의 목을 비틀어 버린 의문의 고수. 금철문의 부문주는 결국 회색으로 물들었고, 이로써 수한이 걱정해야 할 화근의 불씨는 피식 꺼져 버렸다.

“흐음~ 나머지는?”

너무나 쉽게 금철문의 부문주를 처리한 의문의 고수, 아니, 수라만마대의 제1소대주는 어둠 속 누군가에게 입을 열었다. 그러자 어둠 속 어디선가 들려오는, 작지만 강한 힘이 내재된 목소리들.

“서쪽으로 도주 중이던 두 명, 처리되었습니다.”

“동쪽의 세 명 역시 처리되었습니다.”

“금철문 주위 모든 목격자들을 소거했습니다.”

잠시 동안 어둠에서 이어지는 말들. 제1소대주는 그 모든 보고를 들은 뒤 자신의 일이 모두 끝났다고 결론을 내렸다.

“좋아! 철수한다.”

소교주가 대체 무슨 생각으로 이런 일을 벌이는지는 알 수 없다. 아니, 알 필요도 없다. 그와 그의 수하들은 그저 대주인 수라혈제의 명령, 소교주의 안위에 위협이 되는 존재를 제거하면 그만일 뿐.

수라만마대 제1소대주는 그렇게 마음속 의문을 지우며 장내에서 벗어났다.

그리고 잠시 뒤, 약간 떠들썩한 소음과 함께 사냥을 마친 수한과 우칠 등도 신형을 날리며 금철문을 떠나 버렸다. 이제 장내에 남은 건 죽음과도 같은 고요함과 회색으로 물든 시신들뿐. 그러나 그런 생각은 너무 이른 감이 있는 모양이다. 갑자기 장내에 그 모습을 드러낸 인영들.

스슥.

"으메~ 마교 녀석들이 미쳤나? 왜 갑자기 떼로 몰려다니는 거지?"

수라만마대가 완전히 자취를 감추고 수한마저 떠난 장내에 갑자기 등장한 십여 명의 복면인들. 청제국식 복장이 아닌 팔라스 연합의 어쌔신(Assassin) 같은 복장을 한 그들은 수한의 주위를 맴돌던 제4운영팀의 옵저버들이다.

비록 레벨이 낮아 강한 무력을 가지고 있지는 않지만, 지니고 있는 아이템의 특징상 완벽한 은신이 가능한 그들. 덕분에 그들은 마교 소교주의 금철문 기습 공격과 수라만마대의 흔적 인멸 작업을 여과없이 지켜볼 수 있었고, 동시에 크게 당황해야만 했다. 수한 일행이 보인 행동들이 이전 마교도 것들과 너무나 다른 패턴을 보였던 탓이다.

지금까지의 마교도들이라면 두세 명이 슬그머니 내려와 몇몇 고수들과 투탁거리다 올라가거나, 혹은 화끈하게 살겁을 벌이다 척살대에게 주살되는 것이 대부분이었다. 즉, 이런 대규모의 인원이 한꺼번에 내려와 은밀히 움직인 적이 없었고, 대문파를 건드는 일이 있을지언정

이런 약소문파를 멸문시키는 일은 더 더욱 없었다. 그러니 마교에 대해 누구보다 빠삭하다 생각하던 옵저버들로선 당황할 수밖에. 그러나 그들은 이내 자신들이 할 일을 떠올리며 수한 일행이나 수라만마대에 대한 관심을 끊어버렸다.

"아아, 그런 것은 위에서 알아서 할 테니 우린 우리 일이나 하자구."

"쳇, 알았어."

누군가가 제기한 의문은 그대로 사그라지며, 이내 자기 할 일에 몰두하는 옵저버들. 그들은 수라만마대가 미처 처리 못한 마공의 흔적을 세심히 지우고 뭔가 단서가 될 만한 것을 치우기 시작했다. 그리고 잠시 뒤…

"좋아. 이러면 적어도 일방적인 싸움이 아닌 쌍방 간에 피해가 큰 것으로 보이겠지."

방금 전보다 훨씬 어지러워진 장내. 척 보기에도 백여 명의 인원이 불시에 금철문을 습격한 뒤 물러난 것으로 보인다. 이에 옵저버들을 이끄는 제1조장은 잠시 주위를 만족스럽게 바라본 뒤 철수를 명했다. 이제 남은 것은 정보 조작뿐. 아마 날이 밝으면 그들에 의해 금철문의 멸문에 대한 소문이 널리 퍼지리라. 사실과는 너무나 판이한, 그러나 수한이 의도한 소문이 말이다.

마음껏 울분을 풀며 레벨 업에 치중하는 수한. 그리고 수한의 만행을 감추고자 동분서주하는 수라만마대의 고수들과 4운영팀의 옵저버들. 그런 그들의 노력으로 인해 수한의 폭렙은 아무런 지장 없이 계속 이어질 것만 같았다.

그러나! 사람 일이란 누구도 알 수 없는 법. 그 누구도 예상치 못한, 그래서 잠시 잊혀진 존재들이 수한의 존재를 포착함에 따라 그 여파는 전혀 엉뚱한 방향으로 수한을 강타했다.

　"아아아함～ 이거 참～ 언제쯤 야근을 면할지……."
　제2운영팀의 책임자, 허 팀장의 꼬봉인 박진철은 크게 하품을 하며 푸념했다. 거의 한 달 전부터 이어져 온 야근 아닌 야근. 그 덕에 이제는 집사람 얼굴마저 가물가물한 그다. 그러나 함부로 불평할 수도 없는 것이, 얼마 전 레벨 300을 달성한 천무검왕, 아니, 천치 1호가 2운영팀의 분위기를 싸하게 만들고 있기 때문이다.
　분명 보름 전―현실상으로―까지만 해도 천마혈존 추격전 실패의 영향으로 몰락 직전이었던 천무검군. 덕분에 2운영팀은 거의 축제 분위기나 마찬가지였다. 그동안 천무검군이 벌였던 무수한 악행들 탓에 그들이 얼마나 많은 야근의 시간을 보내야 했던가? 그러나 이제 명성치가 뭉텅 깎여 군웅들을 동원할 수 없으니 당분간 평범하게(?) 게임할 수밖에 없으리라.
　그러나 2운영팀의 그런 추측은 너무 성급한 것이었다. 대체 무슨 재주를 부렸는지, 천무검군은 자신의 제자 전원을 일순간에 일류고수로 만들어 버린 것이다. 그리고 그 엄청난 전력을 적극 활용, 단 열흘 만에 '천무검군'이 아닌 '천무검왕'으로 거듭나 버렸으니……. 그 결과에 자연 망연자실해진 제2운영팀. 기껏 4운영팀의 도움을 받아 천마혈존의 후예를 탈출시킴으로써 폭렙을 막는가 싶었는데, 결국 천치 1호는 또 다른 방법으로 청제국 내 십대고수 중 한 명이 된 것이다.
　당연히 운영팀 내에선 말이 많았다. 천무검왕이 벌인 일은 게임상에선 도저히 불가능하게 여겨진 일. 유저도 아닌 NPC가 어떻게 단시간 내 엄청난 성장을 보인단 말인가? 때문에 버그다 혹은 해킹이다 하며 운영팀 내 자체 조사단이 만들어져 조사에 착수했고, 그 드러난 사실에 재차 망연자실해졌다.

영약! 그것도 보통 영약이 아닌, 보너스 스탯 100을 보장하는 보물급 영약들. 그런 대단한 것을 그 인간이 무더기로 가지고 있었던 것이다. 물론 조사단은 그 사실에 광분하며 그것들의 출처를 알아내려 발버둥 쳤지만, 결국 실패. 그저 그것들을 활용해 제자들의 능력치를 올렸다는 것밖에 알아내지 못했다. 때문에 2운영팀이 할 수 있는 일이라곤 천치 1호의 폭렙에 발만 동동 구르는 것뿐.

"으휴~ 레벨 200대일 때 검막(劍幕)을 쓰던 놈인데, 이제 강기(罡氣)마저 구현할 수 있으니… 이거 설마 검환(劍丸)까지 보이는 거 아니야?"

이미 레벨 200대 초반일 때 레벨 300에서나 보일 검막을 선보였던 천무검왕. 이제 레벨 300이 넘어 검강을 구현할 수 있으니, 그 앞날에 누가 걸림돌이 될 수 있으랴. 그런 이유로 청제국을 책임지고 있는 제2운영팀은 거의 초상집 분위기다.

삐이이익—

"으헉? 뭐야? 뭐야?"

한참 자신의 야근 기록과 얄팍해지는 봉급 봉투를 걱정하던 박진철은 귀청을 울리는 경고음에 화들짝 놀라야 했다. 그리고 그런 그의 정면에 나타난 모니터상의 메시지.

"이건?!"

두 눈이 커질 대로 커져 금세 튀어나올 것 같은 모습. 그러나 그것으로도 현재 박진철의 뛰는 가슴을 만분지 일도 표현할 수 없으리라. 잠시 동안의 경악에 휩싸인 침묵. 그리고 그것이 끝나자마자 박진철의 비명 같은 목소리가 제2운영팀 전체에 울려 퍼졌다.

"허 팀장님!!"

"뭐야? 뭣!? 또 천치 1호가 뭘 저질렀냐?"

장내에 쩌렁쩌렁 울리는 박진철의 외침에 다급히 달려오는 제2운영팀의 팀장, 허광세. 그는 이번엔 또 무슨 일이 터졌길래 저 인간이 저러나 싶어 가슴이 다 쿵쾅거릴 지경이다. 그리고 잠시 뒤, 그 역시 모니터상에 나타난 메시지에 입을 쩍 벌리고 말았으니…….

필멸자 No. 17 자체 접근 코드 포착.

"…천치 2호?!"

"예, 드디어 추적 프로그램에 걸렸습니다."

"…그런데 왜 이제야 걸려든 거야?"

허 팀장은 눈앞을 가득 메운 이상야릇한 메시지들의 홍수를 바라보다 문득 떠오른 생각에 박진철을 노려봤다. 비록 지금까지 천무검왕이 벌인 일 탓에 까맣게 잊고 있었지만, 천치 2호에 대한 추적 명령은 지금까지 단 한 번도 거둔 적이 없었다. 즉, 박진철을 닦달해 만든 추적 프로그램, 그의 말에 의하면 레벨 20 이상의 모든 유저가 추적 가능하다는 프로그램은 상시 가동되어졌다는 의미. 그런데 왜 기억에도 가물가물한 지금 이 시점에! 난데없이 이 인간이 포착된 거지?

"너, 혹시 지금까지 프로그램을 꺼두었다가 이제 켜놓은 거 아니냐?"

"예? 아닙니다, 절대 아닙니다! 분명 지금까지 계속 켜두었습니다."

"그럼, 프로그램에 문제가 있었던 거냐?"

"설마요! 제가 심혈을 기울여 만들었던 건데… 4운영팀에서도 레벨 40 이상이 한계인 거 아시잖아요?"

"근데, 왜 지금 이 인간이 걸려?"

열심히 부인은 하지만 허 팀장이 계속 추궁하자 할 말이 없는 박진철이다. 그가 만든 프로그램은 분명 레벨 20 이상의 모든 유저가 추적 가능한 프로그램. 박진철 자신의 성을 걸고 말하건대 이것에는 절대 하자가 없다. 그렇다고 지금까지 프로그램을 꺼두었다는 것은 농담거리도 안 되는 일. 그럼 대체 뭐가 잘못된 거지?

"저… 혹시 천치 2호가 지금껏 접속하지 않다가 이번에 재접속한 게 아닐까요?"

"뭐?! 그걸 말이라고… 아니지, 정말 그럴 수도 있겠군."

박진철에 말에 막 호통을 치려던 허 팀장은 문득 그 말에 일리가 있음을 깨달았다. 그가 생각하기에도 박진철이 실수로 프로그램을 잘못 만들었다거나, 혹은 꺼두었다는 식의 이야기는 말도 되지 않는 일이었다. 그렇다면 차라리 지금까지 무슨 일로 접속하지 않다가 이제야 접속했다는 말이 훨씬 그럴듯하게 들린다.

…물론 천치 2호가 지금까지 레벨 20이 되지 않았다는 가정도 머릿속 한구석에 있기는 했다. 하지만 게임에 접속한 지 몇 달이 되는 놈이 지금껏 레벨 20조차 되지 않았을 리 없지 않겠는가?

"흠~ 뭐, 일단 추적에 걸렸으니 그 정보나 뱉어봐!"

허 팀장은 천치 2호가 왜 이제야 프로그램에 잡혔는지는 무시하기로 하고, 일단 그 정보부터 캐내기로 마음먹었다. 일단 추적 프로그램에 걸렸으니, 그 위치나 상세 정보는 알 수 없더라도 게임상 이름이나 레벨 정도는 알 수 있을 터. 그러나 풍선같이 한껏 부풀었던 허 팀장의 기대는 금세 피식 꺼져 버렸다.

"저… 그게 안 됩니다."

"뭐? 지금 그게 무슨 소리냐?"

허 팀장은 지금 박진철이 감히 자신의 명령을 거부한다고 생각하며 두 눈을 치켜떴다. 그러나 안 되는 일을 되게 할 수는 없는 노릇. 박진철은 울상을 지으며 모니터를 손으로 가리킬 따름이다.

이에 의아한 기색으로 좀 더 자세히 모니터를 바라보는 허 팀장. 그는 이내 모니터상의 메시지들이 뭔가 이상하다는 것을 알아차렸다.

표적 포착 메시지 밑의 깨져 있는 글씨들. 온전한 글씨는 거의 없고, 그나마 대부분이 숫자로 이루어져 있다. 덕분에 그 내용들을 알려면 암호 전문 해독가가 필요할 지경.

"…어떻게 된 일이냐?"

"방해 프로그램, 아니, 일종의 보안 시스템이 깔린 듯합니다."

"보통 정상적인 유저가 게임상 캐릭의 운영팀 추적 접근을 막을 수 있냐?"

"절대 없습니다!"

박진철의 단호한 대답에 허 팀장은 잠시 생각에 잠겼다. 인위적인 정보 차단이 필멸자 프로젝트란 특수한 상황과 뭔가 연관이 있었던가? 그러나 아무리 생각해도 그 두 가지는 전혀 상관없는 별개의 일. 그렇다면 역시 이건!!

"해킹인가?"

"예? 해킹요?!"

해킹이란 말에 장내는 한겨울 난방 장치가 고장난 교실마냥 싸늘해진다. 그러나 정작 허 팀장은 가가대소를 터뜨리며 기뻐하는 모습이다.

"크크크크! 좋아, 잘됐군. 어쩌면 이걸로 천치 2호를 합법적으로 처리할 수 있겠어. 박 실장!"

"아예."

"천치 2호의 신상 정보를 얻는 게 가능한가? …합법적인 방법이 아니라면 말이야."

"아예, 일단 추적 프로그램에 걸렸으니까 게임상이 아닌 게임 접속 프로그램을 역추적한다면 가능할 것도 같습니다."

"좋아! 얼마나 걸릴 것 같나?"

"대략 열흘 정도가 소요됩니다."

"클클. 그래, 좋아. 당분간 박 실장은 천치 2호 추적에만 집중하도록."

"옛!"

허 팀장의 어딘가 활기찬 음성에 싸늘했던 장내는 금세 달아오르기 시작했다. 훗날 골치 아픈 존재가 될 녀석을 미리 제거한다. 더불어 지금껏 천무검왕에게 당하기만 했던 것을 이놈을 통해 화풀이하자. …그런 생각을 해서일까? 허 팀장의 두 눈은 왠지 모를 광기로 번들거린다.

Legend 4

암운이 몰려오다

　　쾅! 쾅!

"크아악!"

"크카카카카! 다 때려부숴!!"

　연달아 날리는 권강. 그에 따라 회색으로 물들어 쓰러지는 인영들. 그리고 여기저기서 불타는 거대 전각. 그 한가운데에서는 연신 광소를 터뜨리며 경험치 습득에 열을 올리고 있는 수한이 있었다. 척 보기에도 피어 굶주린 마두의 모습이고, 실제로도 그런 행동을 연출하고 있는 수한. 지금껏 무수히 당했던 것을 분풀이한다는 듯, 더욱 열성적으로 권강을 날리고 있다. 그러나 당하는 입장에선 언제까지 그런 그를 두고 볼 수만은 없는 노릇.

"이 악마 같은 놈!"

　슈우욱─

수한의 살육에 참다못한 천풍방(天風幇)의 장로 세 명이 그에게 일제히 몸을 날렸다. 그러나 그런 행동은 수한이 너무나 바라고 있는 것이었으니… 상대하기 쉬운 몹들(?)이 알아서 자신에게 다가오는데 어찌 기껍지 않겠는가.

"크크크크. 어서 오너라, 하룻강아지들아!"

수한은 대마두(大魔頭)로서의 품격까지 느껴지는 대사를 날리며 오만하게 팔을 벌려 그들을 맞이했다. 그런 그에게 더 더욱 화가 나 거세게 검을 휘두르는 천풍방의 장로들. 그러나 그들 사이에는 숫자나 전의만으로 메울 수 없는 너무나 큰 실력 차가 있었다. 때문에 품(品) 자 형태로 다가오는 천풍방의 장로들을 맞이해 수한이 취한 행동은 회피 대신 정면 격돌.

따따당!

"헉? 이럴 수가!"

"이 괴물 같은?!"

천풍방의 장로들이 내려친 검들은 수한의 몸과 부딪치자 요란한 소리를 내며 일제히 튕겨져 나간다. 그것은 바로 수한의 보조 스킬, 호신강기의 위력. 고작 한 치 남짓의 불완전한 검기가 한계인 천풍방 장로들에겐 도저히 넘을 수 없는 벽과도 같았다.

"크크크. 그럼, 어느 놈부터 처리할까나? 옳지. 너부터!"

하수들을 상대로 신법의 운용조차 필요없다는 건가? 수한은 가만히 제자리에서 선 채 장로 중 한 명을 향해 손을 뻗었다. 그러자 장내에 펼쳐지는 놀라운 광경.

"어억!"

경호성을 내지르는 장로. 그는 마치 뭔가 보이지 않는 밧줄이 끌어

당긴 듯 수한의 손에 딸려 들어간다. 어떻게든 수한에게 끌려가지 않기 위해 안간힘을 쓰지만 수한의 거력 앞에선 저항조차 무의미한 일. 결국 그는 수한의 손에 팔이 붙들리고 말았다.

격공섭물(隔空攝物). 일종의 보조 스킬로 작은 물건이나 병장기 정도는 허공을 격해 손으로 취하는 스킬이다. 물론 그 표적이 무겁고 클수록 내력의 소모가 극심해, 사람같이 큰 사물에겐 거의 쓸 수가 없다. 하지만 먼치킨 내공을 가진 수한에겐 그 정도야 아무 상관 없는 일.

"말도 안 돼!!"

"어떻게 저럴 수가?!"

한 방파의 장로씩이나 되는 자들이 격공섭물을 못 알아볼 리 없다. 때문에 그들은 수한이 보인 엄청난 무위에 경악하며 전의를 완전히 상실한다. 하지만 수한의 그런 대단한 능력조차 앞으로 벌어질 일에 비하면 아무것도 아니었으니…….

화르륵.

"크아아아악!"

수한에게 팔이 붙들린 장로. 그의 몸에서 일순간 불길이 일어나 육체를 태우기 시작한다. 그리고 그 광경에 재차 경호성을 내지르는 동료 장로들.

"말도 안 돼!! 사람의 몸을 태울 정도의 삼매진화라니!"

삼매진화(三昧眞火). 내공을 이용해 손을 뜨겁게 달구는 보조 스킬. 어디까지 종이를 태울 정도의 열기를 만들 뿐 별 효용이 없는 스킬이다. 그러나 수한이 엄청난 내공을 일시에 발출하자 그것은 극양의 공격 스킬이 되어버렸다. 이에 순식간에 재가 되어 휘날리는 천풍방의 장로. 나머지 두 명의 장로는 그 광경을 망연자실한 채 지켜볼 따름이다.

강하다. 너무 터무니없이 강하다.

전의를 완전히 상실한 채 멍하니 서 있는 천풍방의 두 장로. 그런 그들에게 수한의 권강이 연달아 작렬했다.

콰룽! 콰룽!

너무 무방비로 있어서일까? 바로 크리티컬이 터지며 비명조차 지르지 못한 채 회색으로 물들어가는 장로들. 일개 방파의 수뇌부치고 너무나 허무한 죽음이다. 그러나 정작 수한은 그런 광경에 신경 쓰기보다 귓전을 울리는 기계음에 부르르 몸을 떨고 있었다.

띠링.

—레벨이 오르셨습니다.

"크카카카! 역시 수백의 잔챙이들보다 굵직한 한두 놈이 낫군."

"그래? 그럼, 나는 어떤가?"

휘익.

한참 황홀감에 휩싸여 있는데, 별안간 등 뒤에서 들리는 낯선 목소리.

수한은 순간 찔끔 놀랐지만 억지로 마음을 진정시키며 천천히 뒤를 돌아봤다. 하긴 지금까지 쌓아온 마두의 이미지(?)가 있는데 방정맞게 굴 수는 없지 않은가. 그리고 그런 평소의 표정 관리 때문일까? 수한이 등 뒤의 인물을 똑바로 바라봤을 땐 이미 너의 존재를 알고 있다는 듯 천연덕스러운 신색을 유지할 수 있었다.

한편 그런 수한의 정면에 있는 인물. 비록 나이는 젊어 보이지만 뭔가 있는 듯한 풍모와 날카로운 예기가 느껴진다. 척 보기에도 보스 급 몹.

"본인은 천풍방의 방주로……."

수한을 마치 찢어 죽일 것같이 노려보며 열심히 자신의 프로필을 설명하는 청풍방주. 역시 보스 급 몹답게 상대가 아무리 철천지원수라 해도 바로 검을 휘두르지 않는 대범함을 보인다. 그러나 수한에겐 그가 경험치, 그것도 제법 두둑한 경험치 상납자로 보일 따름.

"그냥 곱게 가시게나."

콰룽! 콰룽! 콰룽!

수한은 상대에게 본연의 입장(?)에 충실하라는 충고를 내린 뒤, 연달아 권강을 날렸다. 어차피 상대의 말을 들어봤자 뻔한 소리일 뿐. 그런 헛소리를 들을 바에는 차라리 한시라도 빨리 레벨 업을 의한 보너스 스탯을 분배하고 싶은 수한이다.

그러나 역시 상대는 보스 급 몹. 미약하지만 희미한 검강을 구현해 수한의 권강을 파해하더니, 이내 수한을 향해 검강을 찔러 넣는다.

제아무리 수한의 호신강기라도 검강을 정면으로 막을 순 없는 법. 때문에 아무런 회피 동작을 취하지 않은 수한의 몸은 고스란히 검강에 노출되어졌다. 그러나! 두 사람 간의 실력 차, 아니, 능력치 차이는 너무나 컸으니…….

스걱.

"큭! 이런 말도 안 되는…….."

가슴 서늘한 파육음이 분명 들렸음에도 정작 아무런 타격을 입지 않은 듯한 수한. 극히 태연한 신색을 유지한 채 히죽 천풍방주를 비웃는다. 하긴 검강이 호신강기를 뚫었다 해서 그의 먼치킨 HP에 무슨 큰 타격을 줄 수 있으랴. 거기다 속으론 엄청 아파 죽을 지경이지만, 멋진 폼을 잡기 위한 수한 나름대로의 노력도 있었으니… 역시 이런 일에도 폼생폼사란 말인가?

어쨌든 검강을 이용한 필살기가 실패로 돌아가자 천풍방주은 크게 당황했고, 그것은 그에게 큰 빈틈으로 작용했다. 이에 그 틈을 놓치지 않고 얼굴에 정통으로 권강을 갈기는 수한.

퍼어억!

퍼엉!

콰릉—

권강이 채 발현되기도 전에, 이제 근력 200이 넘는 순수 물리타격치가 들어가고, 그 다음 권풍이, 마지막으로 권강이 정확히 먹혀 들어간다. 이어 크리티컬의 발동. 아무리 절정에 달하는 고수라 하나, 이렇게까지 타격을 입었는데 멀쩡할 리 만무. 결국 수한의 이 연속 공격에 천풍방주는 서서히 회색으로 물들 수밖에 없다. 그리고 그와 동시에 수한의 귓가에 울리는 기계음.

띠링.

—레벨이 오르셨습니다.

"크카카카카카! 역시 이 맛에 사냥을 한다니까."

장백산맥을 내려온 지 두 달 하고도 열흘(게임 시간). 그동안 그가 박살 낸 문파는 총 서른두 곳. 더불어 그의 레벨은 200대가 넘어 천무검왕의 폭렙 기록을 위협하고 있다. 하지만 수한은 아직도 부족함을 느끼고 있었다.

"크크크. 천무검왕, 조금만 기다려라. 내가 곧 가마."

저 멀리 하늘에 떠 있는(?) 천무검왕의 얼굴을 노려보며 각오를 다지는 수한. 그러나 세상엔 뭔가 폼을 잡으며 의미심장한 말을 하면 꼭 옆에서 초를 치는 놈이 한 명씩 있다. 한참 자신이 한 말에 감동을 느끼던 수한. 그렇게 감동의 여운을 즐기던 그에게 불쑥 말을 건네는 그 누구.

"저, 소교주님. 이제 슬슬 철수하시지요?"

"……."

난데없는 소음(?)과 함께 감동의 순간이 와장창 깨져 버린다. 당연한 말이겠지만, 그 소음의 장본인은 수한에게 눈치없는 놈으로 확실히 찍힌 우칠이다. 이제 어느 정도 적응할 때도 되었는데 아직도 이러다니… 그 본인에겐 참으로 안타까운 일이 아닐 수 없다.

'감점 100점 추가.'

속으로 포인트 점수를 기록하며 우칠을 날카로운 눈으로 노려보는 수한. 그러나 아직도 자신의 잘못을 모르는 우칠은 그저 헤에~거리며 수한을 바라볼 따름이다. 반면 전삼은 또 어떠한가.

"소교주님, 이번엔 제법 수확이 있습니다."

어느새 주위를 뒤적이며 쓸 만한 아이템을 주워온 전삼. 수한이 슬쩍 바라보니 백련정강(百鍊精剛)으로 보이는 검 서너 자루와 보검급 검한 자루, 그리고 천풍검결(天風劍訣)이란 이름의 무공 비급이다.

"호오~ 천풍검결이라… 적어도 일급 무공서로 보이는데?"

수한은 함박웃음(?)을 터뜨리며 전삼이 가져온 아이템들을 행랑창에 슬쩍 집어넣어 버렸다. 사냥 후 몇 차례 수한이 주위를 뒤적거리는 모습을 보였더니, 이제는 알아서 아이템을 주워오는 전삼. 그것도 잡템이 아닌 돈이 될 만한 것들로만 말이다. 이에 속으로 포인트 1점 추가를 기록하는 수한이다.

참고로 현재 수한의 포인트 기록엔 전삼이 플러스 37점, 우칠이 마이너스 16,300점. 여우 같은 전삼과 곰 같은 우칠이 수한에게 어떻게 비치는지 정확히 알 수 있는 부분이다. 여기에 덧붙여, 수한의 포인트는 플러스 수치는 1씩, 마이너스 수치는 100씩 변한다(이 대목에서 수한의 쪼잔함을 다시 한 번 느낄 수 있다).

어쨌든 각설하고! 장내를 휘휘 둘러보니 이제 천풍방 내 모든 사냥감(?)들은 회색이 물들었거나, 혹은 천풍방 밖으로 도주한 상태. 그리고 쓸 만한 아이템들은 전부 습득한 뒤다. 아무리 둘러봐도 아무런 기척이 느껴지지 않는 완전한 폐허. 즉, 이런 곳에서 언제까지 죽치고 있을 필요가 없다는 의미다.

"큼~ 이제 슬슬 분타로 철수하자."

"옛!"

"옛!"

파팍.

수한을 선두로 일제히 신형을 날리는 수한과 그의 쫄다구들. 유니크 신법을 마스터한 사람답게 엄청난 속도로 장내를 벗어난 수한, 그리고 그런 그에게 단련되어 역시 가공할 속도로 그 뒤를 좇는 우칠들. 지금이 밤중이라는 것을 철썩같이 믿는지 전혀 거침없이 행동하는 그들이다. 하긴 그들의 모습이 다른 이들에게 들키더라도 수라만마대의 고수들과 4운영팀의 옵저버들이 알아서 할 터. 그저 문제가 있다면 수한 일행은 그런 사실을 모른 채 이런 짓을 한다는 것이다. 역시 뭔가 특단의 조치를 필요할 듯.

어쨌든 빠른 신법을 활용, 금세 임시 거처인 호남성 분타에 도달한 수한 일행.

가장 처음 접한 산동성 분타 때와는 달리 호남성 분타는 뒷골목 도박장의 모습이 아닌 평범한 객잔으로 위장한 상태이기에 그들은 남들의 시선을 의식, 그 뒷문으로 서둘러 들어가야 했다. 그런데…

"헤헤헤, 어서 오십시오."

…마교의 분타주는 다 이런 걸까? 수한이 들어오자마자 열심히 손을 비비며 마중 나온 분타주. 어찌나 손을 비벼대는지 지문이 다 닳을 것 같다. 거기다 연신 굽실거리는 모습이 수한조차 거북할 지경. 이래서 사람은 출세를 해야 한다는 건가?

"크흘~ 분타주, 내 잠시 운기조식을 할 터이니 조용한 곳을 준비해 주게."

"예, 예, 여부가 있겠습니까. 자, 이쪽으로……."

수한이 말하자마자 바로 은밀한 비밀 공간으로 안내하는 분타주. 이에 서둘러 분타주의 뒤를 쫓아가던 수한. 그러다 불현듯 따가운 시선을 느끼며 뒤를 돌아본다. 그런 그의 두 눈엔 주인 잃은 강아지마냥 처량한 시선을 보내는 우칠과 전삼이 들어왔으니…….

"에휴~ 오냐, 그래. 허락한다."

이미 한두 번 겪은 일이 아닌지, 아니면 그 애타는 시선에 굴복한 건인지 선선히 뭔가를 승낙한 수한. 이에 전삼 등의 얼굴은 활짝 피어났고, 그에 반해 분타주의 얼굴은 시퍼렇게 질려 버렸다.

"헤헤, 역시 소교주님."

"소교주님이 나오실 때까지 끝내겠습니다."

"너무 심하게 하진 마라. 몸(?)도 생각해야지."

뭔가 의미심장한 대화가 오가는 가운데, 결국 분타주는 긴 한숨을 내쉬었다. 그러나 소교주의 심복 수하들에게 뭐라 할 수도 없는 노릇. 결국 아무 말 없이 수한을 비밀 연무실로 안내하는 분타주다.

수한이 그렇게 분타주를 따라 이리저리 꺾이는 좁다란 길을 얼마나 걸었을까. 약간의 시간이 지난 뒤, 드디어 도달한 거대한 석벽. 분타주가 그 석벽의 어딘가를 건들자 묵직한 기관음이 들리며 문이 열린다.
그리고 그 안엔 드러나는, 이런 평범한 객잔과는 전혀 어울리지 않는
비밀스런 공간.

"좋군."

"헤헤. 원래 이전 분타주가 무공 수련하던 장소인데, 제법 신경 써서
건축한 연무실입죠. 일단 안으로 들어가면 누구도 방해할 수 없을 겁
니다. 아참, 그리고 안에서 기관을 작동시키려면 문 옆의 톱니를 돌리
시면 됩니다."

"알았다. 이만 가보도록."

"예, 알겠습니다."

분타주를 돌려보낸 뒤 천천히 비밀 연무실에 들어서는 수한. 그가
안으로 들어가자마자 분타주가 작동시킨 건인지 연무실의 문이 서서히
닫힌다. 그리고 그 문이 그렇게 완전히 닫히자 수한은 잠시 연무실을
둘러보며 흡족해했다. 그의 생각에도 지금 이곳은 연무실로선 최상의
조건. 널찍한 공간에 적당한 습도와 온도까지. 이전 마교의 본단에서
지내던 연무관만큼이나 좋은 조건이다. 그러나 지금부터 그가 하려는
일엔 하등 상관없는 일이었으니…….

"크크크크, 이제 슬슬 분배해 볼까? 상태창!"

성명:수한 별호:천살마군(千殺魔君)
직업:묵천마신교의 교주 후보자 성향:마(魔)(적대)
레벨:221(64%)
근력(STR):205
민첩(DEX):80

근골(CON):894

지력(INT):140

지혜(WIS):140

공력(MEN):922

운(LUCK):115

보너스 스탯:12

생명(HP):46104/46910 내공(MP):17335/19545

공격력:355 방어력:165

체력:67.51% 포만감:74.88%

"오호~ 이번 원정에선 레벨이 12나 올랐네. 역시~ 자그만 약소문파보단 큼직한 중간급 문파를 노려야 경험치가 많아. 클클클."

12나 쌓인 보너스 스탯을 보며 희희낙락하는 수한.

그 모습이 지나치게 방정맞아 방금 전 천풍방을 쑥대밭으로 만든 대마두와 동일 인물인지 의문이 들 지경이다. 그러나 솔직히 그렇게 기뻐할 만도 했다. 레벨 200 초반의 유저가 단 몇 시간 만에 레벨을 12나 올리다니… 그것도 퀘스트가 아닌 사냥만으로 말이다. 역시 폭렙이란 말 말고는 도저히 설명할 수 없는 성취.

그뿐만이 아니다. 천풍방에서 절정고수인 천풍방주를 잡은 사실이 소문난다면, 어쩌면 별호에도 변화가 생길 터. 고작 두 달 만에 얻은 천살마군(千殺魔君)란 그럴듯한 별호도 어쩌면 군(君)에서 왕(王)으로 개칭되리라.

현재 유저들 중 군(君) 이상의 별호를 획득한 인물이 청제국 내 불과 십여 명 남짓인 것을 고려할 때 수한이 이런 별호 습득은 그야말로 놀랄 노 자.

물론 복면을 쓴 채 최대한 그 흔적을 없앴기에—솔직히 수라만마대와 옵저버들의 정보 차단 덕이 컸다—그의 정체를 아는 자가 전무했고, 그 별 호의 명성 역시 몇몇 생존자에 의한 강호상의 떠도는 소문 정도. 그러 나 그거라도 어딘가? 이름조차 알려지지 않은 자가 수두룩한 상황에 서.

솔직히 수한은 그런 부분에 대해선 전혀 신경 쓰지 않고 있었다. 어 차피 마교도 신분으로 막가는 인생인 그에게 별호가 무슨 소용이 있으 랴? 정상적인 게임을 할 수 있을 리 없으니, 그저 보스 급 몹으로 거듭 날 뿐. 거기다 그가 신경 쓰고 있는 문제는 정작 따로 있었다.

"어디 보자, 일단 보너스 스탯을 전부 공력(MEN)을 찍고… 자, 됐 다. 그럼 이제 슬슬 시작해 볼까?"

중얼중얼거리며 혼자 놀기의 진수를 보이던 수한.

그는 보너스 스탯 12포인트 전부를 공력에 찍어버린다. 이미 공력 스탯이 900이 넘는 상황에 재차 보너스 스탯을 투자하다니… 남들이 알면 미쳤다고 소리칠 행동. 이미 내공이라면 넘치고 넘쳐 하루 종일 권강을 써도 다 쓸까 말까 한데… 정녕 수한의 정신에 뭔가 문제가 있 단 말인가?

그러나 수한의 이런 행동엔 나름대로 사정이 있었으니… 그가 장백 산맥을 내려와 문파를 습격한 궁극적인 이유가 무엇이던가? 바로 아수 라태천경의 4단계 무공의 습득을 위해, 즉 내공심법, 이수묵천마공의 숙련도를 올리기 위해서였음을 기억하라!

마공이 가지는 특징, 즉 그 빠른 숙련도 상승의 대가인 마공의 정체 기. 그 탓에 아수라묵천마공의 숙련도를 전혀 올릴 수 없는 상황에 처했던 수한. 이에 그의 의활아버지인 수라혈제는 내공을 늘림으로써 마공 숙련도를 강제적으로 상승시키는 방법을 일러주었고, 이에 수한은 '마령단'이란 희대의 영단을 복용했었다.

그러나… 유일한 희망이었던 마령단 복용의 결과는 공력 스탯 1 상승. 무분별한 영약 오남용에 대한 부작용은 그렇게 그에게서 희망을 빼앗아갔다. 하지만 수한은 절망하지 않았다. 도리어 극적인 생각의 전환을 맞이했다.

자신은 이 세상의 존재가 아닌 유저, 즉 유저에겐 유저만의 능력치 상승 방법이 있다!!

영약을 먹거나 깨달음을 얻지 않더라도, 레벨 업을 함으로써 얻는 보너스 스탯! 그것으로 공력 스탯을 늘린다면 일시적이나마 마공 정체기에서 벗어날 수 있지 않겠는가? 거기다 자신은 아직 레벨 10, 동시에 타 유저들과는 비교도 할 수 없는 능력치의 소유자다. 즉, 지금이라도 사냥을 한다면 폭렙이 가능하다는 의미. 그리고 그런 그의 생각은 정확히 맞아떨어졌다.

장백산맥에서 내려온 뒤 사냥에만 몰두했던 수한. 오늘로서 무려 서른세 곳의 중소문파를 박살 냈고, 그로 인한 성과인 보너스 스탯을 전부 공력에 투자했다. 그리고 그런 그의 노력 덕분인지, 얼마 전부터 미동조차 하지 않던 아수라묵천마공의 숙련도 게이지가 드디어 움직이기 시작했다. 거기다 자잘한(?) 능력치 상승까지 덤으로! 때문에 모든 보너스 스탯을 공력에 투자함에도 점차 오르는 마공 숙련도에 따라 다른 능력치까지 상승했으니… 이제 수한은 먼치킨 초급에서 벗어났다고 충분히 자부할 수 있으리라.

"크크크크크. 좋아, 이제 조금 더 사냥하면 공력은 1000대가 넘겠지? 그리고 심법 숙련도가 70%를 넘고… 그 다음에 4단계 무공을 익히면… 크크크크크! 이제 조금만… 크크크크크크!"

공력 스탯에 보너스 스탯을 투자한 뒤, 그 어마어마한 수치에 괴소를 터뜨리는 수한. 앞으로의 계획을 생각하며 침까지 질질 흘린다. 거기다 도저히 흥분을 참을 수 없는지, 이젠 연무실 바닥을 데굴데굴 굴러다니기까지 했으니… 하긴 그의 게임 인생에 요즘 같은 좋은 때가 있었던가.

장백산맥에 오른 이후 수많은 고초를 겪었던 그다. 군웅들에게 쫓기고, 마물들에게 쫓기고, 거기다 마교의 범과 용 같은 고수들에게 둘러싸이고……. 그러나 지금 이곳에선 전혀 다르다. 그가 가는 족족 무너지는 문파들. 약했다. 약해도 정말 너무 약했다. 아니, 그보다 그가 강해졌다는 게 정확한 표현일까? 지금까지 워낙 날고 기는 사람들 틈에만 있어 몰랐는데, 그는 이미 권강까지 운용하는 절정급 고수가 아니던가?

그 사실을 깨닫는 순간, 수한은 진짜 게임다운 게임을 즐길 수 있게 되었다. 사냥하는 즐거움과 레벨 업과 능력치 상승에 따른 성취감, 거기다 덤으로 중간중간 수거한 아이템으로 인한 짭짤한 수입까지… 그는 왜 진작 내려오지 않았는지 후회할 지경이었다.

"아차~ 내가 이러고 있을 때가 아니지. 클클클클, 이제 시작해 볼까?"

한참 연무실 바닥을 자신의 몸으로 걸레질하던 수한. 번뜩 제정신을 차리고 가부좌를 튼다. 이미 보너스 스탯 12를 투자한 덕에 재차 240이 늘어난 내공. 그러니 이제 아수라묵천마공을 운용해 그 숙련도를 올려야 하지 않겠는가? 그의 목표는 숙련도 70%! 아직 그의 목표 달성은 끝난 것이 아니었다.

우우우웅―

아수라묵천마공을 운용하는 수한. 그에 따라 사이한 기운이 그의 몸 주위를 감싸며 연무실을 뒤덮는다. 가끔 그가 보이는 다크 오라와 필적하는 암흑의 오라. 이제 연무실은 현실 세상이 아닌, 마치 마계의 그것과도 같은 분위기를 연출했으니… 만약 마교도가 아닌 일반인이 이 광경을 본다면 누구라도 기겁할 만한 광경. 그러나 그런 광경의 연출자인 수한은 그저 두 눈을 감은 채 마공 운용에만 집중했다. 그리고 그렇게 하루가 지났다.

띠링.

―HP와 MP를 완전히 회복하셨습니다. 공력 5 오르셨습니다. 근력 5 오르셨습니다.

"으다다다다! 어디 보자. 이번에도 좀 올랐네? 하지만 뭔가 좀 불안한데……."

심법 운용을 멈추고 기지개를 켜는 수한의 귓가로 익숙한 기계음이 울린다. 천풍방에서의 부상이 완전히 회복되고 능력치가 재차 상승했음을 알리는 소리다. 아직 그의 영약빨이 다 흡수되지 않은 탓인지, 아니면 그의 내공심법이 가지는 특징인지, 고작 내공심법을 운용한 것만으로도 능력치가 상승하다니… 남들이 들으면 충분히 부러워할 만한 내용.

그러나… 수한은 지금 이 순간 뭔가 알 수 없는 불안함을 느꼈다. 그 능력치 상승폭이 가장 최근에 했을 때에 비해 줄어든 탓이다. 그리고 그 하락 폭은 내공심법을 운용하면 할수록 점차 커지는 느낌이었으니… 왠지 이전에 있었던 일을 재차 답습하는 기분이라고나 할까? 하지만 지금의 그로선 그저 최선을 다하는 것 외엔 할 수 있는 일이 없었다.

"에휴~ 일단 숙련도 70% 달성만을 생각하자. 그런 의미에서 스킬창!!"

요즘 들어 수한이 가장 조마조마하게 여기는 시간, 바로 스킬창으로 숙련도를 확인할 때다. 물론 보너스 스탯을 공력에 투자한 탓인지 재차 빠른 속도로 숙련도가 오르긴 하지만, 언제 또 정체기를 맞이할지 알 수 없는 상황. 때문에 수한은 언제 또 숙련도가 덜컹 멈출지 늘 조마조마한 것이다.

"휴~ 다행이다. 이번에도 숙련도가 오르긴 올랐네."

스킬창에 뚜렷이 적힌 68.4%란 수치에 길게 안도의 한숨을 내쉬는 수한. 다행히 이번에도 숙련도 상승이 멈추지 않고 제법 많이 올라가 있었다. 이제 조금만 더 올리면 70%를 달성, 그리고 마침내 아수라태천경의 4단계 무공을 익힐 수 있으리라!!

"그래, 이제 정말 조금만 더 하면… 크크크크."

이번 역시 무난히 숙련도가 오르자, 4단계 무공에 대한 기대감으로 히죽히죽 웃기 시작하는 수한. 3단계 무공인 묵천파황권만으로도 절정 고수를 능히 감당할 수 있었다. 그렇다면 그보다 상위 무공인 4단계 무공의 위력은 대체 어느 정도겠는가? 아마 청제국 최고 보스 급 몹인 마교의 부교주, 소수마제라도 충분히 감당할 수 있으리라.

그런 상상 때문일까? 수한은 머리 속으로 장밋빛 미래를 그리기 시작한다.

소수마제를 쓰러뜨리고 마교의 교주가 된다. 그리고 마교의 엄청난 거력을 이용, 여유롭게 천무검왕을 때려잡은 뒤 청제국 전체를 자신의 손아귀에 넣는다. 그런 다음 온갖 유니크 레어 아이템들을 공물로 받아 현실 세상에 판다면…….

"클클클클클."

생각만으로도 입이 찢어지는 수한. 그러나 그의 상상은 여기서 멈추지 않았다. 일단 상황을 긍정적으로 여기니, 이번엔 다른 쪽으로도 욕심이 난 것이다.

'아니야. 고작 4단계 무공에 만족할 수 없어. 이왕이면 아수라묵천마공도 대성하자.'

방금 전까지 숙련도가 언제 멈출지 불안해하더니, 지금은 아수라묵천마공의 마스터를 꿈꾸는 수한. 그런데 여기서 한 가지 의문! 왜 수한은 아수라묵천마공의 숙련도에 이렇게 집착하는 걸까? 어차피 숙련도 70%를 채우면 4단계 무공을 익힐 수 있을 텐데 말이다. 그러나 그것 역시 나름대로 사정이 있었으니… 수한조차 예상치 못한 특수 스킬의 습득. 바로 그것이 원인이다.

얼마 전, 아수라묵천마공의 숙련도를 50% 달성한 수한. 그는 그 덕에 전혀 예상치도 못한 특수 스킬을 얻게 되었다. 낯익은 기계음과 함께 새로이 습득하게 된 세 가지 보조 스킬. 그것은 바로 천풍방에서 잠시 선보였던 격공섭물(隔空攝物), 삼매진화(三昧眞火), 그리고 아직 미공개인 전음(傳音)이었다.

아수라묵천마공의 숙련도 50%를 달성함에 따라 자동으로 습득하게 된 특수 보조 스킬. 그것은 수한이 전혀 예상치 못한 히든피스였고, 그래서 그를 더욱 기쁨의 도가니로 몰아넣었다. 물론 그 보조 스킬들을 공격 수단으로 활용하기엔 MP 소모량이 지나치게 커 별로 효율적이지 않다. 그러나 그 스킬의 주인인 수한이 누구던가? 청제국 내 첫 손가락

꼽히는 먼치킨 MP통을 가진 존재다.

즉, 아낌없이 MP를 쏟아 붓는 수한의 행동으로 인해 삼매진화가 가공할 위력의 열양지공(熱陽之功)이 되었고, 격공섭물 역시 유용한 공격 보조 수단이 되었다. 거기다 대전 시 그 위력과 별개로 전혀 생각지 못한 이점이 있었으니… 수한을 상대하던 사냥감들이 그의 보조 스킬 위력에 전의를 상실하게 되어 더욱 편한 사냥 환경이 조성되었던 것이다. 그러니 수한으로선 덤으로 얻게 된 그 보조 스킬에 대해 더욱 기뻐할 수밖에.

결국 그런 이유로 인해 수한은 아수라묵천마공의 히든피스에 더욱 큰 기대를 가지게 되었다. 고작 50% 숙련도 달성에도 이런 것들을 주는데, 만약 대성한다면 대체 무엇을 줄까? 어쩌면 숙련도 70%에 습득 가능한 4단계 무공보다 더욱 대단한 것을 습득할 수도 있으리라.

"클클클. 그래, 어차피 먼치킨의 길에 들어선 이상, 아수라묵천마공도 대성하자. 그럼 또 무슨 히든피스가 있을지 모르잖아. 클클클클."

진정한 먼치킨의 길을 발견한 수한. 그는 이미 아수라묵천마공을 대성한 양 대마두다운 웃음을 터뜨리며 자신의 밝은 미래를 축복한다. …그러나 이런 자아도취적 상황이면 꼭 초를 치는 누군가가 있었음을 우리는 잘 알고 있다.

띠링.

─접속 제한 시간이 넘었습니다. 캐릭 '수한'을 지금 강제 종료하겠습니다. 재접속을 원하신다면 지금부터 24시간 뒤 하시길 바랍니다.

"컥?! 이런 빌어먹을!!"

공상 시간이 너무 길었나 보다. 어느새 접속 제한 시간을 넘어 강제 로그아웃된 수한. 거기다 강제 종료의 페널티라 할 수 있는 24시간 게임 접속 금지라는 이중 철퇴까지 내려졌다.

이에 비명을 내지르며 야속한 게임 시스템을 원망하는 수한. 그러나 그런 행동을 한다고 현실을 바꿀 수는 없는 법. 때문에 수한은 잠시나마 게임 폐인 모드에서 벗어나 정상인의 생활을 되찾게 되었다.

"후우~ 그래, 그렇단 말이지?"

수영은 담배 연기를 길게 내뿜으며 손에 든 보고서를 노려봤다. 그녀로선 전혀 예상치 못한 일이었고, 그래서 더 더욱 화가 나는 결과들.

탕!

결국 수영은 '탁' 치면 '억' 하고 쓰러질 무게와 두께의 서류 뭉치를 책상 위로 내던지며 재차 담배를 꼬나 물었다.

"이상한데. 수진이가 남자 보는 눈이 틀릴 리가 없는데……. 그런데 어째서 그 녀석은 이런 짓을 하는 걸까?"

수영이 내던진 보고서. 거기엔 4운영팀이 '그림 페이스' 라 불리는 존재가 저지른 만행이 낱낱이 적혀 있었다. 현실 시간으로 보름, 그리고 게임 시간으로 대략 두 달 조금 넘는 시간 동안 벌어진 일들. 그림 페이스와 그가 이끄는 일단의 고수들로 의해 정파 측 중소문파 30여 곳이 말 그대로 박살난 것이다. 아니, 박살이란 말로는 설명이 부족하다. 초토화, 혹은 말살이란 말이 어울릴까? 구사일생으로 살아남은 서너 명을 제외한 거의 모든 문도들의 죽음, 그리고 문파의 철저한 파괴와 재산 탈취.

거기다 단 한 지역을 그렇게 들쑤셔 놓는 것도 아니었다. 말도 안 되는 엄청난 기동력으로 청제국 여기저기를 돌아다니며 그런 짓을 하고 있었다. 만약 옵저버들에게 텔레포트 스크롤이 없었다면 쫓아다니기도 힘들었으리라. 덕분에 4운영팀의 옵저버들은 지난 보름 동안 야간에 조금의 쉴 틈조차 없었다. 붕괴된 문파 근처의 목격자를 처리하고, 거대 문파의 정보원들에게 역정보를 보내고, 거짓 소문을 만들어 연막 작전을 펴고… 어찌 된 노릇인지, ‘그림 페이스’의 뒤치다꺼리를 톡톡히 하고 있는 것이다.

그래서 수영은 정말 오랜만에 진심으로 당황해야만 했다. 그녀의 생각에 따르면, 아니, 그녀의 든든한 원군이자 남성 분석 전문가의 말에 따르면 ‘그림 페이스’는 이런 행동을 할 사람이 아니었다. 거기다 그의 현재 신분을 생각할 때 더 더욱 그래야만 한다. 그러나 정작 현실은 그 예측을 완전히 빗나간 상황.

“후우우~ 계획을 바꿔야 하나? 차라리 ‘그림 페이스’를 제거하고 소수마제가 마교주가 되는 방향으로…….”

입으로 도넛을 연달아 내뿜으며 고민하는 수영. 그녀는 잠시 다른 대안을 생각해 봤다. 그러나 그런 생각을 함과 동시에 바로 고개를 흔든다. 그 대안이란 게 가장 최악의 것이 될 가능성이 높기 때문이다.

세상 누가 마교주가 되어도 상관없다. 그러나 소수마제(素手魔帝)만은 절대 마교주가 되어선 안 된다.

게임이 상용화되기 훨씬 전, 마교의 장로답게 산을 내려와 수련을 빙자한 살육을 벌였던 소수마제. 그가 그렇게 제국을 횡단한 단 일 년 사이 일만의 인명 피해가 났으며, 그의 손에 죽은 절정, 일류고수가 부지기수. 만약 그때 태을검선이 나타나 그를 제지하지 않았다면, 세상의 균형은 정말 깨질 뻔한 상황이었다. 그런 호전적인 인물이 혹시라도 진짜 마교주가 된다면… 지금 ‘그림 페이스’가 벌이는 일은 갓난아기의 애교 수준에도 미치지 못하리라.

"아~ 아, 정말 골치 아프네. 태을검선은 실종됐고 딴 놈들은 전부 은거했고… 이럴 줄 알았으면 천마혈존의 죽음을 방조하는 게 아닌 데……."

당면한 복잡해진 상황에 결국 한껏 푸념하는 수영. 그런데 방금 전 그녀의 말 중 뭔가 심상치 않은 대사가 들어 있다. 설마 전대 마교주인 천마혈존의 죽음에 뭔가 음모가 있다는 의미?

그렇다. 천마혈존의 죽음엔 4운영팀의 개입이 있었던 것이다. 하긴 인간의 경지를 벗어난 천마혈존이 제국 내 정파 세력에게 맥없이 당한 것은 뭔가 석연치 않은 일. 천마혈존이 이룬 능력치와 그 경지는 레벨로 따진다면 약 700대. 말이 레벨 700이지, 그것은 범인들이 생각할 수 없는 지고의 경지인 것이다.

유저들을 포함한 '세상' 내 모든 존재들의 한계 레벨은 499. 즉, 500 이상으로는 레벨 상승이 없다는 의미다. 하지만 세상 모든 일엔 예외가 있는 법. 간혹 깨달음을 얻어 인간의 경지를 벗어난 존재들이 있었고, 그렇게 레벨 500을 넘어선 존재들을 세상 사람들은 초월자, 혹은 반신(半神, Demi God)이라 칭하며 경외했으니…….

초월자, 레벨 500 미만의 존재들과는 전혀 차원이 다른 존재. 단 일수로 절정고수라 불리는 수백여 명을 상대할 수 있는 절대 강자. 그것이 바로 그들이 가진 능력이었고, 천마혈존은 그런 경지에 도달한 초월자 중 한 명이었다. 그런데 그런 대단한 능력을 가진 존재가 고작 삼천여 명의 일류고수들에게 쫓겨 결국 죽음을 맞이했다? 그건 그의 능력을 비추어볼 때 농담거리도 되지 않는 일. 그러나 정작 현실은 그와 같았으니… 마교 내부의 동조와 4운영팀의 공작이 있었기에 천마혈존이란 거함이 그렇게 침몰할 수 있었던 것이다.

마교의 부교주인 소수마제. 늘 호시탐탐 교주의 자리를 노리던 그는 천마혈존이 제국에 나가기 직전에 '무형지독(無形之毒)'을 하독해 천마혈존의 능력치 일부를 속박했고, 이후 제국 내에 마교주의 암행 사실을 퍼뜨렸다.

마교의 존재를 늘 신경 쓰고 있던 4운영팀의 팀장 수영. 그녀는 모종의 계획을 진행시키기 위해 천무검왕을 은밀히 지원해 줬다. 우연을 가장한 독약과 산공분의 공급, 그리고 소림과 무당을 설득할 당시엔 은근한 영향력 행사. 그것이 바로 4운영팀의 옵저버들과 에이전트들이 한 일이었고, 그 덕에 천무검왕은 잠시나마 천마혈존을 압박하며 삼천여 명의 군웅들을 원활히 동원할 수 있었던 것이다.

물론 4운영팀의 그런 계획이 2운영팀에게 알려질 경우 큰 문제가 될 터. 그러나 이미 프로의 경지를 넘어 명인의 경지에 도달한 4운영팀의 요원들이 흔적을 남길 리 없다. 때문에 정작 지원을 받았던 천무검왕조차 4운영팀의 존재를 몰랐으며, 결국 그런 은밀한 지원에 힘입어 천무검왕은 천마혈존을 몰아붙일 수 있었다. 그리고 그 덕에 2운영팀은 천무검왕의 폭렙을 우려, 비상 체제에 돌입했으나 결국 인재 부족과 인원 부족으로 무너졌고, 결국 4운영팀에 지원을 요청하게 되었으니…….

바로 그때가 4운영팀의 '다크 스카이 체인지', 즉 마교주 육성 프로젝트의 토대가 이루어지는 순간이었다.

'NEW WORLD'.

겉으론 가상현실 게임을 표방하고 있으나, 게임 제작사인 ㈜F.C사조차 그곳의 일을 함부로 컨트롤할 수 없는, 스스로 발전하고 구현되는 또 하나의 세상. 그리고 그것은 'NEW WORLD'에 접속해 게임하는 유저들이 일반적인 타 게임에서 느낄 수 없는, 현실 세상과 거의 비등한 자유를 누릴 수 있다는 것을 의미했다.

스스로 알아서 생각하고 행동하는 NPC들, 정형화되지 않은 게임상의 진행. 누구도 예상할 수 없는 돌발 퀘스트. 게임사의 인위적인 조절이 없었기에 그 모든 것이 사람들마다 다 다를 수밖에 없었다. 심지어 홈페이지상의 초보자용 가이드조차 어디까지 가장 많이 실행되고 있는 한 가지 방법일 뿐 절대적인 것이 아닐 정도로.

그 덕에 유저들은 'NEW WORLD'에 접속해 게임이 아닌 '새로운 세상'에 온 듯 그 세상을 즐길 수 있었다. 그러나! 그 엄청난 자유도와 변칙성에 난감해하는 존재들도 있었으니… 바로 게임의 제작사 ㈜F.C사의 운영팀들.

일단 운영팀 성격상 게임에 영향력을 행사할 일이 많을 수밖에 없다. 게임사의 입장에선 최대한 유저를 늘리고 게임의 생명력을 길게 해야 하는 법. 자연 음과 양으로 게임의 이권에 개입, 혹은 유저들을 관리할 필요가 있는 것이다. 그러나 'NEW WORLD'는 그런 영향력 행사가 불가능했으니, 자연 그 조직의 존폐조차 위협당할 지경. 물론 그것은 게임 자체의 성격상 어쩔 수 없는 일이기에, 결국 그들 나름대로의 자구책을 마련하기에 이른다.

그리고 그 자구책이란 것이 바로 '세상'의 일을 정탐하는 옵저버(Observer)와 나름대로 무력을 발휘할 수 있는 에이전트(Agent)라 불리는 존재들. 그러나… 방금 전 말했다시피 운영팀에선 세상 내 영향력을 발휘할 수 없다. 그나마 게임과 운영팀을 잇는 주신(主神)이란 존재를 통해 세상 내 강자들에게 계시나 암시들을 줄 수도 있으나, 그 역시 불확실한 일. 거기다 이 주신이란 녀석도 스스로 자아를 가진 탓에 운영팀의 요구를 다 들어주는 것도 아니었다.

결국 운영팀들에선 '세상'에 요원들을 파견했지만 정작 그 요원들에게 어떠한 지원도 할 수 없는 상황이었고, 그 탓에 운영팀의 요원들은 보통 유저들과 똑같이 게임을 하며 레벨 업에 치중해야만 했다. 일단 일을 하려면 그만한 능력이 필요하니, 자연 레벨 업에 신경 쓸 수밖에. 그러나 보통 유저와 같이 게임하는 그들이 세상 내에서 무슨 힘을 발휘하겠는가? 그저 정탐이나 소문 수집이 한계일 뿐.

결론만 말하자면, 게임상의 지나친 자유도로 인해 운영팀의 영향력이 감소했다는 뜻이다. 아니, 감소라기보다 거의 전무하다는 것이 옳은 표현일까? 어쨌든 그런 이유로 세상에서 무슨 일이 터지든 수수방관만 해야 하는 운영팀들.

그러나 수영이 팀장으로 있는 4운영팀만은 그런 타 운영팀과 다른 면모를 보이고 있었다. '세상'의 근원을 제작한 'Four Children' 중 한 명인 수영. 적어도 그녀는 '세상'이 간직한 어떤 비밀을 알고 있었고, 덕분에 타 운영팀들보다 좀 더 탄력적인 옵저버, 에이전트들의 운용이 가능했던 것이다. 거기다 그녀만의 비밀 무기, '더 웹'의 존재는 더 더욱 그녀의 영향력을 커지게 만들었으니… 결국 4운영팀만은 타 운영팀의 신음과 분노성과 동떨어진 존재가 될 수 있었다.

그러나! 그런 강한 전력을 보유해도 어쩔 수 없는 일이 있는 법. 세상 내엔 4운영팀만으로 감당할 수 없는 존재들이 수두룩했다. 그리고 그 대표적인 예가 묵천마신교, 즉 마교였다.

세상 내 절대 3법칙을 위해 어쩔 수 없이 만들어진 절대 무력의 상징이며 악의 단체. 아무리 수영이 세상 내 자유도를 부과하는 데 일조한 초기 제작자라고는 하나, 마교의 존재는 껄끄러울 수밖에 없었다.

물론 그녀가 마교에 신경 쓰지 않더라도 세상 자체 내엔 세상의 균형을 수호하는, 일명 '조율자' 라 불리며 세상의 균형을 지키는 존재들이 있었다. 대표적인 예로 청제국엔 팔선(八仙)이, 그리고 팔라스 연합에선 카오틱 드래곤과 몇몇 중도의 드래곤들이 장백산맥을 중심으로 양쪽에서 마교의 발호를 막고 있었던 것이다.

하지만 수영은 여전히 불안함을 느꼈다. 초월자란 존재들 역시 '세상' 의 자유도, 아니, 불확실성에 노출된 상황. 즉, 그들 역시 절대적인 존재가 아닌 것이다. 혹여 그들이 변심하거나 혹은 세상의 근원으로 환원된다면 누가 마교를 막을 수 있으랴?

거기가 그런 그녀의 불안감을 더욱 부추기는 사건이 터졌으니, 팔선 중 한 명이며 그들 중 유일하게 세상일에 적극적이던 태을검선(太乙劍仙)이 실종된 것이다. 나머지 팔선들은 워낙 엉덩이가 무거워 세상사에 나서는 일이 전무한 반면, 태을검선은 그나마 수영의 마음에 쏙 드는 조율자였는데…….

덕분에 수영은 다급해졌다. 마교가 발호한다면 누가 그 거대한 힘을 막을 수 있단 말인가?

팔라스 연합이야 카오틱 드래곤이 든든히 버티고 있지만 청제국 내에선 그들을 막을 존재가 없었다. 때문에 수영은 결심하게 되었다. 이전부터 구상해 왔던 '다크 스카이 체인지' 를 발동시키기로.

'다크 스카이 체인지(Dark Sky Change)'. 일명 마교 육성 프로젝트. 세상 내 가장 큰 불안 요소가 되는 마교를 수영 자신의 손으로 통제하는 것을 목표로 한 작전.

물론 당시 마교주였던 천마혈존은 레벨 700의 초월자답게 중도적인 인물이었고, 마교의 발호를 주장하거나 대혈겁을 일으킬 만한 인물이 아니었다. 그러나 문제는 바로 그 지나치게 중도적인 성정. 마교주면서도 마교주답지 않은 성격을 가진 탓에 마교도들의 지지를 점차 잃어가고 있었던 것이다.

그 단적인 예로 천마혈존이 제국 내 정파 세력에 죽임을 당했음에도 일부 세력을 제외하고 마교에선 아무런 반응이 없지 않던가? 도리어 마교 내 일부에선 소수마제가 교주가 되어 진정한 마교 천하를 이룬다며 기뻐하는 인물들이 부지기수. 아마 이번 천마혈존의 외유와 그에 따른 습격이 없었더라면 소수마제를 필두로 한 극단적인 쿠데타가 일어났으리라.

그런 이유로 수영은 지지 세력을 잃은 천마혈존를 대신해 극단적인 악 성향의 소수마제를 견제할 또 다른 마교주가 필요했다. 그것도 이왕이면 그녀 손에 통제 가능한 인물로 말이다. 그래서 그녀는 천무검왕을 이용한 차도살인(借刀殺人:남의 칼로 표적을 처리한다)과 금선탈각(金蟬脫殼:매미가 허물을 벗듯 위기를 모면한다)을 빙자한 반객위주(反客爲主:손님이 주인 노릇을 하다)의 계책을 실행하기에 이른다.

4운영팀 외엔 누구도 생각지 못한 대계. 천무검왕은 그녀의 예상대로 천마혈존을 몰아붙였고, 2운영팀에선 4운영팀에게 도움을 요청, 결국 그녀의 뜻대로 새로운 마교주의 존재에 동의하게 되었다. 이제 남은 일은 수영이 미리 준비해 두었던 마교주 후보와 후인의 존재가 절실한 상태인 천마혈존을 만나게 하는 것뿐.

그러나 그 외중에 수영은 큰 실수를 하고 말았으니, 천마혈존의 능력을 너무 얕봤다는 것이다. 레벨 700의 반신 경지에 오른 초월자. 천마혈존은 수영의 예상을 훨씬 뛰어넘는 분전을 보였다. 설마 소수마제의 암수에 걸린 상태에서 재차 산공분과 온갖 독에 중독되었음에도 군웅들의 추격을 뿌리친 뒤 결국 장백산맥까지 도달할 줄이야……

 덕분에 나름대로 조교(?)해 놓았던 NPC들은 써보지도 못한 채 전혀 예상치 못한 존재가 천마혈존의 제자가 되고 말았다. 이에 나름대로 크게 당황한 수영. 결국 그 사소하지만 크나큰 실수로 인해 모든 계획은 어그러졌고, 수영에게 남은 길은 그 새로운 마교주 후보자를 보호하는 길밖에 없었다.

 그나마 다행스런 일은 그 예상치 못한 마교주 후보자가 어느 정도 수영의 뜻에 부합되는 존재라는 점. 당시 군웅들에게 쫓기던 표적을 암중으로 보호하던 '더 웹'이 그자를 계획에 적합한 인물로 평가했던 것이다. 결국 거의 실패로 돌아갈 뻔한 대계는 다시 재개되었다. 비록 완전한 통제 하에 있는 존재는 아니었지만, 적어도 소수마제보단 나은 마교주 후보가 마교 총타에 들어갔고, 이제 남은 일은 그 표적을 수영이 통제 가능한 상태로 만드는 것과 그를 마교주로 만드는 것. 물론 그것이 지금까지의 일보다 훨씬 힘든 일일 수도 있다. 하지만 그 역시 나름대로 준비를 마친 상태.

 마교주를 뽑는 묵천지회가 있기 전 전대 마교주 측 후보는 반드시 6개월간의 비무행을 떠나는 관습이 있다. 그러니 이번 표적 역시 비무행을 위해 산을 내려올 터. 수영이 노리고 있는 것은 바로 그때였다.

 암중으로 마교주 후보의 수련을 도우며, 동시에 은밀한 지원을 한다. 이미 천마혈존의 진전을 물려받은 이상 그 가능성은 무한할 터. 거기다 지금의 '더 웹'을 만든 모종의 조치를 취한다면, 충분히 소수마제를 감당할 수 있으리라. 물론 공짜로 돕는다는 것은 아니다. 그 모종의 조치를 미끼로 가능한 자신의 편으로 회유하고, 그것이 여의치 않으면 '더 웹'을 통해 그자를 조교한다. 그것이 바로 '다크 스카이 체인지'의 최종 단계이자 현재 진행 중인 일. 그런데 문제는 수영이 내세우고 있는 마교 후보자, 즉 '그림 페이스'가 엉뚱한 행동을 보이고 있다는 점이다.

예상대로의 패턴이라면 그림 페이스는 제국 내 고수들을 찾아다니며 비무를 통한 실전 경험을 쌓아야 할 터. 그런데 이 녀석은 마치 소수마제의 화신인 양 무차별적인 문파 습격을 단행하고 있었다. 그것도 무공 수련과 상관없는 약소문파만을 노린 전면적인 살육전을 말이다.

이래서야 그림 페이스가 계획에 적합한 인물이라 선언한 '더 웹'의 안목이 의심스러울 지경이었다. 그러나 정작 수영은 '더 웹'의 판단을 조금도 의심치 않았다. 남자에 관해선 누구보다 정통한 사람이 바로 그의 친구이자 마지막 비밀 무기인 '더 웹'이다. 그러니 '더 웹'의 예측이 빗나갔다는 것보다 차라리 그림 페이스에게 뭔가 또 다른 변수가 작용하고 있다는 것이 더 그럴듯하다.

'그래, 그러고 보니 뭔가 이상해. 왜 하필 약소문파만 공략하는 거지? 제대로 된 경험을 쌓기 위해선 차라리 거대 문파를 상대로 한 전쟁이 나을 텐데… 이래서야 피에 굶주린 살인마와 다를 바가 없잖아. 하지만 그렇게 생각하기엔 뭔가 걸리는 것이……'

수영은 언뜻 떠오른 의문에 방금 전 집어 던진 그림 페이스에 대한 자료를 재차 꼼꼼히 살피기 시작했다. 그러다 뭔가 섬광같이 스치고 지나간 생각. 이에 그녀는 그것을 재차 확인하고자 두꺼운 종이 뭉치를 쉴 새 없이 넘겼고, 마침내 그 실체를 발견했다.

상대의 실력이 약해 제대로 된 실전 경험이 없음에도 점차 더욱 강해지는 모습을 보인다. 처음엔 최약소문파를 노렸지만, 점차 시간이 지남에 따라 목표가 된 문파의 수준이 높아지고 있다(물론 실력 차가 뚜렷이 나는 약한 상대들만을 습격한다). 문파 습격이 끝난 뒤, 문파의 재물보단 쓸 만한 비급과 병장기를 우선적으로 챙기고 있다. 사흘에 한 번씩은 반드시 휴식을 가지며, 그사이 하루 정도 일체의 움직임도 없다. 이것은 마치…….

"NPC가 아니라 유저 같잖아?!"

수영은 자신도 모르게 그런 소리를 내뱉은 뒤 스스로 화들짝 놀라야 했다. 그렇다. 그림 페이스의 행동은 NPC라기보다 유저와 유사했다. 레벨이 오름에 따라 점차 강한 사냥감을 찾아 사냥을 하며, 사냥 후 아이템을 수거하고, 일정한 주기로 로그아웃과 로그인을 반복하는 유저.

"설마… 그럴 리가……!"

순간 아찔해지며 잠시 비틀거리는 수영. 어떻게 유저가 마교도가 될 수 있는 거지? 아니, 그 이전에 어떻게 천마혈존의 후인이 될 수 있었던 거지? 분명 유저, 즉 불멸자는 천마혈존에게 무공을 배우기는커녕 만나자마자 적대 관계가 성립될 텐데…….

"후우~ 그래, 뭔가 잘못 생각한 걸 거야… 그럴 리 없어."

수영은 부들부들 떨리는 손으로 간신히 담배 한 개비를 뽑아 입에 물었다. 그리고 다시 한 번 자신의 생각을 점검하기 시작했다. 그러나 아무리 생각해도, 아니, 생각하면 할수록 심증은 확신으로 굳어졌다. 거기다 더욱 결정적인 증거가 나타났으니…….

삐이익.

―팀장님, 2운영팀의 허 팀장님이 찾아오셨습니다.

"응? 뭐? 허 팀장이? 알았어. 들어오시라고 해."

난데없이 2운영팀의 팀장인 허광세가 찾아왔다는 말에 수영은 흠칫 놀랐다. 지금도 너무 놀라운 사실에 가슴이 두근거리는데 또 무슨 일이 터진 걸까?

"이 팀장! 이게 어떻게 된 일이오!!"

팀장실의 문을 박차고 들어와 고래고래 소리치는 허광세. 방금 전까지 부들부들 떨던 수영은 그 모습에 도리어 침착을 되찾았다. 대체 무슨 일이기에 저 인간이 저러는 거야?

"무슨 일이시죠?"

"어떻게 이 팀장이 그럴 수 있소? 그러니까… 전에 내가 이 팀장에게 말했던 필멸자… 그래, 바로 그놈이 설마 4운영팀 소속일 줄은 몰랐소!"

너무 황당한 말을 들으면 아무리 침착한 사람이라도 그에 대한 대응을 할 수 없는 법이다. 때문에 수영은 잠시 멍하니 허 팀장을 바라봐야 했고, 허 팀장은 수영의 그런 모습에 자신의 날카로운(?) 추리가 사실로 드러난 결과로 여기게 되었다.

"…그게 무슨 헛소리죠?"

"허허, 이렇게 증거가 있는데 자꾸 시치미를 뗄 생각이오!!"

잠시 멍하니 있던 수영이 간신히 입을 열자 허 팀장은 기다렸다는 듯이 두툼한 서류 뭉치를 내민다. 방금 전까지 이와 비슷한 두께의 서류를 읽었던 수영으로선 절로 한숨이 나오는 상황. 그러나 바로 옆에서 눈을 부라리는 허 팀장 때문에 안 읽을 수도 없다. 결국 수영은 그 두툼한 서류를 받아 열심히 읽어나가야 했다.

그렇게 수영이 읽기 시작한 서류. 그것은 이번 필멸자 프로젝트 자체 접근자에 대해 2운영팀이 그간 모아둔 정보였다. 필멸자 프로젝트의 자체 방어막이 형성된 시기, 그 방어막을 깬 필멸자의 엽기적인 스킬 습득 내용, 최종 방어막을 깬 뒤 실제 필멸자가 생성된 시기. 그리고 잠적 뒤 최근 재등장. 마지막으로…….

"추적 프로그램이 있었는데도 그 신상 정보를 캘 수 없었다고요?"

마지막 서류철의 내용에 수영의 눈썹이 한껏 올라갔다. 정상적인 유저라면 추적 프로그램에 걸린 이상 최소한의 정보, 즉 아이디나 캐릭의 리벨이라도 밝혀져야 정상이다. 그런데 그 의문의 필멸자에 대해선 2운영팀이 어떠한 수단을 써도 일체의 정보를 밝혀내지 못한 것이다.

"그렇소. 뭔가 특별한 정보 차단 기체가 있어 결국 그자의 신상을 밝혀낼 수 없었소. 이에 우리 팀 박 실장은 그자가 해킹을 했다는 의견이 있었는데……."

"해킹은 불가능합니다. '세상' 자체의 특성상 처음부터 그걸 고려해 우리 운영팀조차 건들 수 없는 영역을 구축했습니다. 그러니 외부인이 그곳 세상을……."

"아아~ 나도 알고 있소. 나도 처음엔 해킹인 줄 알았는데, 다시 조사해 보니 아니더군. 대신 더욱 놀라운 사실을 알게 되었소."

"……?"

수영은 허 팀장이 별안간 의미심장한 미소를 지으며 자신을 바라보자, 뭔가 잘못됐다는 예감이 뇌리에 스치기 시작했다. 그리고 그런 그녀의 생각은 너무나 정확히 들어맞아 수영은 잠시 할 말을 잃어야 했다.

"필멸자의 신상 조사가 불가능했던 이유가 특수한 정보 차단 기체 때문이라고 아까 말했지요? 그래서 우리 2운영팀에선 추적 방법을 바꿔 게임 접속 프로그램을 역순으로 되짚어 그자를 추격했소. 그리고 그 결과, 그자가 회사 내부 사람임을 알게 되었소."

"옛?!"

늘 침착하던 수영이 오늘 하루만은 정말 제대로 놀라는 날이 되었다. 아까는 마교주 후보자가 그녀를 놀라게 하더니, 이번엔 허 팀장이 그녀의 심장을 쿵덕거리게 만든다.

"그게 무슨 소리죠? 회사 내부 사람이라니?!"

"후후후. 아직까지 시치미를 떼시다니, 정말 너무하는 거 아니오? 조사 결과 필멸자의 접속 게임 캡슐룸이 회사 전용 물건임이 밝혀졌소. 즉, 신상 조사를 막던 정보 차단 기체는 바로 회사 내 보안 시스템이었단 말이오. 허허, 설마 회사 내부인이 그 인간일 줄이야……. 어쨌든 내 생각엔 이런 일은 필멸자 프로젝트를 잘 아는 이 팀장의 4운영팀에서만 가능한… 아! 그래, 이전에 '더 웝' 인가 뭔가가 혹 이 필멸자가 아니오?"

"……."

수영은 정말 할 말을 잃었다. 워낙 연타로 맞은 탓에 정신이 혼미할 지경. 이전에 필멸자의 존재를 들은 뒤 그가 곧 사망해 캐릭 삭제될 것이라 예상했었다. 그런데 그 필멸자가 아직까지 생존해 있으며, 거기다 그녀의 비밀 무기인 '더 웝' 이 그 필멸자로 오해받는 상황에 처하자 그녀의 강철 같던 정신조차 감당할 수 없었던 것이다.

물론 허 팀장의 오해는 금세 풀 수 있는 일. 그저 4운영팀 내의 옵저버, 에이전트 전용 게임 캡슐룸의 정보를 공개하면 되니까. 다만 문제가 있다면, 현재 문제시되는 '더 웝' 의 게임 캡슐룸을 공개할 수 없다는 데 있다. 일단 외부인을 끌어들인 사실도 문책감인데다가 그 정보가 알려질 경우 '루나' 와 '더 웝' 의 관계 역시 밝혀지기에 더욱 큰 문제가 야기된다. 때문에 수영은 혼란스런 정신을 억지로 추스르며 머리를 굴리기 시작했다.

일단 이 위기를 극복하는 것이 중요했고, 그러기 위해선 허 팀장이 가져온 필멸자에 대한 정보를 분석해야만 한다. 그래야 이 말도 안 되는 누명(?)을 벗을 수 있다.

'대체 어떻게 된 일이지? 어떻게 그 인간이 살아남을 수가……?'

수영의 예상대로라면, 그자는 이미 오래전에 죽어 캐릭 삭제가 되어야 정상이다. 그러나 현실에서 그는 얼마 전 불쑥 추적 프로그램에 걸리더니 그녀를 이다지도 괴롭히고 있다. 그런데 바로 그 순간, 그녀의 머리 속에서 짜 맞춰지는 정보의 퍼즐들.

"악!!"

"허억?! 왜… 왜 그러는 거요?"

너무나 충격적인 가정이기 때문일까? 머리 속에 떠오른 생각에 비명을 지르며 안색이 새파래진 수영. 그녀는 황급히 책상으로 다가갔다. 그리고 책상 위의 그림 페이스에 대한 정보와 손에 든 필멸자에 대한 서류 내용을 급히 비교 분석하기 시작했다. 그리고 잠시 뒤, 양손에 든 서류를 바라보며 부들부들 몸을 떨기 시작하는 수영.

한편 허 팀장은 그런 그녀의 섬뜩하면서 뭔가 괴기스런 분위기에 슬슬 뒷걸음치기 시작한다.

"하하하… 내, 내가 이 팀장이 바쁜 것도 모르고 그만 실례를 한 모양이오. 이 일은 나중에……."

"감사합니다."

"예?"

겁어 질려 막 팀장실을 나서려는 허 팀장에게 수영이 갑자기 허리까지 숙이며 감사의 인사를 보낸다. 이에 순간 몸이 굳어지는 허 팀장. 그가 수영의 얼굴을 바라보니 방금 전 폭주(?)를 연상시킬 수 없는 너무나 싱그러운 미소가 그득했으니… 그러나 아무리 얼굴에 미소가 가득하면 뭐 하겠는가? 정작 그 두 눈에는 시퍼런 귀화가 넘실거리는데. 때문에 허 팀장은 수영의 미소 속에 감춰진 섬뜩한 기운에 더욱 겁에 질리고 말았다.

"하… 하하… 다음… 에 또 봅시다."

황급히 수영의 팀장실을 떠나는 허 팀장. 비록 의도치 않은 일이겠지만, 이로써 수영은 귀찮은 일을 모면하게 되었다. 그러나 정작 그녀의 뇌리엔 허 팀장의 존재가 전혀 남아 있지도 않았으니…….

방금 전까지만 해도 그녀는 그림 페이스가 유저일 리 없다 여기고 있었다. 비록 의심은 하고 있었지만, 유저는 마교도가 될 수 없다는 이유로 억지로 그 가능성을 부정해 왔던 것. 그러나 방금 전 허 팀장이 건네준 서류를 보고 난 뒤 그녀는 세상 내 어떤 특수한 존재를 간과했음을 깨달았다.

필멸자(必滅者), 유저이면서 동시에 NPC의 특징을 가진 존재. 불과 얼마 전 허 팀장의 입으로 필멸자가 혹시 천마혈존의 후인이 되면 어떻게 하냐는 걱정을 들었는데 그걸 기억 못하다니…….

수영은 자신이 지나치게 자만했음을 인정하지 않을 수 없었다. 이전 필멸자의 이야기를 들었을 때 그 낮은 레벨만을 고려, 결국 죽임을 당해 캐릭을 삭제당할 것이라고만 여겼는데… 그러나 결정적인 증거, 허 팀장이 건네준 필멸자에 대한 정보와 그림 페이스의 정보를 재차 비교 확인하는 순간, 수영은 결국 자신의 패배를 받아들여야만 했다.

2운영팀의 추적 프로그램에 필멸자가 포착되는 시간과 그림 페이스의 활동 시간. 그것이 한두 번 일치한다면 우연이라 여길 수도 있다. 그러나 그것이 열 번이 넘는다면 더 이상 단순한 우연일 수 없다.

그림 페이스는 바로 수영 자신이 그토록 무시했던 의문의 필멸자였던 것이다.

"킥킥킥. 완전히 당했군, 당했어. 수영아~ 넌 당해도 싸다. 일어날 수 있는 모든 가능성을 검토하라는 게 가장 기본적인 전략인데, 넌 그걸 간과했으니……."

아무도 없는 팀장실에서 수영은 혼자 키득키득 웃으며 스스로를 비웃었다. 2운영팀의 허 팀장조차 그런 가능성을 점쳤는데 자신은 혼자 잘난 척하며 그 가능성을 그대로 무시한 것이다. 만약 허 팀장이 알면 자신을 얼마나 비웃을까?

하지만… 하지만 아직 게임은 끝난 것이 아니다.

"후우~ 그래, 아직 끝난 게 아니야."

수영은 재차 담배 한 개비를 꼬나 물고 싸늘한 미소를 짓기 시작했다. 과거 그녀가 'Four Children' 멤버들을 압도할 때 짓던 바로 그 표정. 당시 냉염마녀(冷炎魔女)라 불리던 바로 그때처럼 차갑고 고요하지만, 그래서 더욱 격렬히 불타는 분노를 드러냈다.

"후우~ 일단 적이 누구인지 알아야겠지? 어디 보자, 자료가 어디 있더라……."

허 팀장은 수영을 잠시 자괴감에 빠뜨리기는 했지만, 동시에 필멸자에 대한 중요한 단서도 남기고 갔다. 현재 필멸자가 이용 중인 게임 캡슐룸이 직원용 캡슐룸이라는 사실.

타타타탁. 타타탁.

키보드를 재빠르게 두들기며 회사 비품 목록을 조사하기 시작한 수영. 물론 운영팀의 팀장으로서 그런 행동은 분명 월권적인 것이었지만, 그녀의 뇌리엔 그런 생각이 눈곱만치도 없는 상태다. 하긴 평상시에도 그런 것에 연연하지 않은 그녀였지만.

직원용 게임 캡슐룸은 일반 유저들을 위한 판매용 캡슐룸보다 좀 더 좋은 성능을 가지고 있었다. 일단 게임을 즐기기 위해서가 아닌 일을 위해 이용하는 것이니 어느 정도 당연한 일. 때문에 유저들에게 알려지지 않은 몇몇 기능과 보다 철저한 보안 시스템을 갖춘 채 그 소유자 외에는 절대 이용이 불가능한 체계를 이루고 있었다. 때문에 판매용 캡슐룸보다 그 관리가 철저할 수밖에 없었고, 그 탓에 잠시 시간을 지체한 뒤에야 수영은 그 목록을 모니터로 확인할 수 있었다.

"일단 여분의 것과 신형은 외부로 나간 적이 없고… 그럼 역시 폐기되기 직전의 구형 모델을 누군가 입수했다는 의미인데… 과연 누굴까?"

빠르게 변하는 시대에 하드웨어의 발달은 너무나 당연한 일. 덕분에 거의 두 달에 한 번씩 새로운 타입의 게임 캡슐룸이 나오고 있었고, 자연 뒤처진 구형의 캡슐룸은 폐기되거나 그 일부는 약간의 수리를 거친 뒤 판매용으로 팔려 나간다.

여기서 문제는 그 팔려 나간 캡슐룸 중 하나가 미처 직원용 기능이 락(Lock) 걸리지 않은 경우. 그러나 그런 경우를 생각하기엔 너무 현실성이 없다. 직원용 캡슐룸이 개조되어 팔려 나간 사례는 지금까지 겨우 십여 번. 어디까지 쓰지 않았던 여분의 물건을 썩히기 아까워 판매용으로 내놓았을 뿐이다. 그런데 수천, 수만 개의 물건도 아닌 고작 십여 개의 물건을 다루는 데 실수가 있을 리 없지 않은가?

"그럼… 역시 내부의 누군가가 직원용 캡슐룸을 빼돌렸단 말이군."

　　결국 수영은 내부 누군가가 의도적으로 직원용 캡슐룸을 빼돌렸다
는 결론을 내렸다. 하긴 몇몇 직원이 폐기되기 직전의 직원용 캡슐룸
을 자기 친인척에게 선물로 주는 것은 공공연한 비밀.

　　"…젠장, 이렇게 되면 범위가 너무 넓어지잖아. 그럼 일단 폐기되었
던 물품 수량부터 확인해야 하나?"

　　수영은 생각보다 일이 쉽지 않음을 깨달았다. 직원들이야 폐기될 물
품이니 자기가 하나 슬쩍 해도 상관없다고 여겼으리라. 문제는 그런
행동 탓에 지금같이 문제를 일으킨 대상을 추적할 수 없다는 것.

　　"하아~ 이거 시간 좀 걸리겠는데. 아무래도 최 실장한테 이 일을
맡겨야겠어. 그런데 가만히 생각해 보니까… 수한이 녀석도 용의 선상
에 들어가는 거잖아. 킥킥킥, 이거 한번 확인해 봐야 하는 거 아니야?"

　　수영은 갑자기 떠오른 생각에 연신 킥킥거리며 긴장을 풀었다.

　　예전에 생전 게임이라곤 전혀 모르던 그녀의 동생이 그녀에게 게임
캡슐룸을 부탁한 적이 있었다. 물론 그녀로선 회사의 비품이니 공짜로
얻을 수 있을 터. 그러나 여기서 동생의 부탁을 그냥 들어준다면 누나
로서의 위엄이 안 서는 법. 때문에 수영은 한 달간의 노예 생활을 대가
로 회사 내 구형 직원용 캡슐룸을 넘겨줬다. 물론 한껏 부려먹은 대가
치곤 너무 약소한 것 같아 일 년치 게임 이용권도 끊어줬지만 말이다.
크크크, 그런데 만약 동생이 이 사실을 알면 어떤 반응을 보일까?

　　"킥킥킥. 좋아, 일단 한번 확인해 볼까?"

　　뭔가 사이한 미소를 지으며 오랜만에 집에 화상 전화를 건 수영. 방
금 전까지 분노의 오라가 가득했다면 지금은 귀여운 인형의 존재에 흥
분하는 십대 소녀의 모습이다.

　　띠딕.

─누구세요?

"킥킥, 나다."

─…웬일로 다 전화를 주냐?

모니터에 비치는 수영의 얼굴에 수한은 마치 떫은 감을 잔뜩 먹어치운 표정이다. 그러나 수영의 눈엔 새침한 표정의 동생이 한없이 귀여울 따름. 거기다 방금 전 막 목욕이라도 했는지 뽀얀 피부에 촉촉이 젖은 머리칼은 그녀를 더욱 흥분(?)시킨다.

'역시… 게임을 한동안 하지 않았군. 하긴 게임 초보 주제에 그런 어려운 게임을 장시간할 리 없지. 그럼 일단 용의자 선상에서 빼도 상관없겠어.'

비록 화상상의 모습이지만, 결코 게임 폐인다운 몰골이 아닌 평상시 동생의 모습에 내심 단정 지어버리는 수영. 하긴 저런 어여쁜(?) 동생이 그런 흉측한 몰골로 게임을 할 리가 없지 않은가?

"수한아, 요즘 게임을 잘하고 있니? 너무 많이 하면 피부 상한다."

─아, 응? 아! 게임! 요즘 내가 바빠서 잘 안 하는데…….

뭔가 당황한 듯 황급히 대답하는 수한. 그러나 수영은 그것이 평상시 동생의 모습이라 여겼다. 하긴 그녀의 동생은 그녀 앞에선 늘 당황하고 새침한(?) 모습만을 보였으니…….

"그래, 역시 그렇구나. 알았어."

─…고작 게임하는지 물으려 전화한 거냐? 그럼, 끊는다.

띠딕.

뭔가 찔리는 것이 있는지 황급히 전화를 끊는 수한. 그러나 수영에겐 그저 한없이 귀여운 동생이 투정 부리는 것으로만 보일 따름이다.

"킥킥킥, 역시 귀여워~"

…약간, 아니, 아주 심하게 정신 상태가 의심스러운 수영이다.

"하아~ 그나저나 일단 수한은 아니라니… 그럼, 내가 전력을 다해 그놈을 박살 내도 상관없다는 뜻이겠지?"

자신의 동생이 용의 선상에서 벗어나자 금세 자세를 바로잡는 수영. 방금 전 연신 히죽이던 팔불출에서 냉혹한 냉염마녀로 그 모습을 바꾼다.

현 상황으로 볼 때 필멸자가 누구인지 알아내기엔 약간의 시간이 필요하다. 그리고 알아낸다고 해도 법적인 제재를 가할 수 없는 입장. 필멸자란 프로젝트는 어디까지 회사 내부의 '실수'로 만들어진 산물. 때문에 그림 페이스가 그것을 이용했다고 해도 그를 처벌할 법적 근거는 전무하다. 그렇다면 차라리…….

수영은 핸드폰을 들어 자신의 친구에게 전화를 걸었다. 그리고 잠시 뒤, 그녀의 귓가에 들리는 낯익은 음성.

―여보세요?

"나야."

―엥? 무슨 일이야. 아직 '그거' 할 시간이 안 됐잖아.

너무 의외의 시기에 전화를 한 탓일까? 수진의 음성엔 그저 의문 부호만이 가득하다. 그녀가 맡을 일을 하기엔 충분히 여유 시간이 있는 시점. 그런데 갑자기 수영이 전화를 하자 그녀로선 의아해할 수밖에 없을 터. 그러나 재차 이어지는 수영의 말에 그녀는 순간 긴장해야 했다.

"계획이 바뀌었어."

―…문제가 생긴 거야?

"응, 아주 크게. 네가 말했던 그림 페이스가 아무래도 NPC가 아니라 유저인 것 같아."

—뭐?! 그게 무슨 소리야?

"그러니까 그게……."

잠시 수진에게 현재 상황에 대해 설명하는 수영. 그러나 어느 정도 시간이 지나 그 내용이 지루해지자 수진은 얼른 말을 끊어버린다. 어차피 그녀는 그런 일에 관심없는 사람이었고, 그저 자기가 무슨 일을 해야 할지만 알면 그만.

"…때문에 그가 마교주가 되어선 절대 안 돼. 어쩌면 그는 소수마제보다……."

—아아~ 알았어. 그런 설명을 해봤자 난 잘 모르는 일이고… 그럼, 내가 그자를 제거하면 모든 것을 만사 OK란 거지?

"그래, 그는 유저이지만 필멸자이기 때문에 한 번의 죽음이 바로 캐릭 삭제야. 그러니 네가 좀 수고해 줘."

—알겠어. 걱정 마. 휴~ 아쉽네. 나름대로 준비하고 있었는데.

뭔가에 대한 기대 때문일까? 수진의 음성에 한껏 아쉬움이 풍긴다. 그리고 그런 수진의 여유에 수영은 불안을 느끼며 언성을 높였다.

"그런 소리 하지 마! 이게 얼마나 중요한 일인데!!"

—아! 계집애, 승질은. 알았어, 알았다고.

어차피 친구는 이런 일을 일종의 여가 생활로 여기고 있겠지만, 자신은 그녀와 입장이 다르다. 'NEW WORLD'는 수영 자신이 인생을 걸었던 하나의 꿈. 소중하지 않을 리 없다.

"이번 일은 아주 중요한 일이란 걸 재차 강조 안 하겠어. 그러니 준비를 철저히 해줘. 혹여 그자가 마교로 도주하면 더 이상 기회가 없으니 이번에 반드시 제거해야 해."

─히히. 그럼 '그것들'을 써도 돼?

"그래!"

반 장난 삼아 물은 질문에 너무나 단호한 긍정의 대답이 나오자 도리어 수진이 당황했다. 그녀로선 너무 황당한 일. 이전 색마 척살전 때도 하루 종일 매달려서야 쓸 수 있었던 물건을 단 한 번에 사용 승낙을 해줘?

─뭐?! '그것들'을 쓰면 세상의 균형이 붕괴되느니 뭐니 하며 쓰지 말라며?

"지금은 아주 특수한 상황이야. 그러니 써도 돼. 그러니까 '루나'가 준 물건들 전부 다 꺼내서 반.드.시. 사용해."

─후아~ 이게 무슨 드래곤 사냥인 줄 알아? 상대는 고작 유저 한 명이잖아.

"그 한 명의 유저가 필멸자인 이상 무슨 일이 벌어질지 몰라. 거기다 그 주위엔 절정고수가 오십여 명이나 있어."

─그래도 그건 좀 과한 것 같은데…….

"아니, 난 확실한 게 좋아. 그러니까 전부 다 사용해서 반드시 그 녀석을 죽여. 정말 반드시 해야만 해. 알겠지?"

평상시와는 너무나 다른 광경. 수진이 애원하고 수영이 열심히 거절하는 모습에서, 반대로 수영이 열심히 강조하고 수진이 미적거린다. 결국 수영은 재차 다짐에 다짐을 거듭하며 수진을 세뇌시켰고, 그 결과 수진은 수영의 각오에 물들고 말았다.

─아, 알았어. 내가 반드시 처리할 테니까 그만 좀 말해. 휴~ 그래도 왠지 그 녀석이 불쌍해지는데.

"피식~ 그렇게 불쌍하면 단번에 끝을 내줘. 아! 그리고 지금은 그놈이 잠적 중이라 위치 파악이 안 되고 있어. 그러니 지금 당장은 무리고… 뭐, 어차피 다시 문파 습격을 하면 옵저버들이 금세 찾을 수 있을 거야. 그러니까 그때까지만 잠시 동안은 비상 대기해 줘."

─아아~ 알겠습니다요, 마님. 그러니까 그놈과 수하들이 문파 습격을 하며 희희낙락할 때 뒤통수를 까라, 이거지? 알겠어, 알겠어.

"훗. 그래, 잘 부탁해. 그럼… 아참! 그 녀석이 좀 특이한 스킬을 익히고 있거든. 혹시 모르니까 그에 대한 자료를 보낼게. 그러니 실수하지 마! 이만 끊는다."

딸깍.

수영은 수진과의 통화를 끊으며 좀 더 느긋해지는 것을 느꼈다. 레벨 400대의 능력에 '루나'가 준 '아이템'들을 사용한다면, 드래곤과도 호각의 대결을 펼칠 수 있는 그녀의 친구다. 그런 그녀가 나선 이상, 그림 페이스는 확실히 정리될 터. 수영 본인은 이제 이 배신자가 대체 누구인지 알아내기만 하면 된다.

뭐, 배신자가 아니라 뭣도 모르고 그런 행동을 한 것일 수 있겠지만… 일단 고렙이 된 필멸자, 특히나 마교주가 된 필멸자는 더없이 위험한 존재. 그냥 보통 NPC라도 천마혈존의 진전을 이은 뒤 자신들의 도움을 받으면 소수마제를 상대할 수 있는데, 하물며 필멸자라면…….

"휴~ 생각해 보면 조금 아깝기도 한데… 필멸자라면 우리가 잘 회유한다면… 아니야. 그래도 불안 요소가 너무 커."

강력한 무력을 지닌 유저가 마교라는 거대한 세력마저 가진다면, 세상의 균형은 정말 무너진다. 아니, 무너질 수밖에 없다. 사람이라면 자신이 가진 강력한 힘을 쓰고 싶은 게 당연지사. 게다가 '세상' 내에 회사를 능가하는 영향력을 한 개인이 갖는다는 것은 회사 입장에선 더 더욱 위험한 일이었으니…….

때문에 수영은 자신의 행동에 조금의 망설임도 없었다. 어차피 그자는 한 번의 죽음으로 캐릭 삭제를 당한다는 필멸자 공지에 동의했고, 자신의 행동은 증거가 남지 않는 일이다. 그러니 이번 일도 무난히 끝낼 수 있으리라. 다만 한 가지 마음에 걸리는 게 있다면…….

"휴~ 그럼 마교주는 결국 소수마제가 되는 건가? 뭔가 대책을 마련해야겠군."

수영은 한숨을 푹 내쉬며 늘 하는 일인 음모를 꾸미기에 착수했다.

잠시 뒤, 그녀의 손에 들려지는 '대소수마제 전략 마교주 몰락기'란 제목의 큼직한 노트. 이미 그녀의 뇌리엔 그림 페이스는 잊혀진 존재였다.

魔冑傳說
Dark

Legend 5

마녀가 등장하다

Legend

“휴우~ 다행이다. 그나저나 저 마녀가 대체 무슨 일
로 전화를 다 한 거야?”

안도의 한숨을 내쉬며 이마의 식은땀을 닦아내는 수한. 하긴 평상시
전화 한 번 없던 그의 누나가 갑작스럽게 전화를 걸었으니 얼마나 당
황스럽고 놀랐겠는가? 그것도 막 경매 사이트에서 아이템을 처분하는
결정적인 순간에 말이다. 덕분에 강제 로그아웃한 후 시원하게 때 빼
고 광낸 보람도 없이 온몸에 식은땀이 흥건하다.

물론 열심히 게임해서 아이템을 강탈, 아니, 습득한 뒤 그것을 판다
는 데 누가 뭐라 하랴? 그러나 상대는 그의 누나인 수영이다. 수한으로
선 백 년이 지나더라도 그 머리 속에 대체 무슨 생각을 하는지 알 수
없는 미지(?)의 존재. 때문에 그녀의 얼굴을 보자마자 거의 본능적으로
컴퓨터 모니터 앞을 가렸던 수한. 다행스럽게도 그의 노력은 성공하였

다. 그녀는 컴퓨터에 대해 그리 신경 쓰지 않았다.

…물론 그 대가로 변태 중년인이 여고생을 바라보는 듯한 시선을 묵묵히 감내해야 했지만. 어쨌든 이것으로 위기는 넘긴 듯 보인다.

"휴우~ 큰일날 뻔했다. 하마터면 들킬 뻔했어. 그나저나 왜 난데없이 게임을 하냐고 물어본 거지? 헉! 설마… 내 계획을 눈치채고?"

한참 안도의 한숨을 내쉬던 수한, 불현듯 불길한 예감이 든다. 게임을 함으로써 독립 자금을 모으는 자신, 그리고 자신을 계속 장난감으로 다루고 싶어하는 누나. 어쩌면 수영은 그의 독립 자금 마련 활동에 제동을 걸 수도 있다. 온갖 트집을 잡으며 게임 캡슐룸을 빼앗는다든지…….

"클클클. 이미 캡슐룸 따윈 내 돈으로도 살 수 있다. 아! 그래, 이번 기회에 신형으로 바꿔볼까?"

역시 지갑이 두둑하면 마음의 여유가 생기는 건가? 잠시 불안에 떨던 수한은 통장에 입금된 돈을 상기하고 이내 마음을 안정시킨다. 지난 보름간의 문파 사냥 덕에 잡템을 포함한 무수히 많은 아이템을 팔아치웠던 수한.

때문에 그의 통장엔 제법 거금이라 할 만한 돈이 들어 있었다. 또 이번에 수거한 일급 무공서 '천풍검결' 과 보검들을 판다면 그 금액은 더욱 커질 터.

비록 독립 자금 목표 금액엔 못 미치겠지만 게임 캡슐룸 정도야 최신형으로 바꿀 수 있을 것이다. 즉, 더 이상 누나의 눈치를 볼 필요가 없다는 의미.

하지만… 그런 낙관적인 생각도 잠시뿐. 수한은 이내 고개를 흔들며 괜한(?) 기대를 버렸다.

"아니야. 타초경사(打草驚蛇)라고 괜히 새 게임 캡슐룸을 산다고 돈을 썼다간 그 돈의 출처를 추궁받을 거야. 그 다음엔 아마 게임을 전혀 못하게 하려고 온갖 방해를 하겠지?"

안 봐도 뻔할 뻔 자. 기껏 모아둔 돈은 생활비 명목으로 뺏기고 한턱 쏘라는 이유로 탕진당하고, 결국엔 생각지도 못한 기상천외한 방법으로 전부 다 날려 먹을 게 뻔하다. 거기다 더해 어쩌면 게임까지 못하게 할 가능성까지 있으니.

수한이 생각하는 그의 누나라면 그리고도 남을, 아니, 그 이상을 할 게 틀림없는 마녀 중의 마녀.

"그래, 단 한 방에 터뜨려야지. 괜히 이런 일로 들킬 순 없지."

재차 자신을 추스르며 수한은 좀 더 안전 지향으로 생각을 바꾼다. 생전 만져 보지도 못한 거금에 잠시 마음이 들떴지만 역시 누나만 생각하면 마음이 푸우우욱 가라앉는 수한이다.

"어서 독립을 해야지, 원. 그나저나 이제 슬슬 접속할 시간인가? 시간이… 아! 이제 됐다. 클클클, 이제 슬슬 다시 가볼까?"

잠시 가라앉았던 기분도 시계를 보는 순간 확 펴진다.

시계를 보니 지금 막 접속 제한 시간이 지난 상태. 이미 현실보다 가상현실상에서 더 많은 시간을 보내온 그로선 너무나 반가운 소식이다. 거기다 아수라묵천마공의 숙련도가 목표인 70%에 거의 근접하기까지 했으니 이제 조금만 더 고생, 아니, 즐거운 사냥을 한다면 게임 세상 내 진정한 천하무적이 될 수 있으리라.

"클클클, 이제 조금만 더……."

음침한 괴소와 사이한 다크 오라. 이제 현실에서까지 그 위용을 드러내는 마왕의 모습. 이제 그를 막을 존재는 누구도 없다.

…적어도 수한의 생각엔 그랬다.

"어서 오십시오!!"

게임에 접속해 연무실에서 나오자마자 수한은 분타주의 열렬한 환영을 받았다. 얼굴이 거의 반쪽이 된 분타주. 수한이 연무실에 있는 동안—정확히 말하자면 로그아웃해 있는 동안—뭔가 큰일을 당한 듯한 몰골이다.

"무슨 일이 있었나?"

수한은 그 모습에 조금 긴장을 했다. 설마 자신이 접속 못한 동안 뭔가 나쁜 일이?

이미 그의 손에 박살난 문파만 삼십여 곳에 달한다. 아무리 조심하고 위장했다고는 하나, 중간에 실수가 있을 수 있을 터. 때문에 혹 그의 종적이 드러나 정파 측 고수들이 습격을?

그런 불길한 생각이 들자 이내 시퍼레지는 수한. 요즘 들어 잘 나간다고는 하지만, 그것은 어디까지 중소문파를 기습으로 공격했기에 가능한 일. 만약 구대문파나 그에 준하는 문파를 상대하게 된다면 무조건 도주해야 한다. 하지만…

'여기서 도주해 봤자 갈 곳도 없는데…….'

이미 제국 깊숙한 곳까지 원정(?) 온 상태. 여기서 장백산맥까지 도주할 것을 생각하니 눈앞이 다 캄캄해진다. 거기다 목표 숙련도 달성을 거의 코앞에 둔 상황에서야…….

"으드드드득. 분타주! 적들은 지금 어디 있는가? 물론 도주로는 확보했겠지?"

분한 마음에 이까지 갈며 분타주를 닦달하는 수한. 너무 분하고 원통하지만 지금 상황에서 괜히 미련을 갖는다면 남은 것은 오직 죽음뿐. 예전의 무수한 도주 경험으로 금세 이런 결정을 내린다.

그러나… 그의 그런 행동과 생각은 너무 성급했던 모양이다. 수한의 말에 두 눈을 동그랗게 뜨고 의아한 표정을 짓는 분타주.

"예? 그게 무슨 말씀이십니까?"

의아함이 넘치다 못해 줄줄 흐르는 얼굴. 그 얼굴을 보고도 깨달지 못한다건 정말 바보 아니면 멍청이리라. 다행히 수한은 그에 준하는 인물이 아니었고, 이내 자신이 헛다리를 짚었음을 알아차렸다.

"허험~ 아니네. 내가 잠시 착각을… 그보다 무슨 일이 있었나?"

자신의 착각에 순식간에 토마토가 되어버린 얼굴.

이에 수한은 황급히 화제를 돌린다. 다행히 분타주 역시 급한 상황인지라 그를 추궁(?)하는 대신 신세 한탄을 늘어놓기 시작한다.

…다시 말해 수한의 다리를 부여잡고 울음을 터뜨렸다는 의미다.

"흐흑흑. 소교주님, 제발 소교주님의 수하들 좀 말려주십시오."

"대체 무슨 짓을 했길래?"

울음만 터뜨리며 말도 제대로 잇지 못하는 분타주. 수한은 그런 그를 간신히 달래며 사정을 알아본다.

그리고 잠시 후, 그 사정을 알게 된 수한. 나오는 건 그저 헛웃음뿐이었다.

"헐. 그러니까 전삼은 도박장을 완전 거덜 냈고, 우칠은 주루에서 물과 돈을 구분 못하는 경지에 도달했다고?"

연무실에서 들어가기 직전, 전삼들에게 잠시 자유 시간을 주었던 수한. 그 시간 동안 수한의 심복(?) 수하인 그 두 사람은 제각기 이곳 분타가 운영하는 도박장에서 도박을, 주루에서 주지육림을 즐기며 분타의 일 년치 예산을 완전히 말아먹었다고 한다.

물론 분타주의 입장에선 소교주의 직속 수하들에게 뭐라 할 수 없으니 끙끙거릴 수밖에.

"허허허, 이것들이 내가 잠시 놔주니까 아주 살판이 났군. 분타주, 그 녀석들 당장 끌고 와!"

"예! 즉시 명을 받들겠습니다!"

수한의 말이 끝나자마자 이형환위를 방불케 하는 속도로 몸을 날린 분타주. 잠시 후 전삼과 우칠이 어기적거리며 나타난다.

"소교주님을 뵙습니다."

"소교주님, 아함~ 뵙습니다. 아함~"

대체 주루에서 뭘 했는지 연신 하품을 쩍쩍 해대는 우칠. 전삼 역시 그런대로 인사는 했지만 두 눈이 시뻘건 것이 밤샘 도박의 폐해를 여실히 드러내고 있다. 그러나 평상시 두 사람이 쌓아온 포인트(?)가 다른지라 수한은 둘을 동급으로 바라볼 수 없었다.

거기다 결정적으로…

'으득~ 난 여자 손목도 제대로 못 잡아봤는데, 주루에서 며칠 밤낮을 뒹굴어?'

솥로의 뜨거운 가슴에 죽창을 냅다 찌른 뒤 가죽을 벗겨 재차 소금을 뿌리면 이런 기분이 들까? 수한은 정말 오랜만에 활활 불타는 분노를 느끼며 속으로 중얼거렸다.

'감점 백만 점!'

다리가 후들거리는—왜 그러는지 차마 물어볼 수가 없었다—우칠을 차마 두들겨 팰 수도 없어 그냥 속으로 삭이는 수한. 대신 이번엔 전삼에게 고개를 돌린다.

‘전삼, 너마저……’

평상시 늘 진중한 모습만을 보이던 전삼이다. 거기다 알아서 척척 하는 빠른 눈치까지. 때문에 우칠과는 달리 제법 믿음직했었는데… 그런데 도박장에서 며칠간 밤낮을 지새웠다고 하니, 약간의 배신감마저 드는 수한이다.

그러나 막상 전삼이 입이 열자 그런 생각은 만 리 밖으로 날아간다.

“저, 소교주님. 제가 소교주님의 존함을 좀 팔았습니다. 그 대신이라고 하긴 뭐하지만 이것을…….”

뭔가 의미심장한 미소를 지으며 묵직한 가죽 주머니를 내미는 전삼. 쩔렁이는 소리나 무게를 고려할 때 적어도 은자가 가득한 가죽 주머니다.

이에 수한의 입가엔 우린 동류라는 뜻의 사악한 미소가 그려졌으니, 도박이라곤 한 번도 하지 않았던 전삼이 도박장을 거덜 냈다는 사실부터가 뭔가 수상쩍은 일. 여기에 뭔가 꼼수가 있는 게 당연했다.

전삼의 눈치를 보건대 수한 자신의 이름을 팔아 뭔가 했음이 틀림없다. 하긴 소교주의 직속 부하씩이나 되는 자가 분타에서 운영하는 도박장에서 정상적으로 도박을 할 리 없지 않은가. 그저 은근슬쩍 뇌물 목적으로 돈을 잃어주었을 터.

다만 여기서 문제가 있다면 전삼이 그것을 적극 활용해 도박장을 거덜 냈다는 점이다. 그리고 그 수익의 일부는 고스란히 수한에게로.

“클클클, 제법 머릴 썼군.”

“뭐, 지금 같은 기회가 아니면 돈을 만져 볼 기회가 없으니…….”

역시 생각하는 바가 수한의 마음에 쏙 드는 전삼이다. 때문에 수한은 훗날 자신이 마교주가 되면 이 녀석을 필히 등용해야겠다고 다짐하며 속으로 중얼거렸다.

'플러스 100점.'

로그인 후, 나름대로 끈끈한 해후(?)를 나눈 수한과 그의 수하들. 잠시 뒤 그들은 뭔가 애절하면서 간절한 시선을 보내는 분타주를 뒤로한 채, 또 다른 분타를 향해 길을 떠났다.

솔직히 이곳에서 한탕 더 뛸 수 있지만 분타 일 년치 예산의 압박은 수한의 두터운 철면신공으로도 약간 큰 부담이 되는 것. 거기다 가죽주머니만을 노려보는 분타주의 심상치 않은 시선은 그런 수한의 선택을 더욱 부추겼다.

어쨌든 그런 이유로 인해 부랴부랴 호남성 분타를 떠난 수한 일행. 저 멀리서 굵은 소금을 뿌려대는 분타주를 피해 도주(?)한 것까진 좋았는데, 막상 길을 떠나자 생각지 못한 문제가 발생했다.

그것은 바로 비실거리다 못해 흐느적거리는 전삼과 우칠. 하긴 며칠 밤낮을 잠도 안 자고 길을 떠나는 마당에 그들이 제대로 힘을 낼 리 없지 않은가.

"아함~ 소교주님, 피로하지 않으십니까? 좀 쉬었다 가시지 않고……."

"난 충분히 쉬었다고 생각하는데?"

계속 하품을 하며 구시렁거리는 우칠. 거기다 신법을 펼치는 와중에도 연신 다리를 후들거리기—왜 그러는지 차마 말할 수 없다—까지 한다. 그러나 그 모습에 더욱 화가 난 수한은 조금의 동정도 없이 더욱 신법의 속도를 높일 따름.

생각 같아서는 솔로의 가슴에 핵폭탄을 무더기로 떨어뜨린 우칠의 행동에 오늘 제대로 타작(?)을 하고 싶었지만 일정이 빠듯한 관계로 그냥 넘어가는 것뿐이다.

'으득. 언젠가 반드시 제대로 타작해 주마!'

자신의 잘못(?)도 모른 채 끝까지 하품을 쩍쩍 해대는 우칠. 이에 수한은 우칠이 하품을 할 때마다 감점 100점을 기록했고, 다리가 후들거리는 모습을 보일 때마다 감점 1000점으로 계산하며 앞으로 나아갔다.

한편 전삼은 그런 우칠과 수한의 모습에 내심 한숨을 내쉬며 자신의 동료에게 닥쳐올 끔찍한 재난에 애도를 표했다.

"하암~ 조금만 쉬시……."

"걸! 빨리 달리기나 해!"

빠른 속도로 이동하면서도 끊임없이 소란스런 수한 일행. 그 탓에 그들은 전혀 눈치채지 못하고 있었다. 그들의 뒤를 몰래 따르는 오십여 명의 수라만마대 고수들의 존재를…….

하물며 그 대단한 수라만마대의 고수들조차 눈치 못 챈 4운영팀의 옵저버들은 더 더욱 알지 못했다.

때문에 수한은 전혀 예상치 못했다. 그 자신에게 진정한 위기가 시시각각 다가오고 있음을…….

수영의 절친한 친구인 수진.

일명 '금단장미(禁斷薔薇)'라는 필명으로 알려진 백만 야오이 팬들을 선도하는 대표 주자이자 일대 산맥를 이루는 야오이계의 대모. 때문에 그녀는 솔직히 게임에 대해 그리 큰 흥미가 없었다. 아니, 흥미가 없다기보단 할 시간이 없다는 게 더 정확한 표현이리라.

마감 시간에 쫓겨 하루 한 끼만 먹는다는 초인기 절정 작가인 그녀가 그런 걸(?) 할 시간이 있겠는가? 하지만 정작 현실에서의 시간보다 더 많은 시간을 'NEW WORLD'에 접속하는 데 투자하는 수진이었다.

'NEW WORLD'는 현실 시간상의 네 배의 시간을 구현하는 가상현실상의 공간. 때문에 그곳에선 네 배나 집필할 시간이 있으니 그녀로선 자주 접속할 수밖에.

물론 단지 그런 이유 때문이라면 다른 가상현실 게임이나 혹은 가상현실 공간 실습실을 이용하면 될 터, 일부러 'NEW WORLD'에 접속할 필요는 없을 것이다. 즉, 수진이 'NEW WORLD'에 자주 접속하는 이유는 정작 따로 있었다.

'NEW WORLD'. 지금까지의 가상현실 게임과 다른 개념의 정형화된 NPC들이 모인 게임다운 '게임'이 아닌, 현실과 같은 또 하나의 세상을 구현하는 게임.

때문에 게임 내 모든 NPC들은 제각기 특징을 가진 전혀 다른 인격의 소유자들이었고, 그 사실은 수진에게 너무나 큰 매력으로 다가왔다. 현실상에선 차마 할 수 없었던 실험(?)을 풍부한 실험체들을 통해 마음껏 할 수 있었다(그 실험의 내용에 대해선 차마 공개할 수 없으니 이해를……)! 그녀에겐 그보다 더 매력적인 조건이 없었던 것이다.

결국 그런 이유로 인해 'NEW WORLD'에 푸우우우욱 빠져 버린 수진.

갖가지 실험 활동에 정신이 팔려 중요한 원고 마감을 펑크 내는 일까지 발생할 지경이었다. 그런 그녀에게 한층 더 'NEW WORLD'에 빠지게 만드는 인물이 나타났으니… 그는, 아니, 그녀는 수진의 친구이자 ㈜F.C사의 4운영팀장인 수영.

약간의 제약이 있으되, 누구도 상대할 수 없는 강대한 힘을 가질 수 있다는 수영의 제안. 게임하면서 늘 약간의 아쉬움을 가지고 있던 수진으로선 도저히 거부할 수 없는 제안이었다.

물론 Give & Take의 원칙에 따라 가끔 귀찮은 부탁을 들어줘야 하지만, 어쨌든 그 강대한 힘은 그녀의 창작 욕구를 충분히 충족시킬 만한 것이었다. 때문에 수진은 수영의 부탁을 거의 거부할 수 없었고, 이번같이 그녀의 취향에 맞는 일은 더 더욱 거부할 생각이 없었다.

다만 한 가지 마음에 들지 않는 것이 있다면,

"하아~ 이거참. 이걸 다 착용하라니… 수영이 녀석 아주 작심을 했군."

수진은 자신의 앞에 펼쳐진 물건을 바라보며 자신도 모르게 긴 한숨을 내쉬었다. 장갑, 부츠, 벨트, 반지, 팔찌, 귀고리, 목걸이. 전부 다 해서 열 개에 달하는 물건들. 저마다 요요한 빛을 내뿜으며 자신이 절대 평범한 물건이 아님을 주장하는 최하 레어 급 이상의 아이템들이다.

다만 여기서 문제가 있다면 수진이 현재 있는 곳은 청제국이었고, 눈앞의 아이템들은 팔라스 연합의 것들이라는 점.

'NEW WORLD' 설정상 청제국과 팔라스 연합의 왕래가 불가능한 것을 고려할 때 이건 거의 불가능에 가까운 일일 터.

그런데 대체 어떻게 팔라스 연합 측의 물건이 청제국에 나타날 수 있단 말인가? 그것도 최소 레어 급 이상의 아이템이…….

"헤휴~ 그래도 일단 일을 해야 하니, 슬슬 착용해 볼까?"

의문은 풀어줄 생각도 하지 않은 채 그저 투덜거리기만 하는 수진. 느릿느릿 몸을 일으켜 세우더니 하나하나 아이템을 착용하기 시작한다.

먼저 허리춤에 찬 채찍을 푼 뒤 연신 번쩍거리는 벨트를 허리에 착용하고, 이어 화려무쌍한 목걸이와 귀고리를, 그리고 여신이 새겨진 섬세한 문양의 팔찌와 불꽃 문양의 투박하지만 강렬한 느낌의 팔찌를 제각기 오른팔과 왼팔에 걸쳤다. 그 뒤 양손에 건틀릿을 연상시키는 두툼한 회색 장갑을 낀 다음, 약간의 고민을 하더니 재차 두 개의 반지를 오른손 손가락에 낀 수진. 그녀는 마지막으로 털썩 주저앉아 슈트 전용 가죽 신발을 벗고 엄청 튼튼해 보이는 갈색 부츠를 신음으로써 모든 장비의 착용을 마쳤다.

아니, 아직 끝난 것이 아니었다. 그녀의 앞엔 아직 하나의 반지가 남아 있었다.

"으윽~ 이건 정말 끼기 싫은데……."

조금 투정 섞인 말을 내뱉으며 진저리를 치는 수진.

확실히 그 반지는 여자의 입장에선 절대 끼고 싶지 않은 형태의 물건이었다. 마치 절규하는 듯 입을 쩍 벌린 해골의 형상으로 기이한 한기를 내뿜는 반지. 아무리 담대한 그녀라도 왠지 꺼림칙한 물건인 것이다.

그러나 이미 수영에게 수차례 언질을 받은 상태. 결국 수진은 두 눈을 질끈 감은 뒤 그것을 왼손에 낄 수밖에 없었다.

죽음의 세례(Baptism of Death). 지금 이 순간 수진이 그토록 끼기 싫어하는 반지의 이름이다. 지금이야 고작 유니크 급(?)에 지나지 않지만 과거엔 세상에 단 일곱 개만이 존재한다는 이벤트 급 물건.

30년 전 대마왕 데스로드가 카오틱 드래곤에게 봉인된 이전까지 데스로드의 권능을 상징하는 반지인 것이다. 그러니 그 위력이야 불문가지.

어쩌면 이거야말로 수진이 착용한 아이템들 중 가장 강력한 무기라

할 수 있다.

하지만! 역시 싫은 건 싫은 것. 왼손에서 느껴지는 싸늘한 냉기에 수
진의 얼굴이 절로 찌푸려졌다.

쫘아악―

손끝을 타고 오르는 한기에 진저리를 치는 수진. 그녀는 그 찜찜한
느낌을 떨어버리고자 손에 쥔 채찍을 힘차게 내려쳤다.

순간 손에 착 달라붙는 짜릿짜릿한 감각, 그리고 앞으로 벌어질 일
에 대한 기대감. 순간 수진의 얼굴에 뭔가에 도취된 듯한 야릇한 미소
가 지어진다.

"이히히히. 그럼, 이제 슬슬 사냥을 시작해 볼까?"

우칠, 정말 미운 털이 단단히 박힌 모양이다. 호남성 분타를 떠난 이
후 자꾸 쉬어 가자고 하는 통에 더욱 열불이 난 수한.

덕분에 수한 일행은 그 뒤 사흘 밤낮을 달리고 또 달렸다. 그 덕에
죄없는 전삼마저 입에서 단내를 내뿜으며 괴로운 신세가 되었으니…
그러나 어찌하리. 소교주인 수한이 뛰라면 뛰어야지.

결국 전삼은 동료를 잘못 만난 탓에 고생의 무저갱으로 한없이 추락
하는 불쌍한 인생이 되어야만 했다.

그러나 그 지옥 같은 강행군이 꼭 나쁜 것만은 아니었다. 그렇게 무
리한 덕에 단 사흘 만에 호남성(湖南省)을 지나 귀주성(貴州省) 분타에
무사히 도달할 수 있었다. 수한으로선 분타 내에서 편안한 마음으로
로그아웃할 수 있었고, 전삼과 우칠은 잠시 수한의 얼굴을 보지 않은
채 푹 쉴 수 있었으니 서로 간에 좋은 것이 아니겠는가.

그리고 그렇게 이틀간의 꿈같은 휴식이 지난 뒤, 수련을 핑계로―실

제론 로그아웃을 위해—연무실에 틀어박혀 있던 수한이 드디어 그 모습을 드러냈다.

"자! 이제 다시 사냥이다!"

연무실에서 뛰쳐나오자마자 큰 소리로 외치며 광분하는 수한.

아수라묵천마공의 목표 숙련도까지 이제 1.6%가 남은 상태이니 자연 그렇게 광분할 수밖에 없었다. 그리고 어느 정도 기력을 회복한 전삼과 우칠 역시 입가에 잔인한 미소를 지으며 그에게 호응했으니.

그들 역시 사냥(?)의 묘미인 살육과 아이템 수거에 길들여진 탓. 그러나 이번엔 뭔가 좀 불안하다.

"저… 소교주님, 이건 좀 무리일 것 같습니다. 아무래도 재고를……."

"아니야. 이왕 이렇게 왔는데 크게 한탕(?) 하고 뜨면 그만이야."

"씩씩~ 언제 싸우는 겁니까? 이러다 날 새겠습니다."

거대 전각 앞, 지붕 위 어둠 속에서 복면을 뒤집어쓴 세 남자가 두런두런 이야기를 나누고 있었다. 당연한 이야기겠지만, 수한을 포함한 문파 습격단이 그들의 정체.

그런데 웬일인지 평상시 기괴한 웃음으로 공명(?)하던 때와는 달리 서로 간에 의견 충돌이 있는 듯한 광경이다.

늘 수한에게 순종적이던 전삼이 수한을 말리고 있으며, 수한은 계속 자신의 주장만을 내세우는 모습.

한편, 그 옆에선 앞으로 닥칠 싸움에 한껏 흥분한 우칠이 씩씩거리고 있다.

늘 '돌격 앞으로!'를 외치며 문파에 난입하던 그들이 왜 이런 장면이 연출하는 걸까? 그 이유는 수한이 목표로 삼은 문파, 즉 현재 수한 일행의 앞에 있는 거대한 전각들의 주인이 가진 명성 때문이다.

청룡문(靑龍門).

비록 구대문파 중 하나에 속하지는 않으나, 지금까지 수한 일행이 상대했던 문파와는 그 차원이 다른 명문거파다. 지금까지 그들이 상대했던 문파가 일류고수를 서너 명 보유한 정도가 고작이었다면, 이 청룡문은 일류고수만 수십여 명에 달하는 거파 중의 거파.

심지어 얼마 전 청풍방주와 같이 간신히 절정에 턱걸이한 고수가 아닌, 진짜- 절정고수까지 다수 보유한 문파인 것이다.

그러니 자연 전삼으로선 현재 자신들의 전력으론 청룡문을 도모하기에 무리라고 판단할 수밖에.

반면 수한의 입장에선 청룡문이 정말 탐나는 사냥감이었다.

이제 조금만 더 숙련도를 올리면 목표 숙련도를 채울 수 있는 상황. 이럴 때 크게 한 건을 올린다면 확실히 숙련도를 채울 수 있지 않겠는가. 거기다 그 나름대로 믿는 구석이 있었다.

지금까지 삼십여 곳의 문파를 상대하면서 수한은 자신의 강함을 충분히 느낄 수 있었다. 비록 마교의 진짜 고수들에 비하면 부족한 점이 많겠지만 월등한 능력치, 특히 1만이 넘어 2만에 근접한 MP량과 4만이 넘는 HP량 덕에 수한은 일반 절정급 고수라면 충분히 감당할 자신이 있었다.

거기다 그의 옆엔 정말 무서울 정도로 성장한 전삼과 우칠이 있다. 처음 이들을 데려올 때만 해도 그저 심부름꾼 정도로만 생각했었는데, 지금은 도강(刀罡)마저 구현할 줄 아는 절정급 고수가 된, 이미 그의 예상을 뛰어넘는 막강한 전력으로 성장한 상태인 것이다.

결국 현재 수한의 전력은 초절정고수의 능력치를 가진 절정고수 한 명에, 절정급 초입에 있는 고수 두 명. 즉, 이 정도 전력이라면 제아무리 청룡문이라도 충분히 승산이 있을 것만 같았다. 거기다 정 안 되면 그냥 도주하면 그만이지 않은가?

무수한 도주 경험에, 이형환위라는 막강한 스킬까지… 솔직히 수한이 도주하려고 마음먹으면 그 누가 감히 그를 잡을 수 있으랴.

거기다 전삼과 우칠 역시 그런 수한에게 단련된 덕에 신법이라면 누구에게도 지지 않을 경지에 오른 상황. 그러니 최악의 상황만은 충분히 모면할 수 있으리라.

"그러니까 정 안 되면 그냥 도주하면 된다니까."

"…알겠습니다."

수한이 계속 일행의 능력을 강조하며 강권하자 전삼도 결국 굴복할 수밖에 없었다. 솔직히 그의 생각에도 이번 습격이 영 가능성이 없는 일은 아니었다. 그저 지금까지 상대하던 문파와 격이 다른 곳이기에 조금 조심스러웠을 뿐.

그 역시 수한의 생각과 거의 비슷했던 것이다. 지금 그의 진정한 속내는 이번 일로 자신의 조심성을 소교주에게 알리는 것뿐.

한 치 앞도 보지 못하는 우칠과는 달리 전삼은 이미 수한의 심복이 되어 마교의 중추 수뇌부가 되기 위한 토대를 착실히 다지고 있었던 것이다.

하긴 얼마 전까지 고작 말단 무사에 지나지 않던 그로선 '수한'이란 든든한 끈을 절대 놓치고 싶지 않으리라. 그 탓에 평상시 열심히 점수를 따는 것이고.

물론 전삼의 그런 행동 탓에 그가 전형적인 간신배 스타일로도 보일 수 있으나, 알고 보면 전삼 나름대로 자신의 절대적인 충성심을 표현하는 것일 뿐 딴마음은 없다.

솔직히 말단 무사인 그를 선택해 심복 수하로 삼고, 거기다 남들은 꿈에서나 볼 영약을 주고… 이런 상황에서 어찌 충성을 바치지 않을까. 때문에 전삼은 권력욕 때문이 아닌, 수한의 가장 측근이 되어 그를 돕고 싶다는 순수한(?) 마음에 이런 행동을 하는 것이다.

그리고 이런 여우 같은 전삼이야말로 둔하기가 우칠에 버금갈 수한에게는 절대적으로 필요한 인재라 볼 수 있었으니… 각설하고!! 어쨌든 전삼마저 승낙한 상황에 수한이 가만히 있을 리 없다.

히죽 한 번 웃음을 지은 뒤, 청룡문을 향해 몸을 날리는 수한. 그리고 그 뒤를 전삼과 우칠이 재빠르게 따르기 시작했다.

콰릉!

쩌쩍! 콰당!

첫 타는 수한의 호쾌한(?) 권강으로 시작되었다. 단숨에 청룡문의 정문을 박살 내더니 정문을 들어서며 문파 사냥 직전 늘 외치던 전형적인 악당의 대사를 외치려던 수한(그가 주장하기엔 연막 작전을 펼치기 위한 어쩔 수 없는 행동이라고는 하지만, 일단 본인은 아주 즐겁게 하고 있는 듯 보인다).

"청룡군의 잡졸들은 들어라! 이 흑천방(黑天幫)의 영웅들이… 에?"

청룡문의 적대 세력인 사파의 거파, 흑천방(黑天幫).

수한은 이번엔 그 방파의 이름을 빌림으로써 자신들의 정체를 감추려 했다. 그러나 그의 고함 소리는 눈앞에 펼쳐진 광경에 급속도록 쪼그라들었다.

족히 수백 명이 넘는 무사들이 살기등등한 표정으로 그의 앞에 포진된 상황. 거기다 이미 검이나 기타 병장기를 뽑아 들어 그에게 똑바로 겨누고 있음으로써 한층 더 험악한 분위기를 만들고 있는 게 아닌가?

"에? 이건 좀 과한 것 같지? 안 그래?"

왠지 싸늘한 분위기에 짐짓 유쾌한 어조로 입을 여는 수한.

일단 사냥감들이 알아서 나와 마중하고 있으니 찾아다닐 필요가 없다는 식의 여유다. 하지만 막상 수한이 뒤쪽을 바라보니 전삼과 우칠은 안색이 새파랗게 질린 채 그의 말에 호응할 만한 상태가 아니었다.

하긴 아무리 사냥감이 많으면 많을수록 좋다고 하지만, 이건 좀… 거기다 미리 준비까지 한 상황이니 왠지 불길한 예감을 지울 수 없었다.

하지만!! 여기까지 왔는데 주먹 한 번 안 휘두르고 도주할 순 없는 노릇.

수한은 짐짓 전혀 무서울 것 없다는 표정을 지으며 억지로 전의를 다지려 했다. 그러나 청룡문의 진영에서 누군가가 나오는 순간, 수한의 전의는 일시에 꺾여 버린다.

"천살마왕(天殺魔王)!! 네놈의 악행은 여기서 끝이닷!!"

"컥!"

자신의 별호를 알고 있다? 군(君)이 아니라 왕(王)으로 알고 있는 것이 이상하지만, 어쨌든 자신의 정체를 알고 있다는 것은… 설마 자신들의 종적이 들켰다는 의미? 하지만 자신들은 이렇게 복면까지 뒤집어쓴 상태인데 어떻게 알아봤지? 아니, 어쩌면 혹시?

"상태창!"

청룡문 측 사람이 그 뒤로도 계속 주절주절 말을 늘어놓았지만, 수한은 그에 신경 쓰지 않았다. 그저 혹시 자신과 비슷한 별호의 인물이 있나 싶어 상태창을 불러 확인 작업에 들어갈 뿐.

별호란 원래 비슷비슷할 수도 있는 법. 그러니 어쩌면… 수한의 간절함과는 달리 상태창에 당당히 적혀 있는 별호, 천살마왕(天殺魔王). 얼마간 상태창을 확인하지 않는 사이, 군(君)에서 왕(王)으로 승격한 모양이다.

하긴 가지막 사냥감인 청풍방이 제법 유명한 곳이니까.

'아니지, 지금 그런 걸 생각할 때가 아니지.'

별호에 왕(王)이 붙었다는 사실에 입이 헤벌쭉 벌어질 찰나, 수한은 번뜩 정신을 차렸다. 그렇다. 지금은 별호고 뭐고 그런 것을 신경 쓸 때가 아니다. 지금까지 문파 습격에 성공할 수 있었던 가장 큰 원동력이 무엇이던가? 바로 상대가 전혀 예상치 못한 기습 공격 덕분이 아니었던가? 그런데 이번엔 상대방이 자신들의 정체까지 미리 알고 충분한 대비까지 한 상황.

'젠장, 저 녀석들 대체 어디까지 아는 거지? 설마 내가 마교도인 것까지… 그럼 냅다 튀어야 하는데……'

마교도인 것이 들통났다면 보통 큰일이 아니다.

마교도는 제국 내 공적 중의 공적. 그 정체가 드러나는 순간, 바로 척살대가 조직되어 명줄을 위협받는다. 그러니 혹여 청룡문의 사람들이 자신이 마교도임을 알면 바로 튀어야 그나마 살 가능성이 있을 터.

그런데… 왠지 이들은 자신들을 단순한 문파 습격단(?)으로 알고 있는 듯하다.

"흥! 천살마왕, 수하인 천살우군과 천살좌군을 대동한 채 얼마나 많은 살겁을 일으켰는지 너 스스로도 잘 알고 있겠지? 그러나 그런 너의 악행도 여기서 종지부를 찍을 거다! 대체 사파연합이 무슨 속셈으로 정파 측 세력을 줄여 나가는지는 몰라도… 여기서 너를 사로잡는다면 자연 알 수 있겠지?"

청룡문의 수뇌부로 보이는 남자는 수한이 계속 자신의 말에 호응(?)을 하지 않자, 저 혼자 흥분해서 주절주절 말을 늘어놓기 시작했다. 덕분에 아주 중요한 정보를 얻을 수 있게 된 수한.

'헤~ 아직 우리 정체를 모르는 모양인데… 그나저나 사파연합이라… 클클클. 역시 정파 측 문파만을 습격한 보람이 있는데.'

사파 측 문파의 이름을 걸고 삼십여 곳이나 되는 정파 측 문파를 공격하자, 수행 일행이 사파연합의 청부로 그런 일을 하는 줄 아는 모양이다.

즉, 상대는 수한 일행이 마교도임을 모른다는 의미. 그럼 적어도 공적(公敵)까지는 되지 않았다는 거겠지?

순간 속으로 안도의 한숨을 내쉬는 수한. 하긴 자신의 정체가 드러난 줄 알고 가슴을 조였는데, 상대가 알아서 착각해 주니 얼마나 기껍겠는가? 때문에 수백의 고수들에게 둘러싸인 채 사파 측의 잔혹무도한 거두로 오해(?)받는 상황임에도 도리어 가가대소를 터뜨리는 수한이다.

심지어 지금까지의 연막 작전, 즉 자신의 악인 대사가 영 쓸모없던 것이 아니라고 생각하며 다음번엔 좀 더 화려한 대사를 날려야겠다고 다짐하는 그였다.

그러다 문득 그의 뇌리를 스치는 한 가지 의문.

'그나저나 이 녀석들, 어떻게 우리가 올 줄 알았지?'

"저… 조장님, 습격 사실은 알려주면서 왜 저들의 진짜 정체는 밝히지 않은 거죠?"

조원들 중 한 명이 슬그머니 다가와 묻자, 4운영팀의 옵저버 제2조장은 짜증이 왈칵 치솟았다. 한창 표적과 청룡문의 충돌을 흥미진진하게 바라보고 있는데, 이놈이 옆에서 딴죽을 거는 것이 아닌가? 이제 곧 한바탕 벌어질 것 같은데 꼭 이런 중요한 순간에 초를 치는 놈이 있다니까.

그러나 그대로 무시하기엔 나머지 조원들의 시선이 심상치 않다. 아마 그들도 말은 안 하지만, 속으론 궁금증이 넘쳐흐르는 듯.

결국 그는 차마 저 초롱초롱한 눈빛들을 이기지 못해 차분히 설명할 수밖에 없었다.

"에휴~ 괜히 그랬다간 공적이니 뭐니 하며 척살대가 구성되잖아. 그러니까 그렇지."

"에? 그게 더 좋은 게 아닌가요? 어차피 저놈을 반드시 죽여야 한다면서요?'

"에휴~"

부하 직원의 철없는 소리에 절로 한숨이 나오는 제2조장이다. 그러나 그렇다고 설명하지 않을 수도 없는 노릇.

"임마! 지금 저놈이 데려온 전력이 얼마나 되는지 아냐? 무려 절정 고수만 오십 명이다, 오십 명! 그런데 괜히 저놈의 정체를 알려 척살대를 구성하면? 그럼, 정파 측이 얼마나 깨지겠냐? 물론 저놈이야 죽긴 죽겠지만 그 뒤는? 아마 사파연합이 정파 측 공백을 이용해……."

제2조장의 침 튀기는 설명이 한동안 계속되었고, 질문을 던진 조원이 녹초가 되어서야 끝이 났다.

'클클, 이제는 조용히 관전할 수 있겠지.'

한 명을 본보기로(?) 보내 버렸으니 이제 더 이상 방해자가 없을 것이라 여긴 제2조장.

그러나 그는 부하 직원을 너무 과소평가한 모양이다.

"저, 그런데 우린 어떻게 저자를 잡을 수 있나요?"

하긴 그것이 가장 궁금하긴 할 것이다. 아이템빨로 무장하고 있지만 일류고수조차 상대할 수 없는 게 옵저버들이다. 그래서 그런 자신들이 지금, 그 대단한 표적을 잡기 위해 이 자리에 옹기종기 모여 있는 것이 아닌가.

'에휴~ 이거 말해야 하나 말아야 하나?'

제2조장은 약간 고민했다. 방금 부하 직원의 질문은 4운영팀이 간직한 일급 비밀, 즉 몇몇 수뇌부만 아는 사실을 정통으로 관통한 것이다. 자칫 그 사실이 바깥으로 유출된다면…….

'아니지. 어차피 '더 웹' 이 이 자리에 올 거잖아. 그럼, 자연히 알게 될 사실. 차라리 미리 말해서 입단속하는 편이 낫겠군.'

결국 제2조장은 근질근질한 입의 충동을 이기지 못한 채 4운영팀의 비밀 무기, '더 웹' 에 대해 설명하기 시작했다. 그녀가 가진 무력, 그녀의 엄청난 카리스마, 그녀의 미모… 그 밖에 기타 등등. 그렇게 순진한 부하 직원들을 순식간에 '더 웹' 의 숭배자로 만든 제2조장.

그러나 그 와중에 호기심 많은 부하 직원 중 한 명이 그에게 또다시 딴죽을 건다.

"에? 그렇게 대단한 사람이면, 청룡문에서 이렇게 일을 벌일 필요가 없잖아요. 그냥 그분이 알아서 처리를……."

"임마!! 그분(?)은 회사 직원이 아니야. 때문에 항시 대기한 상태가 아니라고!! 거기다 운 좋게 우리 팀이 걸렸을 뿐, 저놈이 어딜 갈지 우리가 어떻게 아냐?"

제2조장의 호통에 그제야 고개를 끄덕이는 조원.

하긴 아무리 자신들이 옵저버라 해도, '그림 페이스'의 모든 움직임을 다 포착할 수 있는 게 아니다. 이번 일도 어디까지 '그림 페이스'의 활동 범위 내 모든 정파 측 문파에 밀고를 한 뒤, 그 모든 문파에 옵저버들이 퍼진 상태가 아닌가?

자신의 팀 쪽에 운 좋게 걸려 이런 좋은 구경을 하는 것일 뿐, 미리 그림 페이스의 움직임을 파악한 것이 아니었다. 결국 '더 웹'이란 존재가 몸이 여러 개가 아닌 한, 이곳에 오기까진 시간이 걸릴 터. 청룡문은 그 잠시의 시간을 벌어줄 시간 벌기용인 것이다.

"헤~ 그러네요. 아! 그리고 보니 아무리 그분이 대단해도 절정고수 오십 명은 좀 많죠? 그럼, 이번 기회에 서로 상잔하면 좋겠네요?"

"아니, 절대 그렇게 되지 않을걸?"

난데없이 뒤에서 들린 여성의 음성. 제2조원들 모두 화들짝 놀라 뒤를 돌아봤다. 그런 그들의 앞에 서 있는 온갖 장식구로 치장한, 검은 가죽 슈트 차림의 여성.

그런 그녀의 모습에 제2조장이 불식간에 중얼거렸다.

"더 웹……."

조장의 말에 두 눈을 부릅뜨는 조원들. 그들은 저마다 눈앞의 전설적인(?) 인물에 감탄성을 토했다. 비록 가상현실상의 캐릭이지만, 확실히 모델 뺨을 연타로 때릴 대단한 미모의 소유자가 아닌가. 거기다 몸에 착 달라붙는 가죽 슈트로 표현되어지는 그 몸매는…….

"꿀꺽!"

누군가의 침 삼키는 소리만이 들리며 장내는 고요한 정적에 휩싸였다. 그러나 이런 중대한(?) 순간에도 꼭 초를 치는 인물이 있었으니…….

"저, 아까 하신 말씀이… 왜 그렇게 되지 않다고 하셨나요?"

방금 전 그녀의 말, 즉 청룡문과 마교도들이 서로 상잔하지 않는다는 말에 바로 의아함을 드러내는 이름 모를 조원. 순간 그에게 동료들의 날카로운 시선이 집중된다. 아니, 이 녀석이 분위기 파악도 못하고!!

그러나 '더 웹', 아니, 수진은 히죽 입매를 올린 채 그에 대한 자세한 설명을 하기 시작했다.

"당연하다고 할까? 일단 절정고수가 어느 정도의 무력을 가지고 있는지 아나? 특별히 합격진(合擊陣) 같은 것을 운용하지 않는 한, 일류고수 열 명이 모여도 감당할 수 없는 게 절정고수야. 거기다 상대는 마교 측 5대 무력 중 하나인 수라만마대의 고수들. 그들은 일급 이상의 합격진을 구사할 수 있을걸. 그러니 절정급 고수가 고작(?) 십여 명뿐인 청룡문은 결국 허무하게 무너질 수밖에."

수영이 알려준 정보를 토씨 하나 빠뜨리지 않고, 자신의 의견인 양 말해 버리는 수진. 이에 제2조원들의 수진에 대한 존경심은 한층 더 강한 빛을 발했으니… 그 존경에 찬 시선에 수진은 부르르 몸을 떨며 황홀감을 빠진다. 역시 그녀는…….

한편 처음 의문을 제기했던 호기심 많은 조원은 아직 의문이 다 해소되지 않은 모양이다.

"히야~ 그럼, 일방적인 살육전이 된단 말입니까?"

"그렇지. 아마 수라만마대가 개입하는 순간, 일방적인 게임이 될 거야."

"그럼, 그들이 나서기 전에 재빨리 처리를…….'"

슬쩍 장내를 바라보니 그림 페이스와 그의 심복 수하 두 명이 형편

없이 몰리고 있었다. 아무리 강한 무공을 가지고 있어도 역시 쪽수가 밀리니 어쩔 수 없는 모양. 지금같이 수라만마대의 고수들이 미처 투입되기 전에 수진이 나선다면 일은 금방 해결될 것 같은데…….

그러나 수진은 전혀 그럴 마음이 없는 듯 가만히 팔짱을 낀 채 장내를 주시할 뿐이다.

어찌 보면 수라만마대의 고수들이 어서 등장하기만을 기다리는 듯한 모습. 그리고 실제로도 그럴 생각이었다.

"아니, 난 수라만마대가 난입할 때까지 기다릴 거야."

"예? 왜요? 그렇게 되면 청룡문의 피해가 너무 클 텐데……?"

피식!

조원의 너무 순진한(?) 대답에 수진은 피식 웃음을 터뜨렸다. 아직 이들은 자신을 잘 이해하지 못하는 모양이다.

왜 청룡문을 걱정해야 한단 말인가? 그들과 자신이 무슨 상관이 있길래. 물론 운영팀에 속한 옵저버들이야 정파 측이 강세일수록 일하기 편하니 그런 소리를 하는 거지만, 자신은 그것과 전혀 상관없는 일. 거기다 자신이 이 일을 하는 가장 큰 이유는 어디까지나 여가 생활 & 스트레스 해소다.

즉, 마음껏 한바탕하고 싶은데 왜 일부러 일을 축소시키겠는가? 그러나 그런 노골적인 대답을 해 순진한 조원에게 충격을 줄 수는 없는 법.

때문에 수진은 진실보다 약간 더 순화된 대답을 해주었다.

"원래 주인공은 결정적인 순간에 등장해야 하는 법이거든."

우우우웅―

“으~ 젠장, 역시 처음에 튀었어야 했는데……”

수한은 검강의 파도를 요리조리 피하며 진심으로 후회했다. 앞뒤, 좌우 모두를 둘러봐도 적대적인 시선과 행동들뿐.

어느새 정신을 차려보니, 이거야말로 완벽한 차륜전의 양상이 아닌가!

처음에야 전삼들과 함께 월등한 무공으로 청룡문의 문도들을 밀어붙일 수 있었다. 비록 상대의 숫자가 훨씬 많다고는 하나 자신들은 이런 물량 공세에 익숙한 절정고수.

수십 번의 문파 습격의 경험으로 인해 합격진도 아닌, 단순히 물량 공세만으로 덤비는 일류고수 따윈 그리 큰 위협이 되지 않는 것이다. 때문에 권강 한 방 한 방에 쓰러지는 청룡문의 문도들과 그에 따라 머리에 요란하게 울리는 레벨 업 소리에 취해, 수한은 오늘 뽕을 뽑는다는 일념 하에 열심히 권강을 날리며 광분했다. 그러나 그것은 청룡문의 함정이었으니.

문득 정신을 차렸을 땐 이미 전삼들과는 멀찍이 떨어진 상태. 인의 장막에 홀로 남겨진 것이다. 그리고 그 순간부터 그에겐 악몽의 시작.

사방팔방에서 몰아쳐 오는 공세 속에 수한은 그제야 ‘아뿔싸’를 연발했다. 아무리 호신강기가 일류고수의 자잘한 공격들을 막아낸다고는 하나, 절정고수의 강기까지 막아줄 순 없는 법. 그는 자신에게 날아드는 검강 다발을 바라보며 이렇게 소리칠 수밖에 없었다.

“이런! 당했다!”

설마 하급 무사들의 목숨을 미끼로 자신들을 진영의 한가운데로 유인할 줄이야…….

청룡문이 초반에 너무 허무하게 당하길래 물량공세의 허장성세(虛張

聲勢)인 줄 알았다. 그러나 그것은 청룡문의 단호한 의지였던 것이다. 어떤 희생을 치르더라도 반드시 수한과 전삼 등을 잡겠다는 생각.

그래서 일부러 전면에 하급 무사들을 배치해 수한 등이 한창 그들을 살육하는 사이, 정작 주력은 수한 일행을 완벽히 포위해 버린 것이다.

그리고 그것은 자신의 신법을 철썩같이 믿었던 수한에겐 너무나 당황스런 상황. 어떻게 벗어나려고 해도 그를 둘러싼 포위망은 너무나 견고했던 것이다. 아니, 이건 포위망이 아니라 숫제 그냥 사람의 몸으로 밀어붙이는 식이다. 거기다 중간중간 결정적인 순간에 검을 찔러대는 절정급 고수들.

결국 이렇게 나가다가는 아무리 수한의 HP와 MP가 먼치킨 수준이라고 해도 생사를 장담할 수 없는 상황.

역시 다굴에는 장사가 없단 말인가?

"젠장. 그래, 어디 한번 해보자."

결국 수한은 자신의 호신강기와 먼치킨 HP를 믿고 모험하기로 결심했다. 그것은 바로,

"으아아아아!"

콰콰콰쾅!

"우아아악! 켁!"

벼락같은 수한의 고함 소리와 엄청난 충격음, 그리고 허공을 부유하는 몇몇 청룡문도의 비명 소리.

수한은 상대의 공격을 피하기 위해서가 아닌, 정면충돌을 위해 신법을 극성으로 발휘한 탓이다. 그리고 당연한 이야기겠지만 수한의 거구에 부딪친 사람들은 바로 하늘로 치솟았으니……

근력만 200이 넘는 그가 유니크 급 신법을 극성으로 펼친 채 정면충

돌을 감행했다. 비록 그것이 공격 스킬은 아니라지만, 원체 빠른 속도로 거구가 정면으로 충돌하자 그 효과만은 공격 스킬을 능가하는 위력을 보일 터. 결국 청룡문의 포위망은 일시지간 구멍이 뚫릴 수밖에 없었다.

한편, 그 광경에 순간 멍해지는 청룡문의 문도들. 방금 전까지 점잖게(?) 권강만 날리던 적의 수좌가 이번엔 검강과 검기 다발에 그냥 맨몸으로 달려든 것이다. 미치지 않고서는 시도조차 못할 행동. 그런데 문제는 그게 실제로 효과를 봤다는 점이다. 어이없이 무너진 포위망의 일각. 수한의 무모한 돌진에 마치 불도저로 밀어붙인 듯 인의 장막이 완전히 무너져 버렸다.

이에 수한은 그 사이로 유유히 몸을 빼내려 한다. 이제 재차 신법을 극성으로 펼치면,

"소… 교주님."

"아차!!"

막 이형환위를 펼칠 찰나, 수한의 귀에 들리는 낯익은 음성. 그렇다. 그는 홀몸(?)이 아닌 것이다. 자신을 부르는 음성에 황급히 뒤를 돌아보니, 청룡문도들에게 둘러싸인 채 연신 허우적거리고 있는 전삼과 우칠이 눈에 띈다. 그리고 그 광경에 막 몸을 날리려던 그로선 잠시 주춤할 수밖에 없었으니…….

수한과 우칠은 지난 두 달간 고생을 함께한 수하이자 동료. 그런 그들을 내버려 두고 혼자만 도망가려 하니 도저히 발이 안 움직인다. 거기다 결정적으로,

'으~ 그동안 투자한 게 아까워서라도 도저히 그냥 못 가겠다!!'

그렇다!! 이대로 전삼과 우칠을 버리기엔 그동안 쏟은 노력이 너무

아까웠다. 기껏 영약까지 먹이며 수차례 실전 경험을 쌓아 일류고수에서 절정고수로 만들어놨(?)는데, 어찌 이대로 버릴 수 있단 말인가. 특히 우칠이라면 모를까, 전삼 같은 경우엔 진짜 너무 아까웠다. 말 잘 듣지, 알아서 아이템 수거하지, 가끔은 끝내주는 조언(?)까지… 이런 인재를 어찌 그냥 버릴 수 있단 말인가?

'젠장, 좀 더 무리를 해보자!!'

생각은 길었지만 실제 시간은 짧았다. 포위망을 벗어나 전삼 등의 신음성을 들은 뒤 채 한 호흡도 지나지 않아 전삼들을 향해 돌진하는 수한. 자연 그 무식한 육탄 공격에 청룡문의 문도들은 재차 하늘로 비상(?)해야만 했다.

콰콰콰쾅!

"우왁!"

"켁!"

"어무이~"

요란한 충돌음과 함께 사방으로 울려 퍼지는 가지각색의 비명성들. 그리고 볼링 공에 넘어가는 볼링핀처럼, 또 일부는 만유인력의 법칙에 저항하는 새마냥 하늘을 나는 청룡문의 문도들. 그 엄청난 위력을 볼 때 수한의 진정한 필살기는 이것이 아닌지 의심스러울 지경이다. 그러나 역시 공짜는 없다는 건가? 그런 엄청난 위력을 보이는 몸통 공격엔 치명적인 약점이 있었으니…….

'켁?! 벌써 HP가 5000이나 닳았잖아?!'

그렇다. 스킬도 아닌 그냥 맨몸뚱이로 상대의 도검에 부딪치는데 몸이 말쩡할 리 없다. 아무리 호신강기를 운용했다지만, 맨몸으로 검강 앞에 노출된 것은 지나친 모험. 만약 평범한(?) 절정고수가 이런 경우를 당했다면 진작 회색으로 물들었으리라.

그러나! 수한이 누구던가? 이미 먼치킨 HP로 자타가 공인하는 절대 무적 몸빵에, 일명 죽지 않는 좀비 캐릭으로 알려진 그가 아니던가? 4만이 훌쩍 넘는 HP량 중 5천 정도야 간지럽지도 않다. 때문에 자신이 입은 피해에 아랑곳 않고 더욱 빠르게 청룡문도들을 밀어붙이는 수한. 그리고 그에 따라 더욱 빠르게 비상(?)하는 청룡문도들. 결국 잠시 뒤 그 무식한 전법은 결실을 맺어, 수한은 전삼과 우칠 앞에 도달할 수 있었다.

"흐흑, 소교주님……."

"저희 같은 미천한 것 때문에……."

수한이 포위망을 뚫고 자신들 앞에 도달하자, 우칠과 전삼은 감격의 도가니탕에서 허우적거린다. 하긴 자신들을 위해(?) 소교주가 위험을 무릅쓰고 포위망에 재차 뛰어들었으니 이 어찌 감동하지 않겠는가? 덕분에 이미 충성도 만땅이었던 전삼들은 재차 충성도가 하늘 높은 줄 모르고 치솟는다. …아마 수한은 이들이 죽기 직전까지 충분히 울궈먹을 수 있으리라. 그러나 그것은 나중의 일. 지금은 일단 이곳을 빠져나가는 것이 중요하다.

'아, 이런 빌어먹을… 막상 들어오긴 했는데, 이놈들을 데리고 어떻게 빠져나가지?

전삼들과 합류한 것까지는 좋았는데, 이제부터가 진짜 문제다. 수한이 포위망 안에 들어오자 더 더욱 견고해지는 인의 장막. 이젠 정말 정예 중의 정예가 나서는지, 수한 주위엔 검기도 아닌 온통 검강들만 보인다.

"큭… 다시 한 번 그 짓을 했다가는 정말 죽겠는데… 젠장, 이제는 어쩐다냐?"

　아무리 HP량이 많고 호신강기를 둘렀다고는 하나, 다시 그 짓(?)은 못할 것 같다. 특히 전삼과 우칠까지 대동한 채 이곳을 빠져나가야 하는 상황에선 포위망의 구멍이 더욱 커야 할 터. 아무리 수한이라도 포위망을 뚫기도 전에 자멸할 가능성이 높았다. 결국 이 상황에서 수한의 선택은 청룡문도들이 더 이상 접근할 수 없도록 연달아 권강을 날리며 기회를 엿보는 것뿐.

　콰릉, 콰릉, 콰…….

　이미 유니크 권법인 묵천파황권을 마스터한 수한이다. 그런 그가 사력을 다해 권강을 날리자, 마치 권강으로 이루어진 강기막이 생기는 듯하다. 조금이라도 마주치면 절정고수라도 무사할 수 없는 거대한 방어막. 이에 수한 일행을 둘러싼 포위망이 잠시 주춤한다. 하지만… 그런 광경에도 불구하고 수한의 입에선 한숨만이 나올 따름.

　'젠장, 내 MP가 다 닳을 때까지 그냥 기다리겠다는 거냐?'

　권강의 범위 밖에서 수한이 빈틈을 보일 때만을 기다리는 청룡문도들. 어떻게든 틈새를 만들려던 그로서는 절로 기운이 빠지게 만드는 반응이다. 물론 그의 먼치킨 MP량을 고려할 때, 이렇게 하루 온종일을 버틸 수도 있겠지만… 그전에 정신적으로 탈진할 것 같았다.

　'흑흑, 어째 난 이런 고생만 죽도록 하는 것 같냐?'

　왠지 이전에도 이와 유사한 경험을 했던 것 같은 수한. 이에 속으로 찔끔 눈물까지 흘리며 절망한다. 그리고 그런 수한의 기색에 절로 침울해지는 전삼과 우칠. 그러나 그들이 그렇게 절망하는 바로 그 순간! 수한 일행에게 기적이 일어났다.

　"우아아악!"

“카아아악!”

포위망 뒤쪽에서 들리는 단말마의 비명성들. 그리고 짚단같이 우수수 쓰러지는 청룡문도들. 무언인가가 단숨에 포위망을 뚫고 이곳을 향해 다가오고 있었다.

“대체 뭐냐?! 이놈들!! 너흰 미끼였구나?!”

청룡문의 수뇌부 중 한 명이 수한을 노려보며 소리친다. 기껏 많은 피해를 감수한 채 수한 일행을 잡으려는데, 정작 후방에서 더욱 강한 공격을 받다니… 그의 입장에선 그런 생각을 할 수밖에 없으리라. 하지만 정작 수한은 억울할(?) 따름이다.

“야, 너희들, 혹시 분타에다 지원 요청했었나?”

슬그머니 전삼 등을 돌아보며 물어보는 수한. 그러나 수한의 물음에 전삼 등은 그저 고개를 설레설레 흔들 따름. 하긴 분타에 저렇게 강력한 전력이 있을 리 만무하다. 분타는 어디까지 마교의 고수들이 머물 숙박 시설 제공이나, 정보 기관으로써의 임무가 주(主). 즉, 청룡문도를 이렇게 일시에 붕괴시킬 만한 고수들이 있을 리 없다.

‘그럼, 대체 누구지?’

수한이 이 난데없는 행운에 어리둥절해하는 사이, 어느새 포위망을 뚫고 그 모습을 드러낸 정체 불명의 고수들. 전삼은 그들의 모습을 보는 순간, 불식간에 소리쳤다.

“수라만마대(修羅萬魔隊)?!”

“옳지!! 떴다.”

드디어 장내에 난입한 수라만마대의 모습에 쾌재를 부르는 수진. 이제 더 이상 구경꾼의 입장을 고수할 필요가 없으니, 그녀로선 기쁠 수밖에 없다.

한편 지금까지 그녀의 느긋한 행동에 초조함을 느끼고 있던 제2조장
은 그녀를 재차 재촉하기 시작했다.

"자, 빨리 어서 출동(?)하십시오. 저러다 청룡문이 쫄딱 망하겠습니
다."

청룡문에게 돈 받은 일도 없건만, 연신 청룡문을 옹호하는 제2조장.
하긴 한 지역에 균형을 맞추는 문파가 무너지면 자동으로 고달파지는
게 그들의 입장이니 자연 그럴 수밖에 없다. 그러나 정작 수진은 그런
그를 무시한 채 느긋하게 자기 할 일만 할 따름.

"아∼ 잠깐만. 궁극의 아이템을 착용한 뒤 가야 하거든."

"예? 궁극의 아이템?"

난데없는 그녀의 말에 물음표를 띄우는 제2조장과 조원들. 잠시 뒤,
수진이 행랑창에서 꺼내 든 물건을 보는 순간, 절로 입이 떡 벌어진다.

"그거… 그게 대체 뭡니까?"

떨리는 음성으로 수진에게 묻는 제2조장. 그의 시선은 그녀가 들고
있는 온갖 천연색으로 치장된 나비 가면에 집중되어졌다.

"이히히히히, 원래 여주인공이 처음 등장할 땐 그 정체를 숨겨야 하
는 법. 그러니 이런 아이템이 필수지. 이히히히히!"

그 화려무쌍한 나비 가면을 얼굴에 걸치며 자신의 철학관(?)을 늘어
놓는 수진. 순간 제2조장의 혼백이 허공을 부유하기 시작한다. 그냥 평
범한(?) 면사나 죽립도 아니고, 저런 화려하기 그지없는 나비 가면이라
니…….

조장뿐만이 아니다. 제2조원들 역시 전원 모두가 정신이 혼미해지
는 것을 느꼈다. 세상에! 웃음소리가 '오호호'도 아닌 '이히히히'라

니… 수진에게 품었던 환상(?)이 와장창 무너지는 순간. 그러나 정작 조장을 포함한 모든 제2조원들을 반 혼절 상태로 만든 수진은 지극히 마이페이스적 인물이었다.

쫘악!

"이히히히히. 자, 이제 쇼타임(Show Time)이다!"

힘차게 채찍을 내려치며 전의를 다진 수진. 그렇게 멀어져 가는 수진의 모습을 보며, 조원들 중 누군가 불식간에 중얼거린다.

"여왕님……?"

Legend 6

마녀와 싸우다

　　처척.

　우우웅—

　오십 명의 인원이 일렬로 쭉 늘어선 채 일제히 도강을 뿜어내고 있다. 그것도 전삼이나 우칠같이 간신히 도에 걸쳐진 것이 아닌, 최하 1m가 넘는 도강들. 그렇게 가공할 힘의 결정체가 일시에 뿜어져 나오는 광경은 실로 장엄하기까지 하다.

　그러나! 그 도강이 겨누어진 대상자인 청룡문의 문도들은 그저 울고 싶을 따름. 청룡문 내의 가장 최고수조차 저렇게 길게 검강을 구현 못하는 상황에서 저런 고수들이 오십 명이라니… 이래서야 멸문은 기본, 전멸은 선택 문제다.

　"젠장!! 너흰 대체 누구냐?!"

　청룡문의 누군가가 나서 악을 쓰며 수라만마대에게 소리쳤다. 하긴 한 지역의 패자로 군림하던 자신들의 문파에 이런 괴물들이 몰려와 자기 문파를 박살 내려 하니 절로 화가 날 수밖에. 그러나 그의 외침은 공허했고, 도리어 상대방에게 공격의 기폭제로 작용할 따름이었다.

스스슥—

"크아아악!"

"아아아악!"

일시에 청룡문도들을 덮치는 도강의 물결들. 어제까지만 해도 일류고수로서 한껏 거드름을 피우던 청룡문도들은 그저 불도저 앞의 흙 인형일 따름이다.

"수라만마대? 쟤네들이 여긴 왜 왔다냐?"

한편 그 광포하기까지 한 절대 거력에 수한은 그저 멍하니 중얼거린다. 꿈에서도 전혀 예상치 못한 원군이라 아직도 정신을 못 차리는 모습. 그런 그에게 수라만마대 고수 중 유일하게 살육에 참가하지 않은 한 남자가 다가와 대답했다.

"소교주님을 뵙습니다. 저흰 수라혈제님의 명을 받고 소교주님을……."

척 보기에도 이 수라만마대를 책임지는 듯한 사내. 그는 무표정을 유지한 채 수라혈제가 자신들을 보낸 이유를 설명하기 시작했다. 그렇게 잠시 동안 이어지는 남자, 아니, 수라만마대의 제3조장 장표(張豹)의 설명에 수한의 눈이 점점 커져만 간다. 그렇다. 그의 의할아버지는 그의 의손자가 걱정되어 이런 정예고수들을 자기 몰래 보디가드로 보냈던 것이다.

"흑흑. 고마워요, 할아버지."

단지 귀찮다는 이유로 호의를 거부했었는데 이렇게까지 신경 써주

시다니……. 이내 감동의 물결이 그의 머리를 때리고 그의 마음을 잠식해 들어간다. 결국 눈물까지 글썽거리는 수한.

그러나! 그걸 보는 입장에서는 실로 괴로운 일이 아닐 수 없다. 분명 감정적으론 감동받은 수한의 심정을 이해할 수 있지만, 시각적으론 도저히 감당할 수 없는 광경. 전삼과 우칠은 이미 고개를 돌렸고, 무표정의 장표마저 연신 입매를 씰룩거리고 있다. 다행히 그런 감동(?)적인 장면은 수라만마대의 일방적인 살육 탓에 금세 멈춰졌다.

"허걱? 아까운 경험치가 그냥 생으로 날아가네."

가을날 농부들에게 추수되는 곡식인 양 수라만마대에게 우수수 쓰러지는 청룡문도들. 그 광경에 수한은 절로 안타까움이 솟구쳐 오른다. 하긴 저게 전부 다 레벨 업을 보장하는 경험치라고 생각하니 그로서는 아까울 수밖에. 이에 수한은 슬그머니 장표 쪽으로 바라봤고, 그의 초롱초롱한 시선의 부담감에 장표는 그저 고개를 끄덕일 수밖에 없었다.

"예, 소교주님. 어서 가셔서 마음껏……."

콰콰콰쾅!

"우다아악!"

장표가 막 수한에게 경험치 획득의 기회를 부여하려는 순간, 수라만마대의 진영 일각이 엄청난 굉음과 함께 일순간에 무너져 버린다. 그리고 충격의 여파로 흙먼지가 구름같이 피어오르는 그 중심에선,

"이히히히히히히!"

흠칫!

기억의 저편, 뭔가 지워졌던 어두운 악몽을 일시에 깨워 버리는 듯한 웃음소리. 수한은 갑자기 난입한 인영의 괴소에 전신의 털이란 털

이 모두 곤두섰다.

"뭐… 야, 저거?"

머리 속으로는 그 이유를 도저히 알 수 없다. 다만 몸으로 느낄 수 있을 뿐. 뭔가가 불길하다. 아니, 이건 불길하다는 예감 차원 문제가 아닌 일종의 예언. 지금까지 경험하지 못한, 뭔가 엄청난 일을 당할 것이다.

하지만 수한은 온몸이 경직되어 가는 것을 억지로 참아가며 흙먼지의 중심을 바라봤다. 대체 누가 마교의 정예인 수라만마대의 고수들을 기습 공격했단 말인가? 도저히 호기심을 억누를 수 없기에 무의식적으로 취한 행동. …그 탓에 수한은 그나마 안전할 수 있는 마지막 기회를 놓치고 말았다.

"허억?! 저게 뭐야?!"

잠시 후 흙먼지―왠지 연출용일 가능성이 높아 보인다―가 걷히며 드러나는 한 인영. 그 인영을 본 수한의 입에서 불식간에 튀어나오는 경호성. 그렇다. 흙먼지가 걷힌 그 중심엔 그가 도저히 상상조차 할 수 없는 차림의… 여인이 서 있었다!

몸에 착 달라붙는 검은 가죽 슈트. 청제국 내에서 찾아볼 수 없는 이형의 부츠와 장갑, 그리고 온갖 장식구들. 거기다 가장 결정적인 것은 얼굴을 가리고 있는… 나비 가면?! 그 모든 물품들이 조화의 기본적인 도리마저 저버린 채 제각기 그 개성을 뽐내고 있는 모습. 그러나 희한한 것은 저 정체 불명의 여자에겐 그 모습이 더없이 잘 어울린다는 점이었다.

어쨌든 그렇게 난데없이 등장한 정체 불명의 코스프레(Cosplay)녀의 개성 만점, 화려만발의 모습에 수한은 입이 쩍 벌어졌다.

대체 이건 또 뭐란 말인가? 지난 2년간 게임을 했지만, 이런 개성이 넘치는 복장은 처음이다. 하지만 그렇게 놀라기에 바쁜 수한과 달리 장표의 입장에선 수하들을 기습한 그녀를 가만히 내버려 둘 수 없는 노릇. 철가면 같던 그의 얼굴이 미미하게 찌푸려지며, 바로 공격을 명한다.

"처리해라."

스스슥—

단순한 명령이지만 상관의 음성에 서린 짜증을 알아서일까? 수라만마대의 오십 고수들 중 이십여 명이 단 한 명의 여성을 향해 몸을 날렸다. 그런 그들의 도에서 줄기줄기 뻗어나오는 도강. 얼핏 보기엔 연약한 여인을 상대로 너무 과한 처사가 아닌가 하는 의문이 들 지경. 그러나 수라만마대의 고수들은 조금의 동요도 없이 그저 무심히 그녀를 덮쳐 갈 뿐이다. 그리고 마침내 그 가공할 힘의 결정체가 막 정체 불명의 여인을 덮치려는 찰나,

"체인 라이트닝(Chain Lightning)."

파지지직—

"커커억, 켁, 큭!"

청저국에선 도저히 들을 수 없는 시동어. 그녀의 입에서 그 말이 나오는 순간, 그녀의 손가락에서 엄청난 전격이 터져 나와 수라만마대의 고수들을 그대로 지저 버린다. 이에 잠시 테크노 댄스를 추더니 그대로 쓰러져 버리는 수라만마대의 고수들.

그 광경에 수한은 두 눈을 부릅뜬 채 경악했다.

"마법?!"

수한은 방금 전 자신의 눈앞에서 벌어진 광경에 두 눈을 의심할 수밖에 없었다. 어떻게 무협 세상을 표방하는 청제국에 팔라스 연합 측

의 스킬인 마법이?! 이건 그의 상식 선에선 도저히 불가능한 일. 하지만 눈앞에선 그의 상식에 반하는 일이 계속해서 벌어질 따름이었다.

"이히히히, 역시 고수란 말인지? 그럼 이건 어때? 헬파이어(Hellfire)!"

기습적인 체인 라이트닝에 고작(?) 서너 명이 쓰러지자, 이번에 9서클 최강의 대인 공격 마법의 시동어를 외치는 여인. 순간 그녀의 손가락에서 거대한 불덩어리가 생성된다. 너무나 뜨거운 초고온이라 붉은색이 아닌 파란색으로 보이는 불의 구체. 그 가공할 위력을 본능적으로 느껴서일까? 방금 전 공격에 멍하니 그녀를 바라보던 수라만마대의 고수들은 그것을 막기보다 피하는 쪽을 선택했다.

콰콰콰쾅!

수라만마대의 재빠른 회피 탓에, 그들이 아닌 지면을 강타한 헬파이어. 그 가공할 위력의 불의 정화는 지면을 폭발시킨 것도 모자라 말 그대로 녹여 버린다. 이에 절로 소름이 다닥다닥 돋아나는 수라만마대의 고수들. 그러나 마교의 정예라는 이름값을 하는지 상대의 약점을 금세 파악했다.

무공(?)의 위력은 가공하나 그 시전 속도와 발동 속도가 느리다.

상대의 약점이 스피드임을 간파한 수라만마대. 그들은 신법을 최대한 운용, 순식간에 여인에게 접근하더니 인정사정없이 도강을 휘두르기 시작했다. 상대가 비록 괴상한 무공을 쓴다고는 하나, 강기에 정통으로 맞는다면 결국 쓰러질 수밖에 없으리라. 하지만…

"앱설루트 실드(Absolute Shield)!"

카카카카캉!

재차 터져 나오는 시동어. 동시에 여인의 앞에 생성된 거대하면서도 투명한 막. 그리고 여지없이 퉁겨져 나가는 십여 개의 도강들. 이제 장내에서 놀라지 않는 사람은 아무도 없었다.

수진은 게임을 좋아하는 사람이 아니다. 당연히 게임의 백미인 스킬 습득에 열을 올릴 리 없다. 할 일(?)도 많아 바빠 죽겠는데, 왜 귀찮게 스킬을 익히고 숙련도를 올리기 위해 개고생을 해야 한단 말인가? 하긴 나름대로의 이유를 가진 채 'NEW WORLD'에 접속한 그녀로서는 너무나 당연한 반응.

하지만 그런 그녀의 생각과 그에 걸맞은 행동(?)에도 불구하고, 정작 그녀는 강했다. 아니, 강할 수밖에 없었다. 모종의 계약을 통해 아이템 빨로 무장할 수 있었던 수진. 예전 색마 집단과의 결전에서도 알 수 있듯이, 그녀는 홀로 일류고수 백 명을 상대할 능력을 갖추고 있었다. 그것도 지금같이 전력을 다하지 않은 상태에서 말이다.

당시 그녀가 가지고 있던 아이템은 고작(?) 늘 입고 다니던 카오틱 드래곤 슈트(Chaotic Dragon Suit)와 쉐도우 댄서(Shadow Dancer)라 불리는 채직뿐. 그러나 그 결과는 단 오 분 만에 끝이 난 일방적인 살육전이었다. 그리고 지금 이 순간, 단 두 개의 기본(?) 아이템만으로도 그런 무위를 선보였던 그녀가 금제되어진 모든 아이템을 착용한 이상 그 누가 감히 그녀의 앞을 막을 수 있겠는가? 약간 과장을 한다면, 팔라스 연합의 최강 생물체 드래곤과도 일 대 일 맞짱을 뜰 수 있는 그녀인 것이다.

"이런~ 이건 하루에 한 번밖에 못 쓰는 건데… 이제 어떡하지?"

도강을 튕겨낸 직후, 마치 걱정스럽다는 듯 몸을 부르르 떠는 수진. 그러나 정작 그 말하는 어조나 살짝 올라간 입매를 볼 때, 이제 본격적으로 놀아보자는 의미로만 들린다. 그리고 실제로도 그러했다.

"헤이스트(Haste)! 월영난무(月影亂舞)!!"

콰콰콰쾅!

갑자기 두 배로 빨라진 수진의 신형. 그리고 그녀의 몸이 수라만마대의 고수들에게 접근하는 순간, 그녀의 손에 쥔 채찍이 춤을 춘다. 스킬 시전 동안 전체 공격력의 세 배 데미지를 근방 5m 내 모든 존재에게 입히는 유니크 스킬, 월영난무의 작렬이었다.

"으아아악!"

"카아악!"

너무 갑작스런 반격이어서일까? 재차 몇 명의 수라만마대의 고수들이 처절한 비명성과 함께 땅바닥에 나뒹군다. 일부는 회색으로, 그렇지 않은 자들은 거의 빈사 상태로. 하지만 수라만마대 역시 그냥 당하고만 있지 않았다. 마교의 5대 무력 중 하나이며, 가장 최하수가 레벨 350대인 절정고수들로 이루어진 수라만마대. 그런 그들이 이대로 맥없이 당할 리 없는 것이다.

"수라멸혼진(修羅滅魂陣)을 펼쳐랏!!"

장표의 호통에 수진의 공격에서 살아남은 수라만마대의 고수들은 다급히 진법을 형성했다. 동시에 방금 전까지 청룡문의 문도들을 주살하던 나머지 수라만마대원들 역시 그 진형에 합류했으니… 순간적으로 모인 삼십여 개의 도강들. 그리고 재차 형성된 거대한 강기의 장막. 그 거대한 힘의 물결은 이내 수진을 덮치기 시작했다. 하지만…

"어쭈~ 그래, 한번 해보자 이거지?"

삼십여 개의 도강이라는 강렬한 파괴의 결정체들 앞에서도 극히 태연하기만 한 수진. 아니, 도리어 기꺼워하는 모습이다.

"오우거의 분노(Ogre's Anger)! 월영난무!"

일정 시간 근력 수치를 두 배로 만드는 '오우거의 분노'. 그로 인해 그녀의 전체 공격력은 550이 상승. 거기다 대인 공격 스킬이 아닌 범위 공격 스킬인 월영난무까지… 지금 이 순간, 수라멸혼진의 모든 구성원에게 골고루(?) 그 데미지를 부여했다.

그러나 수라만마대의 수라멸혼진 역시 손에 꼽히는 절정의 진법. 비록 수진에 의해 수라만마대의 고수들 십여 명이 회색으로 물들거나 빈사 상태가 되었지만 아직 삼십여 명이 남아 있는 상황이었고, 그런 그들이 펼치는 진법은 제아무리 월영난무라 해도 순식간에 깰 만큼 만만한 것이 아니었다.

타타타타타탕!

연달아 들리는 철판 두들기는 소리와 함께 도강 다발들이 채찍의 데미지를 상쇄하며, 숫적 우세로 수진을 압박하기 시작한다. 이에 이를 악물며 재차 월영난무를 시전하는 수진. 자칫 이대로 밀리다간, 도리어 자신이 당할 것 같지 않은가?

한편 수라만마대 역시 끊임없이 이어지는 채찍 공격에 당황하긴 마찬가지. 눈앞의 여인은 정말 쉴 새 없이 채찍을 휘두르며 자신들의 도강을 막아내고 있었다. 고작 한 명의 여인에게 자신들이 이런 낭패를 당하다니…….

서로 상대방의 전력에 경악하더니, 이내 이를 악물며 자존심 싸움이 되어버린 대격전. 결국 한 명과 한 진형 간의 순수한 힘과 힘의 충돌은 잠시 팽팽한 구도를 유지한 채 얼마간 계속될 듯 보였다. 하지만 수진의 짧디짧은 인내심은 이런 단순하면서도 지루한 싸움을 견뎌내질 못했다. 거기다 현재 전력을 다하는 수라만마대와 달리 그녀는 아직 자신의 카드를 일부밖에 펼쳐 보이지 않은 상태.

"쳇. 역시 고수들은 다르단 말이지? 그럼, 이건 어때? 드래곤 피어(Dragon Fear)!"

우우우웅—

수진의 외침과 함께 그 주위로 퍼져 나가는 거대한 힘의 파동. 순간 수라만마대의 고수 전원이 건전지 다된 로봇마냥 일제히 굳어진다. 시전자보다 저렙인 주위 모든 개체들을 60초간 스턴 상태로 빠뜨린다는 드래곤 전용 특수 스킬, 드래곤 피어. 그 깜짝 카드가 너무나 결정적인 순간에 등장한 것이다.

"크윽, 이럴 수가……."

"이히히히히히히, 헬파이어!!"

마지막 결정타! 수라만마대 전원이 당황하며 옴짝달싹 못하자, 수진은 그 중앙에다 냉큼 헬파이어를 집어 던진다. 비록 헬파이어가 대인 공격용 마법이라 하나, 그 가공할 열기는 능히 주위 사람들에게까지 타격을 줄 수 있을 터. 즉, 이 단 한 방에 수라만마대 전원이 노릇노릇 구워질 판이다.

쿠우우우—

점차 다가오는 가공할 불의 결정체를 그저 멍하니 바라만 보는 수라만마대의 고수들. 아무리 절정고수라곤 하나, 그들도 일단은 살고자 하는 욕구가 있는 인간이다. 때문에 시시각각 다가오는 헬파이어를 바라보는 그들의 두 눈엔 공포와 절망만이 가득했으니… 설마 이대로 마교의 5대 무력 중 하나인 수라만마대 일소대가 전멸? 그러나 그들이 막 산채로 구워지기 직전!! 지금이야말로 주인공이 등장할 때라는 듯, 멀찍이 떨어져 구경만 하던 수한이 드디어 앞으로 나섰다.

"차아앗!"

콰릉, 콰릉!

거친 기합성과 함께 연달아 권강을 날리는 수한. 그러자 그 십여 개의 권강들은 거대한 불의 정화와 부딪치며 큰 폭음과 열기를 주위에 내뿜는다. 비록 권강이 강기류 중 최하위에 속해 9서클 공격 마법인 헬파이어를 저지하거나 상쇄할 수 없었지만, 그 방향을 돌릴 만한 위력은 있을 터. 결국 수라만마대를 향해 날아가던 지옥의 불은 수라만마대 대신 지면으로 자신의 파괴 욕구를 충족시켜야 했다.

콰콰콰쾅!

천지를 진동시키는 가공할 폭음. 그와 함께 엄청난 충격파가 공기를 찢으며 몇몇 수라만마대의 고수들을 재차 빈사 상태로 만든다. 하지만 이것도 그나마 피해를 최소화시킨 것. 적어도 수라만마대는 잠시 동안 한숨 돌리게 되었다. 하지만 수한에게는 지금부터가 시작이다.

"오호~ 드디어 메인 디쉬의 등장인가? 자, 어서 오렴."

혀로 입술을 할짝거리며 수한을 향해 손짓하는 수진. 그러나 그 입꼬리를 치켜 세운 도발적인 모습에 수한은 화를 내기는커녕 더욱 기가 죽는다. 비록 상대가 복면을 쓴 탓에 그 정체를 모른다고는 하나, 그는 이미 알고 있었던 것이다. 이 풀풀 풍기는 위험한 향기(?)를 보건대 눈앞의 여자는 자신의 극성, 아니, 천적이다. 하지만!! 그냥 꼬리를 말고 도주할 수도 없는 상황. 자기를 구원하러 온 수라만마대를 차마 이대로 버릴 순 없지 않은가. 아니, 적어도 상대의 정체라도 확인을…….

"꿀걱~ 당신, 아니, 소저께서는 혹 옥화편제가 아니십니까?"

이미 등장하자마자 그 정체에 대해 어느 정도 감을 잡고 있던 수한이다. 대문에 혹시나 하는 마음에 운을 뗀다.

채찍을 쓰는 여고수, 거기다 수라만마대의 절정고수들을 이렇게 농락할 정도의 고수가 누가 있겠는가? 있다면 오직 십대고수 중 한 명인 옥화편제(玉花鞭帝)밖에… 특히 그녀의 이야기를 처음 듣던 당시의 전율과 지금의 그것이 동일한 것으로 볼 때, 눈앞의 미지(?)의 존재는 분명 그녀일 수밖에 없다.

"어라? 날 아네? 내가 그렇게 유명했었나?"

'크으윽, 역시……'

짐작은 사실로 드러났다. 그래도 혹시나 했는데, 그게 사실일 줄이야……. 그러나 지금 이 순간 수한이 느낀 공포와 절망은 이후 벌어질 일에 비하면 아무것도 아니었으니…….

"헤~ 설마 이렇게 쉽게 정체가 드러날 줄 몰랐네. 뭐, 하긴 상관없지, 어차피 전부 다 죽이면 되니까."

"에엑?! 그게 무슨?!"

갑작스런 그녀의 말에 수한은 더욱 당황했다. 기껏 대화(?)를 시작하나 싶었는데, 다짜고짜 전부 죽이겠다니……. 이렇게 대화를 시작했으면 어느 정도 타협이라든지, 그런 시도라도 해야 할 게 아닌가? 그런데 다짜고짜 전부 죽이겠다고? 아니, 적어도 이런 상황에선 그녀가 왜 자신들을 노리는지 그 이유라도 말하는 게 예의(?)가 아니던가?

그러나 그런 수한의 마음속 절규와는 달리 수진은 바로 행동에 들어갔다. 마치 언행일치(言行一致)의 진수를 보이려는 듯 재빠른 행동. 그나마 수한에게 다행스러운 건, 그녀의 이번 목표가 스턴 상태에 빠져 해롱거리는 수라만마대가 아닌, 지금까지 수진과 수라만마대와의 대결을 멀찍이 떨어져 구경만 하던 청룡문 사람들이란 점.

"체인 라이트닝. 체인 라이트닝. 체인 라이트닝!"

"으아아아악!"

"케에에에엑!"

갑작스런 날벼락—그야말로 진짜 날벼락이다—에 바르르 몸을 떨며 쓰러지는 청룡문의 문도들. 워낙 급변하는 장내 분위기에 적응하지 못한 채 그저 멍하니 있던 그들에겐 정말 난데없는 횡액인 셈이다. 그러나 이런 상황에서도 어떻게든 살아남는 운 좋은 사람이 있는 법. 체인 라이트닝의 범위 밖에서 눈앞의 광경에 비명만 질러대던 몇몇 사람들. 그들은 더 이상 정신적 공황을 견디지 못하고 일제히 도주하기 시작했다.

드래곤 피어를 쓰기엔 이미 먼 거리. 거기다 제각기 뿔뿔이 흩어지는 사람을 잡기엔 아무리 수진이라도 혼자 몸으론 버거울 터. 때문에 도주하는 청룡문도는 이대로 자신들의 생존 욕구를 충족시킬 수 있을 것만 같았다. …하지만 수진의 비밀 무기는 아직 끝난 게 아니었다.

"어라? 이러면 안 되는데… 뭐, 할 수 없지. 이히히히!"

말로는 난처하다는 투인데 입가엔 미소가 만발인 수진. 마치 이번 기회에 뭔가 뽕을 뽑겠다는 분위기다. 곧 실제로 수한의 앞에서 진짜 사기틱한 광경이 벌어졌으니…

"정말 오랜만에 써보는군. 기적(The Miracle)!!"

"에?"

자신을 무시한 채 일을 벌이는 수진을 그저 멍하니 바라만 보던 수한. 그는 눈앞에 벌어지는 광경에 재차 입이 찢어(?)진다.

우수수수——

"어억!"

"켁!"

"아아악!"

갑자기 허공에서 떨어지는 수십여 명의 인영들. 차곡차곡 수진의 앞에 쌓이기 시작한다. 그들을 대충 훑어보니, 방금 전 도주했던 청룡문도들이 대부분. 그리고 몇몇 사람들은 웬 검은 복면에 타이트한 가죽옷을 걸친……

"으으윽, 이게 무슨……?"

"아~ 미안, 미안. 주위 1㎞ 내 모든 사람들을 이곳에 소환했거든."

"…이런 것도 가능합니까?"

"응, 신의 가호(God's Blessing) 덕에 한 달에 한 번은 못할 일이 없지. 이히히히히!"

가죽 옷을 입은 누군가와 대화하는 수진. 그런 그녀의 모습을 보며 수한은 지금 자신이 게임을 하는지, 아니면 꿈속을 노닐고 있는지 의심이 들었다. 별의별 마법이 나오더니 이젠 기적? 그러나 수한이 그런 생각을 하든 말든 수진과 제2조장의 대화는 점점 점입가경이라.

"대체 무슨 생각으로 이런 행동을 하시는 겁니까? 설마 청룡문을 완전히 멸문시키실 생각입니까? 단지 목격자를 없앤다는 이유로?"

"응."

너무나 시원스런 대답이어서일까? 제2조장은 순간 말문이 막힌다. 그러나 그것도 잠시. 괜히 멀쩡한 대문파를 박살 낼 순 없는 노릇이기에 제2조장은 수진에게 사정하기 시작했다.

"제발 참으십시오. 이 일이 얼마나 파장이 큰지 아시지 않습니까? 거기다, 유… 아니, 불멸자들의 시선도 생각하셔야죠."

"쯧, 설마 아무 생각 없이 이럴까. 걱정 마, 걱정 마. 내가 다 알아서 할 테니. 거기다 이미 갈 데까지 갔잖아?"

장내를 가리키며 천진난만한(?) 미소를 짓는 수진. 슬쩍 그 손가락을 따라가 보니, 정말 가관이라. 체인 라이트닝의 짜릿함에 여기저기서 신음하는 사람들과 헬파이어의 열기에 녹아버린 지면. 그리고 여기저기 널려 있는 회색화된 시신들. 정말 갈 데까지 간 상황이 아니고 무엇이겠는가? 이에 결국 제2조장도 두 손을 들 수밖에 없었다. 하긴 지금 상황에서 어설프게 뒤처리하는 것보다야 이러는 게 더 나을 수도 있겠다. 어차피 동영상 캡쳐를 할 수 없는 게임 특징상, 증거만 남기지 않는다면 NPC가 아닌 몇몇 유저들이 아무리 떠들어봐야 아무 소용이 없을 터.

"…주위 알람이 무사한 것으로 봐서 이들 외에 빠져나간 사람들이 없을 겁니다."

"이히히히, 그래? 그럼 얘네들만 처리하면 깨끗하게 정리된단 말이네?"

완전히 포기했는지 슬쩍 고개를 돌리는 제2조장. 이로써 수진은 정말 꺼릴 것이 없게 되었다.

한편, 이렇게까지 대화가 진행되는 데 더 이상 무슨 설명이 필요하랴? 너무 놀란 나머지 넋이 나가 있던 청룡문도들도 그들의 대화에 번뜩 제정신을 차리고 재차 도주하기 시작한다. 그리고 몇몇 사람들은 악에 받쳐 수진과 제2조장을 향해 달려들기까지… 하지만 수진에게 이런 혼란스런 상황을 일거에 해결할 최강의 무기가 있다.

"드래곤 피어!!"

수진의 외침과 함께 수한을 포함한 장내의 모든 인영들이 스턴 상태에 빠져 버린다. 그리고 그렇게 스턴 상태에 빠져 두 눈만 굴리는 사람들 중엔 방금 전까지 수진과 대화하던 제2조장과 그 조원들마저 끼어 있으니… 하지만 철저한 마이페이스적인 인물인 수진이 그런 사소한(?) 일에 신경 쓸 리가 없다.

"이히히히. 일단 맛있는 것은 나중에 먹기로 하고, 잔챙이부터… 헬
파이어!! 체인 라이트닝!"

동료들(?)이 스턴 상태에 빠져 있음에도 가차없이 마법을 날리는 수
진. 그나마 기본적인 양심은 있는지, 조원들과 멀찍이 떨어진 청룡문
도 쪽에다 헬파이어를 날린다. 그러나 체인 라이트닝의 경우 범위 마
법 중 최광범위 연계 데미지를 주는 마법답게 옵저버들마저 가차없이
지저 버렸다.

콰콰콰쾅!

지지지직—

"ㅇㅇㅇ윽, ㅇㅇㅇ극."

엄청난 폭음과 함께 회색으로 물든 시체조차 녹여 버린 헬파이어.

한편 헬파이어의 깔끔한 뒤처리(?)와 달리 체인 라이트닝이 전개된
쪽은 여기저기서 신음성이 터져 나와 시장통마냥 시끄럽기 그지없다.
그리고 당연한 이야기겠지만, 그 신음성의 일부는 수진의 동료들(?)인
옵저버들의 것.

"어라, 이런 실수했네?"

신나게 지저놓고 실수였다고 주장하는 수진. 그런 천연덕스러운 말
에 제2조장은 자신도 모르게 이를 갈 뻔했다(스턴 상태 중이라 그럴 수는
없었지만…). 그러나 어찌하리. 몸은 움직이지 않고, 또 움직인다고 해
도 수진을 타박 놓기엔 팀장인 수영의 그늘이 너무나 거대한데. 결국
제2조장은 그저 속으로만 분을 삭일 따름. 반면 수진은 제2조장이 분
을 삼키든 말든 자신의 할 일만 할 뿐이다.

"어디 보자. 몇몇 비실이는 죽었고… 엥? 그래도 많이 남았네? 그럼,
다시 월영난무!!"

하루 세 번만 헬파이어를 쓸 수 있다는 아이템상의 제약과 예상보다 약한 체인 라이트닝의 위력에 수진이 직접 채찍을 들고 설친다. 다만 한 가지 의문이 드는 건, 대체 무슨 생각을 하는지 수라만마대와 수한 등을 제외한 채 청룡문도들만을 집중적으로 회색화시킨다는 점. 뭐, 일단은 좋은 게 좋은 거라 당최 그 속을 알 수는 없지만, 일단은 안도의 한숨을 내쉬는 수한. 적어도 이것으로 시간을 번 셈이 아닌가. 아무리 '드래곤 피어'라 해도, 이 스턴 상태가 천년만년 지속될 리 없다. 일단 상대가 딴 곳에 정신이 팔려 있으니, 그사이 스턴 상태에서만 벗어난다면 무슨 수가 나리라.

하지만 여기서 수한이 미처 생각지 못한 것이 있었으니… 수진의 능력은 그의 예상을 훨씬 상회한다는 것. 예상보다 빠른, 아니, 거의 순식간에 청룡문도 전원을 회색으로 물들인 수진. 그녀는 그렇게 청룡문도를 깡그리 정리한 뒤, 너무나 사악한 미소—수한이 보기엔 그랬다—를 지으며, 아직 스턴 상태에 있는 수한을 향해 다가왔다.

"이히히히, 오래 기다렸지? 내가……."

수진이 뭐라 말은 하지만 수한의 귀에는 아무것도 들리지 않는다. 그저 식은땀을 줄줄 흘리며, 어서 스턴 상태에서 벗어나기만을 바랄 뿐. …왠지 지금 이 순간 감히 상상조차 못할 일이 벌어질 것만 같다.

제발 내게도 방금 전 같은 '기적'이 일어나길…….

거의 면전까지 다가온 수진의 모습에 열심히 기도(?)하는 수한. 부처님을 찾고 하나님을 찾고 알라신을 찾고 산신할머니를 찾고… 수한은 그렇게 기도하고 또 기도했다. 그리고 그렇게 지나친 기도로 인해 혼백이 딱 육신을 벗어나려는 찰나, 정말 기적이 일어났다!

덜컹.

“엥? 움직인다?”

“어라? 이 녀석, 왜 벌써 풀린 거야?”

수진이 막 수한에게 손을 뻗으려는 찰나, 별안간 몸을 움직이기 시
작한 수한. 수한 스스로도 놀랐지만, 더 놀란 건 수진이다. 이럴 리가
없는데?! 마치 눈앞의 존재가 절세 미소년인 줄 알고 더듬(?)었더니,
사실은 최악의 추남이었다는 듯 두 눈을 부릅뜬 수진. 장내의 모든
이들이 스턴 상태에 빠진 상황에 이게 대체 어떻게 된 일이란 말인
가?

드래곤 피어(Dragon Fear). 시전자보다 저렙인 모든 개체에게 60초
간 스턴 상태를 부여하는 드래곤 전용 특수 스킬이다. 여기서 중요한
건, 바로 ‘저렙’이란 단어. NPC에게 레벨이란 개념이 있을 리 없다.
그저 그 능력치를 환산해 대충 어림짐작 표현할 뿐. 때문에 유저면서
도 NPC의 능력을 지닌, 동시에 어마어마한 스탯치를 가진 수한은 지
금 이 순간 아주 특별한 상황에 처했다.

수진의 현재 능력치, 즉 전체 스탯치의 총합은 2480. 아이템빨의
궁극을 바라보는 수치다. 그러나 수한 역시 영약빨의 극치를 보여주
는 캐릭. 현재 청룡문에서 얻은 보너스 스탯까지 계산한다면 전체 스
탯치의 총합은 무려 2528. 단 한 개의 특수 아이템 착용도 없이 이런
먼치킨 수치라니… 일반 유저들이 안다면 정말 기겁할 일이 아닐 수
없다.

어쨌든 다시 본론으로 돌아가, 수한이 보유한 스탯치 총합은 수진의
그것을 능가한 상태. 때문에 드래곤 피어에 대한 효과가 최소화되어
60초간의 스턴 상태가 약 10초 정도로 줄어들었고, 그 탓에 지금 같은
상황이 벌어진 것이다. 그리고 그런 사정을 알 리 없는 수한과 수진 두

사람은 지금의 상황에 정말 당황했다. 하지만 똑같이 당황스런 상황임에도 드래곤 피어의 위력을 잘 아는 수진보단 수한이 덜 놀란 게 당연지사. 때문에 두 사람 중 수한이 먼저 제정신을 차렸고, 이내 자신이 할 일을 떠올렸다.

그렇다. 지금 이렇게 멍하니 있을 때가 아니다.

콰릉, 콰릉!

"크윽!"

냅다 수진을 향해 권강을 날린 수한. 이미 마스터한 묵천파황권답게 단숨에 십여 개의 권강이 수진의 몸을 노린다. 그리고 그 대부분이 수진의 입에서 신음성을 토하게 하는 데 지대한 역할을 했다. 하지만 그렇게 유리한 고지를 점한 순간에도, 정작 수한은 수진을 계속 압박하는 대신 뒤로 몸을 날리고 있었다.

상다는 지금까지 그가 상대한 적이 없는 초절정고수. 천하십대고수 중에서도 상위에 속한다는 정말 고수 중의 고수인 것이다. 거기다 대체 무슨 재주를 부리는지, 엄청난 위력의 마법까지 선보이고 있다. 심지어 개개인이 수한과 맞먹는다는 수라만마대의 고수들조차도 이 한 명의 여자를 당해내지 못한 상황. 그러니 고작 권강 따위로 상대를 쓰러뜨릴 수 있다고 믿는다는 건 농담거리도 안 될 터. 때문에 지금 이 순간 수한이 선택한 최선의 방책은 삼십육계 줄행랑이었다.

절정고수 오십이 달라붙어도 결국 다 때려잡은(?) 고수에게 자신과 같은 하수(?)가 무슨 힘이 있어 대항한단 말인가? 그러니 일단 지금은 도주만이 살길이다. 수한은 그렇게 자신을 납득시키며 수진이 주춤하는 그 찰나의 순간을 활용, 신법을 극성으로 발휘했다. 하지만 이렇게 도주하는 와중에 번뜩 떠오른 생각이 있었으니, 이대로 수하들을 내버려 둘 수 없지 않은가? 이에 수한은 나름대로 머리를 굴렸다.

"적을 유인하는 동안 수라만마대와 전삼, 우칠은 이 자리에서 벗어나라!!"

양심에 핵이 찔려 제딴에는 변명을 만든답시고 내지른 고함. 솔직히 상대가 자신을 따라올 확신도 없는 상황에서 이런 외침이 무슨 소용이 있으랴. 그러나 이대로 스턴 상태에 빠진 수하들을 내버려 두고 홀로 도주하려니 뭔가 변명거리가 필요했고, 결국 이런 식으로 외칠 수밖에…….

그러나 그런 수한의 마음을 알 길 없는 수라만마대와 전삼 등은 그의 외침에 크게 감동해 버렸다. 지금 소교주님이 자신들을 위해 위험을 무릅쓰고 저 괴물 같은 고수를 유인하려 한다! 순간 그들의 마음속엔 수한에 대한 충성도가 쭉쭉 올라갔으니… 어째 예전에도 이와 유사한 일이 있었던 것 같다.

반면 수진의 입장에서 어떠한가? '드래곤 피어' 에 대한 절대적인 믿음이 있던 그녀로서는 지금 상황이 너무나 당황스러웠다. 주위 정리를 끝낸 뒤 슬슬 제대로(?) 놀아보나 싶었는데, 정작 표적이 홀쩍 도망가 버리다니. 마치 기껏 열심히 만든 요리에다 똥파리를 빠뜨린 기분이라 할까? 거기다 표적이 내갈긴 권강을 맞은 부위는 제법 욱신거리기까지 했으니…….

"으득~ 이 자식이 감히……!"

수진은 등장 이후 처음으로 인상을 찌푸리며 이를 갈았다. 오냐오냐 하니까 감히 무서울 줄 모르고 도망을 가?! 순간 수진은 치밀어 오르는 분노로 주위에 널린 인간들에게 분풀이를 하려 채찍을 치켜들었다. 하지만 아무리 화가 난다고 해도 우선순위가 있는 법. 수영의 잔소리를 생각하면 자신이 이러고 있을 때가 아니다.

"쳇, 좋아. 어디까지 가나 두고 보자."

이내 채찍을 거두고 수한이 도주한 방향을 바라본 수진. 비록 신법을 익히지 않은 탓에 수한을 단숨에 따라잡을 수는 없지만, 그녀에겐 아직 남아 있는 카드가 많았다.

"블링크(Blink)! 블링크! 블링크! 블……."

수진의 외침과 함께 바로 발동되어지는 마법. 일정 거리 내 시전자를 순간 이동시키는 마법 블링크(Blink)가 지금 이 순간 연속으로 구현되어진다. 그에 따라 장내에서 급속토록 멀어지는 수진의 몸.

아직 그녀의 사냥은 끝난 것이 아니었다.

수한은 도망치고 있었다. 그것도 전력을 다해서 말이다. 장백산맥에서 군웅들에게 쫓기던 때 이후 처음으로 신법의 극을 보이는 수한. 그덕에 그의 신형은 순식간에 청룡문의 전각군을 지나, 장원에서 벗어났다. 하지만 그는 이에 만족 못한 채 더욱더 숙도를 높일 따름.

솔직히 이형환위도 연속으로 계속 구현하고 싶지만, 이형환위의 극심한 MP 소모량과 현재 MP량을 생각하여 억지로 참는 중이었다. 어떻게든 최대한 멀리 도망가야 한다는 생각에 MP 소모량을 나름대로 조절하려는 것이다.

최대한 멀리, 그리고 빨리. 머리 속에 온통 그 생각만을 하는 수한. 마치 맹수에게 쫓기는 초식 동물이라도 된 듯, 오직 도주만이 그의 머리 속을 장악하고 있었다. 대체 무엇이 그토록 자신을 몰아붙이고 있는지 그 스스로도 의문이었지만, 그는 자신의 감각을 굳게 믿었다.

저 마녀에게서 반드시 벗어나야 해!

천적. 마치 뱀 앞의 개구리마냥 그 자신이 도저히 상대할 수 없는 존재. 수한의 본능은 옥화편제란 인물을 그렇게 맹렬히 정의 내리고 있었던 것이다. 하지만 어느 정도 시간이 지나 점차 흥분이 가라앉자, 막연하면도 절대적인 두려움 대신 갖가지 의문들이 그의 머리 속을 채우기 시작했다.

왜 옥화편제가 자신을 노리는 거지? 그리고 옥화편제가 쓰는 마법, 팔라스 연합에서나 쓸 수 있는 스킬이 어떻게 이곳에서 구현되는 거지? 하나의 의문은 두 개가 되고, 재차 세 개가 되어 수한의 머리 속을 잠식해 들어간다. 하지만 결국엔 그에 대한 해답은 없고 의혹만이 증폭되었다.

청룡문도들을 죽이는 모습을 볼 때 절대 옥화편제는 그들의 방수라거나 청룡문과 관련이 있는 자가 아니다. 아니, 도리어 청룡문과 원한 관계가 있는 듯한 모습. 그렇다면 왜 우리를 공격했지? 거기다 어떻게 그런 절묘한 시기에 등장할 수가 있지? 단순히 지나가다 싸움에 끼어들었다는 건 삼척동자도 비웃을 헛소리다.

그렇다. 분명 옥화편제는 자기 일행을, 아니, 수한 자신을 노리고 있었다. 그녀의 스쳐 지나가는 말이나 행동, 그리고 결정적으로 수한 자신의 감각이 그렇게 외치고 있었다. 하지만 그 이유를 모르겠다. 자신은 분명 그녀를 이번에 처음 보는 거다. 그런데 대체 왜?

"아! 젠장, 대체 누가 그 마녀에게 사주한 거야?!"

자신 같이 선량한(?) 유저에게 무슨 죄가 있다고……. 막상 그렇게 생각하니 약간 찔리는 부분이 없지 않아 있다. 지금까지 그의 손에 멸문당한 문파가 삼십여 곳. 비록 중소문파나 약소문파들뿐이지만 그들 중 옥화편제와 친분이 있는 자가 없으란 법도 없다. 그리고 아무리 자신이 신경을 썼다고 해도 몇몇 문파에선 한두 명의 생존자가 있을 터.

그런 생각을 하니 별의별 망상들이 수한의 머리 속을 잠식해 들어가며, 한 편의 영화를 만들어내기 시작한다. 제목은 대충 '복수에 불타는 옥화편제' 정도? 하긴 옥화편제가 자신과 같은 유저라는 생각은 눈곱만치도 하지 않은 채, 그저 NPC라 철석같이 믿는 그에겐 어쩌면 이것이 당연한 반응이었다. 현 제국에서 가장 고렙으로 알려진 존재가 천무검왕이니, 옥화편제가 유저라는 생각은 감히 하질 못하는 수한이다. 때문에 수한은 자신의 무분별한 사냥(?)에 반성할 따름.

"큭… 이럴 줄 알았으면 조금 살살 할걸."

이미 청룡문에서의 낭패 때문이라도 더 이상 무분별한 사냥은 힘든 상황. 아무리 약소문파라고 하나 무려 삼십여 곳의 문파가 단 두 달만에 멸문당했으니, 세상이 조용히 있을 리 없지 않은가. 그러니 지금의 옥화편제 일이 아니더라도 슬슬 사냥을 접을 때가 된 것이다.

"에휴~ 아직 목표 달성을 못했는데… 할 수 없지. 뭐, 일단 잠적한 뒤 상황을 봐가면서……."

지금까지처럼 마음껏 날뛸 수(?) 없다는 생각에 그저 아쉬움의 한숨을 내쉬는 수한. 암중에 벌어진 일들, 즉 수라만마대와 4운영팀 옵저버들의 공작, 그리고 자신에 대한 4운영팀의 척살 계획에 대해 전혀 모르는 그로서는 이것이 한계이리라. 때문에 그는 지금 이 순간, 분타에 잠적한 뒤 조용해질 때를 기다리면 자연 모든 것이 해결될 것이라는 안이한 마음까지 품고 있었다.

"그나저나 어떻게 마법을 쓸 수 있는 거지?"

한 가지 의문을 해결(?)하자 이번엔 상대의 무공, 아니, 마법이 거슬린다. 일단 헬파이어, 체인 라이트닝이라는 시동어와 그 구현되는 방식들을 볼 때, 그것을 무공이라 주장한다면 그거야말로 눈뜬장님. 분명 그것들은 말로만 듣던 팔라스 연합 측의 전용 스킬, 마법(Magic)이 분명했다. 그렇다면 역시…….

"청제국에서 팔라스 연합 측에 건너갈 수 있다는 뜻인데… 아니, 그 반대의 경운가?"

가만히 생각하면, 'NEW WORLD' 홈피나 기타 어디에도 청제국과 팔라스 연합 두 지역 간의 왕래가 불가능하다는 문구가 없었다. 그저 거의 불가능하다는 식으로 운을 뗄 뿐, 게임 설정상 원천적으로 봉쇄된 것이 아니다. 물론 육지로는 장백산맥이란 절망적인 방벽이, 바다로는 제국법상의 해금령—바다의 수룡들로 인한 피해 때문에 제국 내 그런 법이 제정—이란 장애가 있어 거의 대부분이 알아서 포기하긴 하지만… 적어도 가능성은 있다는 의미? 그러고 보니 일부 유저들이나 몇몇 NPC의 경우 장백산맥을 넘어 다른 지역으로 넘어가려는 시도를 이미 수차례 하지 않았던가. 그 증거로 수한 자신이 장백산맥을 빨빨 돌아다닐 당시, 아사하거나 마물들에게 당한 탐험가들의 무수한 유품, 잡템들을 직접 수거한 경험까지 있다.

"그렇군. 만약 정말로 왕래를 막으려고 했다면 애초에 두 지역을 다른 서버로 구현했을 터. 그럼, 이것도 일종에 히든 피스란 건데……."

남들이 알지 못한 커다란 비밀을 알아서일까? 이렇게 황급히 도주하는 와중에서도 왠지 입가에 미소가 흐르는 수한이다. 청제국 측이 팔라스 연합 측보다 훨씬 우위를 점하는 장점, 그리고 팔라스 연합 측이 가진 어떤 특징. 만약 그것들을 잘만 활용한다면 그의 계획을 훨씬 앞당길 수도 있을 터. 비록 지금은 이렇게 쫓기는 신세지만, 나중에 마고

주가 된 뒤라면…….

"크크크크큭, 아주 좋아. 도전해 볼 가치는 있겠군."

대체 무슨 기막힌 생각을 했는지 마치 찢어질 듯 벌어지는 수한의 입. 그러나 그런 달콤한 상상은 뒤에서 들리는 날카로운 외침에 의해 금세 깨져 버렸다.

"체인 라이트닝!!"

어찌 저 시동어를 잊을 수 있으랴? 방금 전 수라만마대의 고수들을 비롯한 청룡문의 문도들 수십여 명을 단숨에 빈사 상태로 몰아넣은 스킬인데. 거기다 결정적으로 지금 이 순간 온몸으로 느껴지는 짜릿함 때문에라도 절대 모를 수가 없다.

지지지지직―

"으ㄱㄱㄱㄱ극!"

초당 열 번씩 바르르 떠는 격렬한 몸놀림으로 자신의 고통을 표현하는 수한. 이 난데없는 짜릿한 감각에 잠시 동안 그의 영혼은 육체를 벗어나 허공을 부유한다. 하지만 그의 정면에 '번쩍' 하며 등장하는 인영의 모습에 그의 정신 상태는 탈혼(奪魂)에서 경혼(驚魂)으로 교체되어졌으니…….

"어헉?! 설마?"

"이햐~ 정말 빠른데? 하지만 결국 이게 네 한계지. 이히히히히!"

그 스스로가 생각해도 수한 자신은 정말 엄청난 속도로 도주했다. 이 정도라면 제아무리 마녀 같은, 아니, 누나 같은 여자라도 절대 따라올 수 없다고 자신할 수 있을 정도로. 그런데! 눈앞에서 히죽거리는 저 왠지 낯익은, 그러나 절대 그것을 부인하고 싶은 존재는 대체 누구란 말인가? 뭔가 심상치 않은 기운을 내뿜으며 연신 괴소를 터뜨리는 여

자. 수한은 그런 눈앞의 그녀, 수진을 바라보며 일순 눈앞이 캄캄해졌다.

“어떻게?!”

자신도 모르게 비명 같은 소리를 빽 지르는 수한. 자신의 신법에 절대적인 자신감은 이 순간 완전히 무너지며, 절망감만이 그를 감싼다.

“이히히히히, 무공만이 능사가 아니지. 내겐 마법이 있다는 걸 이미 알고 있을 텐데. 뭐, 원체 빨리 도망가는 바람에 블링크를 백 번이나 연속으로 쓰긴 했지만 말이야. 어쨌든 그림 페이스, 아니지, 정확히는 마교의 소교주이던가? 아무튼… 각오하라구!”

한 번 경악하게 만드는 것으로도 부족한지 연타로 충격을 주는 수진. 수한은 그런 그녀의 말, 즉 자신의 정체를 너무나 잘 아는 상대에게 놀라 얼굴이 새하얗게 변한 채 백옥(?) 같은 피부를 자랑하기 시작했다.

“그건 또 어떻게……?”

“아아~ 그런 건 중요한 것이 아니야. 그저 네가… 아! 아니지. 이런, 큰 실수 할 뻔했네. 허험~ 사악한 마교도는 그냥 죽어주면 그만이야.”

수한의 하얗게 질린 얼굴에 희희낙락하며 내심에 있던 말을 할 뻔한 수진. 그러나 이내 상대가 그냥 보통 NPC가 아닌 유저임을 상기하고, 입단속에 들어간다. 아무리 기분 내키는 대로 행동하는 그녀라지만 지켜야 할 비밀 정도는 잘 아는 탓이다. 물론 지금까진 그런 것에 전혀 연연하는 모습을 보이진 않았지만.

“으아아아아!”

콰릉, 콰릉, 콰릉!

이미 자신의 정체가 들켰다는 사실 때문일까? 아니면 더 이상 타협점이 없다는 생각에서일까? 수한은 더 대화를 나누는 대신 묵천파황권을 극성으로 운용하며 권강을 갈겨댔다. 제아무리 상대가 괴물, 아니, 마녀(?)라 해도 이 공격엔 약간의 틈을 보일 터. 그사이에 어떻게든 도주를……. 그러나 상대는 이미 한 번 써먹은 방법이 재차 통할 만한 인물이 아니었다.

"드래곤 피어!!"

"어억!"

철푸덕—

권강을 내갈김과 동시에 이형환위를 시전하려던 수한. 그는 막 신형을 날리는 자세 그대로 땅바닥으로 나뒹군다. 그리고 그런 그를 향해 한껏 비웃음을 터뜨리는 수진.

"이런이런~ 안됐구나. 뭐, 할 수 없지. 그냥 날 만난 네 불운을 원망하렴."

땅바닥에 쓰러진 수한을 바라보며 연신 히죽이는 수진. 그녀의 두 눈에 서서히 섬뜩한 기운이 감돌기 시작하더니, 어느 순간 그녀의 손에 쥐어진 독문병기 '쉐도우 댄서'.

쫘아악—

"이히히히. 오랜만에 신나게 몸 좀 풀어볼까?"

손에 든 채찍을 힘차게 내려친 뒤 가슴 서늘한 말을 늘어놓는 수진.

그녀의 말에 수한의 몸이 부르르 떨린다. 대체 내가 전생에 뭘 했길래 현실에서뿐만 아니라 게임에서조차 이런 역할(?)이란 말인가? 그러나 수진의 채찍은 그런 그의 비탄도 모른 채 무정하게 그의 여린 몸을 노린다.

쫘아아악— 쫘아악—

채찍이 난무할 때마다 쭉쭉 닳기 시작하는 수한의 HP. 그나마 다행이라면 공격력에 자신이 있는지, 아니면 드디어 MP량이 다한 건지 스킬 발동을 하지 않은 채 본신 공격력만으로 채찍을 휘두른다는 점. 하긴 채찍의 순수 데미지를 포함한 전체 공격력이 1700 남짓이니 그것만으로도 충분히 자신할 만하다(어쩌면 좀 더 채찍질을 즐기려는 의도에서…).

하지만! 수한이 누구던가? HP량이 4만이 넘는 초울트라 먼치킨 몸빵 캐릭이다. 비록 호신강기를 운용 못하는 탓에 그 본신 방어력이 고작(?) 160 남짓에 지나지 않지만 HP량만은 충분하다. 청룡문에서 몸통 박치기로 인한 피해가 대략 일만 남짓, 그리고 신나게 휘두르는 수진의 채찍 한 타에 방어력을 감안하면 고작(?) 1600가량의 데미지를 입고, 거기다 스킬을 쓰지 않은 탓인지 헛방이 많아 수진의 공격 성공 횟수는 1초에 1회 정도. 결국 약 10초 동안 스턴 상태가 끝나더라도 회색으로 물들지는 않을 터. 때문에 수한은 상대의 생각보다 약한(?) 공격력에 안도의 한숨을 내쉬며 어떻게 이 위기를 극복할지 맹렬히 머리를 굴리기 시작했다.

'그냥 신법만으로 도주한다는 건 이미 틀렸어. 상대는 마법을 쓰는 존재. 이미 내 신법을 능가하는 이동 수단이 있고, 드래곤 피언지 뭔지도 있다. 그러니 그냥 도주하는 건 이런 상황의 반복일 뿐. 역시… 궁극기를 써야겠군. 아항~'

채찍의 착착 달라붙는 감촉을 음미(?)하며 자신의 궁극기, '죽은 척하기'를 사용하기로 결심한 수한. 자신의 몸이 회색으로 물들면 상대도 자신이 죽은 줄 알 터. 그런 상황에 옥화편제가 계속 이 자리를 지킬 리 만무하지 않은가. …과거 소림사 무승들같이 옆에서 경을 읊어 주지 않는 한 말이다.

스턴 상태가 풀리면 바로 궁극기를 시전해 이 즐거움에서, 아니, 이 위기에서 벗어나는 거다.

그렇게 나름대로 각오를 다진 뒤 적당한 타이밍을 노리기 시작하는 수한. 마침내 시간을 흘러 스턴 지속 시간이 끝나는 순간!!

쫘아아악, 쫘아아악—

'바로 지금!! 죽은 척하기!!'

막 서른세 번째 채찍이 작렬하는 순간, 드디어 그를 속박하던 스턴 상태가 풀린다. 이에 황급히 궁극기, 죽은 척하기를 시전하는 수한. 그러자 지금까지 굳건히 수진의 공격을 견디던 그의 몸이 드디어(?) 회색으로 물들어 버린다.

스스스슥—

"에휴~ 드디어 죽었네. 대체 이 녀석은 HP량이 어떻게 되길래 그렇게 때려도 안 죽는 거야? 뭐, 간만에 운동 좀 했지만 말이야."

드디어 만족스런 노동의 결과(?)가 나오자 이마에 흐르는 땀방울을 닦으며 채찍을 거두는 수진. 잠시 자신의 성과물(?)을 흐뭇하게 바라보던 그녀는 이내 자리를 털고 떠나려 한다.

"하아~ 이제 됐다. 그럼 이제 슬슬 가볼……."

'클클클. 역시 궁극기!! 자, 어서 가라, 어서.'

천천히 발걸음을 옮기는 수진을 바라보며 속으로 환호성을 터뜨리는 수한. 그는 자신의 궁극기의 위력(?)에 재차 감동하며 속으로 어서 떠나라고 종용한다. 그런데!! 이게 어찌 된 일인가? 갑자기 잘 가던 길을 멈츠더니 재차 수한을 돌아보는 수진.

“아차! 그러고 보니까 이 녀석한테 무슨 공벌레 비슷한 스킬이 있었지? 뭐, 죽은 척하기였던가?”

‘허걱?!’

수진의 말에 심장이 덜컹 내려앉는 수한. 그런 수한에게 수진은 더욱 기겁할 소릴 한다.

“이거 참, 그렇게 주의를 들어놓고는… 이거 혹시 죽은 척하긴지 뭔지로 날 속이는 거 아니야? 어때, 그렇지?”

회색으로 물든 수한을 발로 톡톡 건들며 장난스럽게 말하는 수진. 물론 ‘죽은 척하기’ 중인 수한은 속으로 식은땀만 줄줄 흘릴 뿐 대답할 리 없다. 그리고 수진 역시 대답을 기대한 것이 아닌 듯 그저 채찍을 다시 굳게 손에 쥘 뿐.

“이히히히히. 자, 그럼… 십 분 후에 다시 한 번 시작해 볼까?”

2운영팀에서 필멸자에 대한 자료를 넘겨받은 수영. 그녀같이 완벽을 지향하는 여자가 필멸자의 특수 스킬 세 가지를 그냥 넘길 리 없다. 때문에 충분히 불안 요소가 될 만한 제3스킬, ‘죽은 척하기’에 대해 충분히 인지한 그녀였고, 필멸자 제거의 임무를 맡은 수진에게 그 사실을 알려주지 않을 리 없었다. 덕분에 귀에 딱지가 생길 만큼 잔소리와 교육을 들었던 수진. 자연 수진으로선 ‘죽은 척하기’를 모르려야 모를 수가 없었으니… 결국 지금의 상황은 지극히 당연한 일이라 볼 수 있었다.

하지만!! 그런 사정을 전혀 모르는 수한. 그는 지금 이 순간 전혀 엉뚱한 사람을 원흉으로 지목하고 있었다.

‘으득~ 이는 필시 천무검왕의 간계(?)가 틀림없다!!’

수한이 궁극기, 죽은 척하기를 시전했던 적은 장백산맥과 그 부근에서의 단 두 번뿐. 그리고 그 두 번 모두 스킬 시전의 원인이 된 자들에게 죽은 척하기의 효용이 간파당했었다.

'죽은 척하기'의 존재를 아는 첫 번째 인물, 바로 천무검왕이다. 죽은 척하기 스킬을 습득하게 된 원인이며, 수한이 가장 미워하는 존재. 비록 그 앞에서 직접 스킬이 해제되는 모습을 보이진 않았지만, 그의 손에 분명 죽었는데(?) 다시 살아났으니, 천무검왕 같은 사람이 '죽은 척하기'에 대해 모를 리 없을 터.

'죽은 척하기'를 아는 또 다른 사람들, 그들은 바로 소림사의 무승들이다. 장백산맥에서 천무검왕으로부터 막 벗어났을 때, 산맥 초입에서 만난 소림사 방장을 위시한 사대금강과 십팔나한들. 그 당시 너무나 황당한 실수로 인해 그들에게 정체를 들켜 쫓기는 신세가 되었다. 물론 마지막 순간엔 살기 위해 어쩔 수 없이 죽은 척하기를 시전했고. 처음엔 무승들이 속아 넘어가 무사히 일이 마무리되나 싶었다. 하지만 운없는 놈은 뒤로 넘어져도 코가 깨진다고 했던가? 불자들이 가지는 지나친 자비심 탓에, 세상에 편안히 환원되기를 기원하며 수한의 회색화된 몸 옆에서 경을 읊기 시작하는 무승들. 덕분에 수한의 최후 궁극기는 다시 한 번 뽀록났고, 기나긴 도주 생활의 막은 재차 오르게 되었다.

이렇게 '죽은 척하기' 스킬을 아는 사람은 세상 내에 오직 그들뿐. 그러니 옥화편제가 죽은 척하기를 안다는 것은 적어도 그들 중 한 사람과 만났다는 의미?!

'설마 소림사의 무승이 이런 괴팍한 여자에게 의뢰할 리 없고… 그래, 역시 천무검왕이 범인인 거야.'

이미 수진을 두고, '복수에 불타는 옥화편제'라는 장편의 영화를 제작했던 수한이다. 그렇게 상상력 넘치는 그가 음모론(?)을 구상하는 건 너무나 쉬운 일. 결국 수한은 복수에 불타는 옥화편제에서 '천무검왕의 사주를 받은 옥화편제'로 시나리오를 변경했다. 그러자 옥화편제가 '죽은 척하기'를 아는 것이나, 자신만을 집중적으로 노리는 것이 비로소 납득이 된다. 천무검왕이라면 자신을 노릴 만한 이유가 충분하다 못해 넘쳐흘렀고, 거기다 평소 그가 벌이던 기상천외한 방식들, NPC를 제자로 맞이한 일이나 NPC와 친분을 쌓아 큰일을 벌이던 것을 생각할 때 지금 상황이 아주 불가능한 일도 아닐 터.

'젠장, 천무 녀석, 대체 또 어떻게 내 정체를 안 거지? 거기다 이런 마녀와 무슨 친분이 있어서… 아니지, 일단 그것보단 이 위기를 넘기는 게……'

괜히 엉뚱한 천무검왕을 꼭꼭 씹으며 재차 머리를 굴리는 수한. 일단 그 진실이 어떻든 간에 일단 살아남아야 하지 않겠는가? 하지만……

쫘아아악―

"이히히히, 어디 보자. 이제 곧 십 분이 되네? 과연 이번엔 얼마나 버틸 수 있을까? 기대하라구~ 이번엔 전력을 다해줄 테니."

채찍을 힘차게 내려치며 준비 운동(?)을 시작하는 수진. 그 줄기줄기 뿜어져 나오는 굳은 각오에 수한은 순간 복잡하던 머리 속이 하얗게 채색되어진다. 어떻게 저런 마녀에게, 심지어 온갖 마법까지 써대는 괴물에게서 벗어날 수 있으랴?

'흐흐흐흑. 이형환위를 펼치려 해도 그놈의 드래곤 피어인지 뭔지 때문에… 무슨 방법이 없나?'

아무리 신법이 빠르고 이형환위라는 도주 전용 최고의 스킬이 있다고 해도, 상대에겐 그것을 일순간 무력화시킬 스킬이 있다. 죽은 척하기가 끝나자마자 바로 드래곤 피어를 쓴다면 바로 스턴 상태에 걸릴 터. 그 뒤 무한 채찍 연타, 아니, 이번엔 전력을 다한다고 했으니 월영 난문가 뭔가 하는 스킬까지 쓸 게 뻔한 일. 그렇다면 제아무리 먼치킨 HP라 해도 당해낼 재간이 없지 않겠는가? …물론 이런 생각은 '드래 곤 피어'라는 스킬이 '카오틱 드래곤 슈트'라는 아이템에 의한, 그것 도 하루에 세 번만 사용 가능한 것임을 모르는 수한만의 착각이지만 말이다.

어쨌든 그런 착각 탓에 수한은 '드래곤 피어'를 무제한으로 쓸 수 있다고 생각했고, 그래서 도주는 완전히 물 건너간 일로 여겼다. 그리 고 그런 일종의 절망감은 그로 하여금 극단적인 선택을 하게 만들었으 니,

'도주가 불가능하다면… 결국 공격뿐이군.'

이미 산전수전(?) 다 겪은 수한이다. 예전이라면 모를까, 지금은 이 대로 순순히 모든 걸 포기할 사람이 아닌 것이다. 어찌 보면 막다른 곳 에 몰린 쥐가 고양이에게 덤벼드는 상황이라고 할까? 어쨌든 점차 다 가오는 결전의 시간을 기다리며 서서히 마음의 준비를 하는 수한.

'이형환위를 쓰더라도 드래곤 피어에 스턴이 걸리면 채 1m도 못 간 다. 하지만… 이형환위를 쓴 상태에서 공격을 한다면? 그러니깐 스킬 발동어를 말할 시간조차 주지 않는다면……'

지금까지 이형환위를 운용한 채 공격 스킬을 쓴 적이 없었다. 그저 유니크 신법 묵천비영신법과 함께 권법을 운용해 왔을 뿐, 정작 최고의 신법 특수 스킬인 이형환위는 제대로 이용하지 않았던 것. 이형환위란 스킬이 워낙 MP 소모가 큰 데다가, 그 효과 지속 시간은 고작 10초 남 짓. 때문에 이형환위와 공격 스킬을 함께 운용하기엔 너무 비효율적이

라 여겨왔던 것이다. 그리고 솔직히 그럴 필요성을 못 느꼈던 게 가장 큰 이유지만… 하지만!! 지금은 찬밥, 더운밥 가릴 상황이 아니다.

'좋아! 오늘 한번 제대로 불태워 보자!!'

내심 각오를 다진 수한은 죽은 척하기의 발동이 끝나길 기다렸다.

한편 수진 역시 나름대로 절실히 수한이 움직이기만을 기다리고 있는 상태.

쫘아아악—

"이히히히. 자, 어서 스킬 시간이 끝나렴. 이 누님께서 제대로 한번 맛(?)을 보여줄 테니."

'죽은 척하기'의 지속 시간이 다 돼가는 가운데 수진과 수한은 그렇게 전의를 다졌다.

두근두근.

"이히히히히!"

수한의 심장 뛰는 소리와 수진의 웃음소리가 공명(?)하는 가운데, 장내의 긴장감은 더욱 고조되어 간다. 이 두 사람이 기다리는 건 오직 단 하나!! 수한의 몸이 회색에서 다시 천연색으로 바뀌는 바로 그 순간. 그리고 마침내!!

스스스슥—

"차아아앗!!"

"역시! 속임수였구나?!"

몸이 움직이는 것을 느끼자마자 바로 권강을 날리는 수한.

수진은 그런 그의 모습에 경호성을 터뜨리며 맞상대해 갔다. 설마 상대가 자신을 공격이라도 하랴 방심하고 있었는데, 그 설마가 사실로

화한 것이다.

쾌릉, 쾌릉, 쾌릉.

"크으윽, 이 자식이……!"

권법을 마스터한 이후, 전력을 다하지 않아도 단숨에 십여 개의 권강을 날리던 수한이다. 그런 그가 이형환위까지 펼치며 전력을 다하자 일순 권강으로 이룬 파도가 밀어닥치는 듯하다. 그리고 그 수백여 개로 이루어진 권강 물결들의 목표는 바로 수진의 몸. 설사 그녀가 '드래곤 피어'를 쓸 수 있다고 해도 채 발동할 여지가 없을 만큼의 재빠른 공격이었고, 이미 그녀는 '드래곤 피어'와 '엡솔루트 실드'를 아이템적 제한으로 인해 더 이상 쓸 수 없는 상태. 결국 지금 이 상황에선 그 공격을 피하는 것만이 최선이었다.

하지만 지금까지 스킬을 전혀 익히지 않은 채 오직 아이템을 통한 스킬만을 활용해 왔던, 거기다 월등한 무력으로 상대를 압도하는 대결만을 가졌던 그녀가 이런 급박한 상황에 제대로 대처할 리 만무. 결국 수한의 회심에 찬 기습과 그녀의 경험 부족으로 인해 수진은 일시지간 아무런 방어조차 못한 채 연달아 권강에 난타당해야 했다. 하지만! 그녀의 아이템빨은 지금 이 순간에도 진정한 먼치킨 위력을 자랑하고 있었으니…….

아무런 스킬조차 익히지 않는 수진이 기본(?) 아이템 두 개만으로 일류고수 백여 명을 몰살시킨 것이나, 풀 아이템 착용 시 절정고수 오십여 명을 농락한 것에서 알 수 있듯이, 그녀의 장비 하나하나는 최소 레어 급. 그런 대단한 아이템들 중엔 심지어 유니크 등급을 넘어선 이벤트 급 아이템이 있었고, 그중 하나가 현재 그녀가 입고 있는 카오틱 드래곤 슈트(Chaotic Dragon Suit). 드래곤 산맥의 지배자인 카오틱 드래곤의 가죽으로 만들어진, 자체 방어력 2000에 모든 속성 저항력 +100%, 전 스탯 +50, 거기다 특수 스킬 '드래곤 피어'의 사용까지. 그런 사기틱한 아이템 탓에 수한의 권강은 제대로 그 위력을 발휘할 수 없었다. 아니, 도리어 그녀의 분노만을 자아내는 결과를 낳았다.

콰르릉, 콰르릉─

"컥, 큭큭……."

연달아 터지는 폭음과 동시에 수진의 입에서 흘러나오는 신음성. 그리고 더욱 불타기 시작하는 그녀의 두 눈과 손에 재차 움켜쥔 채찍.

"용서 못해!! 월영난무!!"

쫘아아악─

상대가 사정거리에 있든 말든, 아니, 공격의 성공 여부와는 상관없이 무작정 펼쳐진 스킬. 그저 상대의 공격에 화풀이를 하듯 펼쳐진 월영난무였다. 그러나 시전자의 압도적인 능력치와 스킬의 위력은 수한의 권강을 팅겨내기에 충분했고, 그를 절로 질리게 만들었다.

티티티티팅─

"칫, 역시 지금의 나로서는 안 된다는 건가?"

채찍에 밀려 권강의 물결이 주춤하자 절로 마음이 급해진 수한. 역시 상대의 능력은 그의 그것을 훨씬 능가했고, 아직도 도주하지 않는 자신의 행동이 무모하게 느껴질 지경이다. 하지만 이미 기호기세라, 여기서 그냥 도주했다간 자칫 아무것도 못하고 죽을 것 같았다. 결국 그가 할 수 있는 최선은 계속 지금의 대치 상태를 유지하는 것뿐. 하지만 수한이 그렇게 걱정하고 있을 때, 수진 역시 지금 상황에 대해 점차 곤욕스러워하고 있었다.

'뭐야, 이거? 대체 저놈은 언제까지 권강을 날릴 생각인 거지?

월영난무로 충분히 상대의 권강을 제압할 수 있다고 생각했던 그녀다. 그런데 이게 웬걸. 분명 자신의 월영난무가 권강보다 월등히 앞서는 상황임에도 권강의 수가 워낙 많으니, 서로 간에 비등한 국면을 유지하는 게 아닌가? 그리고 그 대치 상태가 점차 길어짐에 따라 수진은 내심 다급해지기 시작했다.

평상시 금제 때문일까? 청룡문에서부터 지금까지 스킬과 마법을 원 없이 쓴 수진. 굳이 쓸 필요 없는 상황에서도 일부러 화려한 마법과 스킬을 난무하며 억눌린 파괴 본능에 대한 재미를 한껏 만끽했다. 그런 무절제한 MP 낭비가 지금 이 순간 그녀를 조여오기 시작했으니, 계속 이렇게 시간을 끌어 MP가 완전히 바닥나 도리어 그녀 자신이 당할 판이었다.

'젠장. 까닥 잘못해서 내가 당하면 이거 완전 개망신인데… 아니지, 망신이 문제가 아니라 운없이 아이템이라도 떨군다면…….'

자신이 죽은 뒤 닥칠 엄청난 피해, 그리고 수영의 잔소리를 생각하며 부르르 몸을 떤 수진. 그녀는 자신도 모르게 왼손에 있는 최후의 비밀 아이템을 힐끔 쳐다볼 수밖에 없었다. 끔찍한 해골의 형상을 한 채 싸늘한 냉기를 끊임없이 내뿜는 바로 그것. 비록 그 원소유자가 봉인된 탓에 그 위력은 과거에 비할 바가 아니지만, 지금 이 순간 단 한 방에 모든 것을 역전시킬 수 있는 궁극의 아이템.

'칫, 할 수 없지…….'

이것만은 쓰지 않겠다던 일말의 자존심도 지금 이 순간에는 그저 사치일 뿐. 결국 수진은 자신의 최종 비밀 무기를 쓰기로 마음먹었다. 그렇다면 그전에 먼저,

"힐링 웨이브(Healing Wave)."

“으어억? 뭐야?”

갑작스런 수진의 외침과 그녀를 감싸는 눈부신 빛. 이에 수한은 기겁하며 뒤로 몸을 뺐다. 설마 또 무슨 기상천외한 마법이? 수진이 쓰는 마법이라면 그것이 무엇이든 심장부터 떨리는 그에겐 이런 갑작스런 변화가 그저 두렵기만 하다. 그러나 이번 변화는 수한을 공격하는 것이 아닌 힐링 웨이브라는 상급 치유계 마법이었고, 그에게 데미지를 주는 대신 수진의 HP를 가득 채우는 일을 맡았다. 그 잠깐 사이, 그나마 입은 약간의 피해마저 완전히 치료한 수진은 바로 수한의 권강 안으로 뛰어들었다. 아니, 순간 이동했다.

“블링크!!”

파파파파팡!!

“억? 뭐야?!”

블링크의 시전과 함께 수한의 바로 정면에 그 모습을 드러낸 수진. 이에 기겁한 수한은 더욱 격렬히 그녀에게 권강을 날렸지만, 먼치킨 아이템으로 도배된, 거기다 HP까지 완전히 회복한 그녀에겐 별다른 의미가 없는 행동. 그리고 마지막 순간, 수진은 왼손으로 수한의 몸을 부여잡은 채 최후의 비밀 스킬을 발동했다.

“죽음의 손(Death Hand)!!”

지금으로부터 약 50년 전, 장백산맥 너머 팔라스 연합에선 일대 겁난(劫亂)이 일어났었다. 평상시 탄압의 대상이 되었던 흑마법사들이 연합, 금지된 마법으로 ‘세상’의 주축이 되는 악의 신이며 5대 마왕 중 하나인 언데드의 신 ‘죽은 자들의 군주(Death Lord)’를 소환했던 것이다. 비록 강림이 아닌 소환의 형식을 취한 탓에 그 본신의 능력을 다 발휘할 수는 없었다고 하나, 그 존재는 인간이 상대할 수 없는

신(God). 결국 데스 로드가 지닌 강대한 힘에 세상은 순식간에 피와 비명성으로 물들여졌다.

세상 내 누구도 상대할 수 없는 악신의 절대 권능. 심지어 그 강대한 힘은 세상의 균형을 관장하는 드래곤마저 능가했고, 데스 로드가 지닌 최강, 최악의 진명 스킬 '데스 필드(Death Field, 죽음의 영역)' 에 의해 데스 로드에게 대항하던 드래곤들은 '본 드래곤(Bone Dragon)' 으로서 그의 권속이 되어졌다. 이에 십여 마리의 본 드래곤을 거느린 데스 로드는 더욱 막강해진 전력으로 팔라스 연합을 유린했으니… 팔라스 연합은 온통 절망과 좌절뿐인 언데드들의 세상이 되는 듯했다.

그러나 최후의 순간! 드래곤 산맥에 웅크리고 있던 카오틱 드래곤이 그 모습을 드러내자, 그렇게 절망적이던 상황은 급속토록 반전되어졌다. 세상 내 존재하는 최강의 힘. 그 강대한 힘은 일순간에 본 드래곤들을 가루로 만들었고, 하나의 왕국 크기만큼 거대해진 데스 필드를 통째로 날려 버렸다. 이에 급격히 무너지기 시작한 데스 로드. 결국 데스 로드는 카오틱 드래곤에 의해 신으로서의 진명마저 제압당한 채 봉인되어진다.

그러나 '데스 로드' 가 봉인되기 직전, 최후의 저항을 하며 세상에 남긴 물건이 있었으니, 그것이 바로 수진이 왼손에 끼고 있는 죽음의 세례(Baptism of Death). 원소유자가 봉인된 탓에 그 진정한 위력을 발휘할 수 없지만 아직까지도 신의 권능을 일부나마 담은 그 물건은, 언데드의 신인 '데스 로드' 의 소유물답게 죽음에 대한 권능을 발휘할 수 있었다. 그리고 그 권능이란 그 소유자가 '죽음의 손(Death Hand)' 이라는 최상급 유니크 스킬을 쓸 수 있다는 것.

죽음의 손(Death Hand). 비록 하루에 단 한 번만 쓸 수 있으며, 시전 시 대상자와 죽음의 세례를 접촉시켜야 한다는 어려움이 있지만, 일단 제대로 발동된다면 드래곤의 브레스만큼이나 위력적인 스킬. 그 어떤 마법, 물리적 방어력을 무시하고—심지어 마 속성의 극성인 신성력마저 무시한다—대상자에게 스킬 시전자의 총 HP량만큼 데미지를 입히는 절대 공격 스킬. 그리고 지금 이 순간 수진이 수한에게 발동한 스킬이 바로 그것이었다.

"커어억……!"

갑작스럽게 온몸을 덮치는 차디찬 냉기. 그것은 수진의 왼손이 닿은 부분에서 급속토록 수한의 전신으로 퍼져 나갔다. 이에 휘청거리며 뒤로 물러나는 수한. 그는 자신의 몸을 덮친 이 이상한 감각에 놀라 두 눈을 부릅뜨며 수진을 바라봤다. 그러나 정작 경악한 사람은 수진이었다.

"말도 안 돼?! 어떻게 아직 살아 있는 거지?!"

수진의 총 HP량은 아이템빨로 인해 1만이 족히 넘는 수준. 그 정도 데미지라면 절정고수, 아니, 초절정고수라도 단숨에 회색으로 물들어야 정상이다. 그런데 정작 현실은 아직도 멀쩡히 천연색(?)을 유지하는 수한. 그 스스로를 지극히 정상적인(?) 인물이라 여기는 수진조차 크게 경악할 수밖에 없는 상황이다.

청룡문에서의 분전, 그리고 방금 전 스턴 상태에 빠졌을 때 입은 채찍 공격. 그것만 생각해도 이미 회색으로 물들었어도 진작에 물들었어야 정상일 터. 그런데 거기에다 최후의 비밀 무기인 죽음의 손마저 통하지 않다니…….

"너, 인간 아니지? 혹시 폴리모프한 드래곤 아니야?!"

너무 황당한 나머지 그럴 리 없다는 걸 잘 알면서도 이런 헛소리나 지껄이는 수진. 하지만 그녀가 그렇게 경악하고 있을 때 수한 역시 크게 당황하고 있었다. 왠지 심상치 않은 스킬 시동어와 온몸으로 느낀 차디찬 냉기에 불안해질 대로 불안해진 수한. 그는 황급히 상태창을 소환했고, 그 상태창의 결과에 재차 경악해야 했다. HP총량이 45000을 훌쩍 넘기는 탓에 아무리 심각한 부상을 입어도 3만 밑으로 거의 내려간 적이 없는 HP량이 지금 이 순간, 고작 3이 남아 있는 것이 아닌가! 이래서야 방금 전 채찍 공격 같은 건 그냥 스치기만 해도 바로 회색으로 물들 터.

'젠장, 이거 정말 죽겠다.'

지금껏 워낙 많은 경험과 고생을 한 탓에 '죽겠다'는 생각은 많이 했지만, 지금 이 순간만큼 절감한 적은 없으리라. 이에 수한은 두 눈이 뒤집(?)히고 말았다.

"으아아아아!"

쾨릉! 쾨릉!

거의 발작적으로 권강을 날리는 수한. 도주는 물 건너간(?) 일이니, 일단 최후의 발악이라도 하겠다는 마음이리라. 덕분에 상대의 먼치킨 체력에 놀란 나머지 잠시 멍하니 있던 수진은 다시 한 번 정신없이 난타당하는 신세가 되었다.

"으그그그그극, 이 자식이……."

왜 하필 권강이 집중적으로 적중된 곳이 얼굴 부위인지… 덕분에 말은커녕 눈조차 제대로 못 뜬다. 거기다 권강이 워낙 집중적으로 난타된 탓에 궁극의 아이템(?)인 나비 가면마저 산산조각났으니, 이에 마침내 드러난 수진의 얼굴.

"허걱?! 수진 누나?!"

그녀의 얼굴에 놀란 나머지 권강의 방출마저 잊어버린 수한. 그리고 그런 그의 말에 덩달아 놀라 채찍마저 놓쳐 버린 수진.

잠시 두 사람 사이에 무겁고도 묘한 침묵이 흐른다. 그러나 수한은 이내 어떤 생각을 떠올리며 지체없이 몸을 날렸다.

'그래, 설마 수진 누나가 여기 있을 리 없지. 가뜩이나 시간없다고 난리를 치는 사람인데, 이런 게임을 하겠어?'

상대가 그저 수진과 아주 꼭 닮은 NPC라 납득하며 황급히 도주에 들어간 수한. 그는 아주 적절한 순간에 상대가 '스턴 상태(?)'에 빠진 것이라 여기며, 이 기막힌 행운에 기뻐할 따름이었다.

한편 멍하니 있다가 수한이 멀찍이 도주한 다음에야 제정신을 차린 수진. 그녀는 뜨거운 분노의 화염에 휩싸인 채 방방 뛰기 시작한다.

"으아아아아아! MP가!! MP가 부족해?!"

아무리 아이템빨로 MP량이 9000에 육박한다고 해도, 지금까지 온갖 마법을 마음껏 난사하던 그녀다. 거기다 마지막 순간엔 '죽음의 손'이란 유니크 스킬까지 발동했으니 자연 MP가 바닥날 수밖에. 결국 블링크 외엔 특별한 신법을 쓰지 못하는 그녀로서는 멍하니 수한을 바라볼 수밖에 없었던 것이다.

"으아아아아아!!"

쫘작쫘자작—

괴성을 고래고래 지르며 사정없이 채찍을 휘두르는 수진. 그리고 그렇게 한참이 지나 어느 정도 분한 마음이 가라앉자, 그제야 수한의 마지막 말을 기억해 낸다.

수진 누나라…….

"분명 나를 아는 인간이란 건데, 대체 누구지? 혹시 설마……."

아직 동이 트기 전, 어두운 밤의 영역 아래 수진의 두 눈이 파랗게 빛나기 시작했다.

Legend 7

기연을 찾아가다

띠링.

—HP와 MP를 완전히 회복하셨습니다.

"후아아아~ 이제 좀 안심이네."

가부좌를 튼 채 막 내공심법의 운용을 마친 수한은 길고 긴 안도의 한숨을 내쉬었다. 평상시 4만이 넘었던 HP가 방금 전까지 고작 3이었다니……. 그로선 정말 조마조마한 순간이었을 터. 누가 지나가다 탁 쳐도 억 하고 죽을 HP량에, 수한은 'NEW WORLD'를 시작한 이래 처음으로 기묘한 감정을 느꼈다.

그러나! 이젠 그런 불안한 마음을 가질 필요가 없다. 내공심법, 아수라묵천마공을 운용함에 따라 HP와 MP는 완전히 회복한 상태. 거기다 심법 운용 직전에 청룡문에서 습득한 보너스 스탯을 전부 공력에 투자했고, 일부러 시간을 들여 하루 종일 심법을 운용했으니 예전부터 임박

했던 목표 숙련도 70%를 이번에야말로 달성했으리라. 그렇다면…….

"큭큭큭. 4단계 무공? 그래… 4단계 무공만 익힐 수 있다면 누가 감히 날 막으랴!"

지금으로부터 하루 전, 워낙 옥화편제에게 당한 것이 많은 터라 수한의 두 눈엔 광기까지 넘실거린다. 어서 강해지자. 그래서 그런 무서운 마녀를 보낸 천무검왕에게 뜨거운 맛을 느끼게 해주자. …차마 옥화편제를 목표로 삼지 못하고 그 청부인(?)인 천무검왕을 표적으로 삼아 열심히 씹어대는 수한. 그는 아직도 수진, 즉 옥화편제가 NPC이며 천무검왕의 청부로 자신을 공격한 것이라 굳게 믿고 있었다.

"클클클. 스킬창!"

드디어 대망의 숙련도 확인 시간!

수한은 두근대는 마음을 억누르며 상태창을 소환했다. 비록 청룡문이 습격에 미리 대비한 것과 옥화편제가 난입한 탓에 원하는 수준만큼 레벨 업을 못했지만, 그래도 초반에 워낙 많이 잡은 덕에 레벨 10을 올린 상태. 그로 인한 보너스 스탯을 전부 공력에 투자했으니, 이번에도 만만치 않게 숙련도가 올랐을 터. 수한은 이번엔 정말, 진~짜 정말 숙련도 70%를 달성했다고 자신했다. 그런데!!

"억!! 69.99%?!"

자신도 모르게 괴성을 꽥 지르는 수한. 놀랍게도 스킬창의 아수라묵천마공 숙련도 게이지는 목표인 70%에서 0.01%가 부족한 상태. 그의 입장에선 정말 땅바닥을 뒹굴뒹굴 구르며 비명이라도 지르고 싶은 심정이다.

"크아아아아! 그럼 또 한 건(?) 해야 한다는 거냐?!!"

정말 미칠 것만 같다. 이미 천무검왕이 자신의 종적을 알아차렸으

니, 더 이상의 사냥은 약간, 아니, 아주 위험한 상황. 열심히 사냥하는
데 불쑥 또 옥화편제가 나타나거나, 혹은 군웅들이 우르르 몰려올지 누
가 알겠는가? 그래서 청룡문을 마지막으로 드디어 목표를 이룰 수 있
다고 자신했었는데……. 그러나 이 정도로는 부족하다는 건가?

"하아~ 이번에야말로 4단계 무공을 익힐 줄 알았는데……."

수한은 어그러진 자신의 계획에 머리를 부여잡으며 고민에 빠졌다.
이제 묵천지회까지 남은 시간은 대략 8개월 정도. 지금 있는 위치에서
교의 총타까지 신법을 극성으로 운용한다면 대충 한 달이 걸린다. 결
국 그에게 주어진 여유 시간은 7개월 남짓. 일단 시간은 충분한 듯 보
인다. 하지만 미래의 일은 알 수 없는 법.

아무리 4단계 무공이 먼치킨 수준이라고 해도 일단 운용에 대해 적
응해야 하고, 더욱 강한 위력을 보이기 위해 숙련도를 올려야 할 터.
물론 마공의 특징상 그 숙련도 달성 시간이 매우 빠르긴 하지만, 이번
아수라묵천마공의 경우처럼 또 뒤통수를 맞을 수도 있다. 거기다 이곳
은 사방이 적으로 가득한 청제국의 중앙 지역. 이미 정체를 들킨 마당
에 느긋이 숙련도를 올릴 수 있다고 자신할 수도 없다. 자신이 숙련도
를 빠르게 올릴 수 있었던 건 하루 종일 숙련도 올리기에 집중할 수 있
는 환경과 먼치킨 근골에 의한 무한 체력 덕도 컸고, 결정적으로 자신
의 최종 목표는 어디까지 묵천지회의 승리. 즉, 아수라태천경의 4단계
무공을 습득하고 끝나는 것이 아니지 않은가! 그런 와중에 4단계 무공
습득마저 문제를 일으키다니…….

"크윽~ 이러고 있을 때가 아니다. 어서 사냥을 해야 해!"

좌절감에 휩싸여 한참 땅바닥에서 뒹굴거리던 수한. 그는 불현듯 제
정신을 차리고 자리에서 벌떡 일어났다. 이러고 있을 바에는 차라리

빨리 사냥을 해 목표 숙련도를 채우는 게 훨씬 나은 선택일 터. 그는 그렇게 자신을 추스르고, 근처 분타로 향해 수하들과 합류하려고 했다. 그런데 바로 그 순간 그의 뇌리에 번뜩 떠오르는 생각!

"가만, 왜 전삼들과 함께 사냥해야 하지? 나 혼자도 충분하잖아. 혼자서라면 내 기동력을 충분히 살릴 수 있을 터. 어쩌면… *크크크크크크*."

이런 걸 생각의 전환이라고 해야 하나? 갑자기 떠오른 생각에 수한은 음침한 괴소를 터뜨리며 기뻐한다. 그렇다. 그는 지금껏 전삼과 우칠의 이동 속도에 맞춘다고 제대로 신법을 운용한 적이 없었다. 만약 그가 신법을 극성으로 펼쳐 동에서 번쩍, 서에서 번쩍 한다면 누가 감히 그를 잡으랴!

거기다 수한은 이미 자신의 무위에 나름대로 자신감이 생긴 상태. 솔직히 전삼들에게 미안한 말이지만, 이미 그들은 수한에게 거추장스러운 존재일 따름이다. 이동 속도나 잡아먹고, 심지어 가끔은 '스틸'까지… 청룡문같이 거대 문파라면 모를까 이전 같은 약소문파라면 혼자서도 충분히 감당할 자신이 있는 수한이다. 그렇다면 지금부터는…….

"크카카카카! 혼자 놀기(?)의 진수를 보여주지!"

앙천광소를 터뜨리며 마침내 솔로잉(?)을 결심한 수한. 그는 분타가 있는 정반대 방향으로 신형을 날리며 재차 전의를 다졌다.

타아앙!

"일을 대체 어떻게 한 거야?!"

"미안~"

늘 그렇듯 흉기 대용으로도 쓸 수 있는 두꺼운 서류를 들고 있는 수영. 그녀는 그것을 책상 위에 힘차게 내려침으로써 험악한 분위기를 연출하는 데 성공했다. 일단 기선 제압! 그러자 고개를 푹 떨군 채 미안하다고 하는 수진. 평상시 도저히 상상조차 되지 않는 광경이지만, 어쨌든 지금 이 순간 수진은 그런 모습을 보이고 있다.

그리고 수진이 그렇게 저자세를 보이자 도리어 수영은 맥이 탁 풀려 버린다. 수진이 뭐라 변명을 한다면 계속 소리라도 치겠는데 저렇게 나온 데서야… 솔직히 수진에게 많은 부분을 의존하는 현 상황에서 더 이상의 자극은 도리어 역효과일 뿐. 때문에 수영은 좀 더 차분해진 음성으로 말을 이어나갔다.

"대체 왜 실패한 거지? 혹시 아이템 중 사용하지 않은 거라도 있어? 설마 해골반지가 싫다고 사용 안 한 거 아니야?"

평상시 수진이 워낙 질색을 하던 '죽음의 세례' 이니 사용하지 않았을 수도 있을 터. 수영은 혹시나 하는 마음에 수진에게 물어본다. 그러나 수진은 그저 고개를 설레설레 흔들 따름. 그리고 자신이 겪은 일, 즉 그림 페이스와의 일전에 대해 천천히 설명하기 시작한다. 일견 변명으로 들릴 수도 있겠지만 나름대로 차분히, 그리고 과장없이… 역시 소설가(?)답게 이해하기 쉬운 말로 자세히 상황을 설명한 수진. 물론 중간중간 나오는 전문 용어(?)에 잠시 어리둥절해졌지만, 다행히 수영은 수진과 같은 계통의 사람인 탓에 이해하는 데 불편은 없었다. 그렇게 수진이 설명을 시작한 지 대충 한 시간 정도 흘렀을까?

달각.

"후우~"

세밀한 동선 구도와 채찍 난무에 의한 손의 짜릿한 감각들을 설명하던 수진의 이야기가 막 MP 부족 탓에 그림 페이스를 놓치는 부분까지 진행되자, 수영은 조용히 담배를 빼어 물고 담배 연기를 길게 내뿜기 시작했다. 그리고 그 이야기가 막 클라이맥스에 도달하려는 찰나, 드디어 그녀의 이야기를 제지하는 수영.

"이히히히, 그래서 내가 막……."

"알겠어. 네 얘긴… 적어도 네 실수만은 아닌 것 같군."

"에? 정말……."

비록 그런 의도로 말한 건 아니지만, 수진 스스로가 생각해도 자신의 설명은 변명에 지나지 않았다. 그런데 정작 수영은 담담히 그 사실을 받아들인 듯. 이에 도리어 수진이 어리둥절해진다. 그러나 수영은 그런 수진에 상관없이 생각에 잠길 따름.

'아무리 레어 급 호신갑을 착용했다고 해도 수진의 공격력을 고려한다면 큰 의미가 없는 일. 거기다 이제 막 레벨 업을 시작한 그가, 그것도 청제국 내에서 그런 아이템을 습득할 리 만무. 결국 그림 페이스의 본신 능력치가 그만큼 대단하다는 건데… 거기다 '죽음의 손'에서조차 살아남았다면…….'

새삼 그림 페이스의 능력에 경탄할 수밖에 없었다. 대체 어떻게 그런 일이 가능한지 감도 잡히지 않는 상황. 필멸자가 된 지 게임상으로 단 6개월 만에 그런 능력을 가지게 되다니……. 이전 필멸자 프로젝트의 에이전트들이 단 석 달을 견디지 못하고 전원 캐릭 삭제된 것과는 너무나 비교가 되는 결과다.

"하아~ 정말 탐나는 인재이긴 한데… 이런 놈을 에이전트로 부리면 세상 내 무슨 일을 못할까?"

수영은 정말 안타까운 듯 한숨을 내쉬었다. 그러나 그림 페이스 척살 계획은 지금 이 순간에도 진행 중인 상황. 수영은 이내 회유에 대한 생각을 접고 방금 전보다 한결 부드러운 어조로 수진을 불렀다.

"수진아."

"응? 아, 응."

수영의 갑자기 변한 어조에 도리어 덜컥 겁이 난 수진. 그녀는 움찔 뒤로 물러나며 수영을 경계한다. 이에 내심 한숨을 내쉬며 수진을 부럽게 위로하는 수영.

"일단 실패한 일은 마음 쓰지 마. 대신 다음번엔 반드시 그놈을 처리해야 한다?"

"아응, 알겠어. 그런데 그놈 신법이 엄청 빠르던데, 위치 파악이 가능하겠어?"

역시 한 번 실패한 것에 대한 책임감일까? 아니면 수영 뒤에서 꿈틀거리는 섬뜩한 그림자 때문일까? 평소 관심조차 가지지 않던 일을 묻는 수진이다. 이에 수영은 빙긋(?) 웃으며 대답한다.

"후으~ 걱정 마. 비록 그림 페이스 본인은 우리 옵저버들조차 포착할 수 없는 존재지만, 그의 수하들은 다르니까. 일단 마교 분타에 있는 그 수하들의 위치는 이미 파악한 상태야. 그러니 그림 페이스가 수하들과 접촉하면 바로 걸릴 수밖에 없어."

"응, 그렇구나. 아, 저… 그런데……."

"응? 왜?"

"아, 저… 그러니까……."

늘 당당히 할 말 안 할 말을 하던 수진이 왠지 미적거린다. 설마 지금 분위기에 겁을 집어먹었다는 건가? 그럴 리 없는데… 수진이 어떤 인물인지 잘 아는 수영은 불현듯 호기심이 생겨 그녀를 재촉했다.

"뭔데 그러냐? 어서 말해 봐."

그러나 그런 수영의 재촉은 도리어 수진의 입을 막아버린다.

'그래, 확실한 것도 아닌데⋯ 설마 수한이 그런 캐릭을 키울 리 없지. 괜히 분란(?)을 일으킬 필요는 없을 거야.'

속으로 설마 하고 중얼거린 수진. 결국 말을 얼버무리며 서둘러 자리에서 벗어난다.

"아니야. 내가 착각을 한 것 같아. 그럼, 나 이만 갈게."

"후우~ 기집애, 싱겁긴."

말을 안 한다는데 억지로 입을 벌릴 수는 없는 노릇. 결국 수영은 중요한 단서가 될 수진의 말을 듣지 못한 채 그녀를 보내줬다. 그리고 지금 이 순간, 그림 페이스가 그 수하들과 반드시 접촉한다는 확신을 가짐으로써 사건 해결에 더욱 멀어지는 실수를 범했으니⋯ 이로 인해 세상 내 벌어지는 대혈겁은 더욱더 무르익어 갔다.

월광(月光)만이 유일한 빛이 되어주는 어두운 동굴 안. 그곳에서 수한은 절규에 찬 괴성을 내지르고 있었다.

"크아아아아악!! 왜? 왜? 어째서?!"

일이 안 풀릴 때마다 늘 보이던 수한 전용 '땅바닥 뒹굴거리기'. 동굴 안 울퉁불퉁한 바닥에서도 그것을 극성으로 펼쳐 보이는 수한이다. 거기다 옵션으로 괴성 지르기까지. 아무래도 뭔가 단단히 탈이 난 듯하다.

수한이 수진으로부터 간신히 도주한 지 한 달. 그렇게 지난 한 달간 수한은 정말 열심히 솔로잉에 열중했다. 하루에 3차는 기본이요, 하룻밤 사이 열 개 문파를 초토화시킨 기록까지 있다. 물론 그 혼자서 청룡문 같은 거대 문파를 상대할 수 없으니 결국 질보다 양으로 승부. 그저 그런 약소문파들만이 표적이 되긴 했지만… 어쨌든 청제국은 그로 인해 난리가 난 상태.

정체가 이미 발각되었다는 자포자기의 심정에 이전처럼 자제(?)하지도 않는 수한. 그는 이제 벌건 대낮에도 문파에 난입, 목격자가 남든 말든 사냥에만 주력했던 것이다. 그나마 일말의 이성은 남아 있는지, 문파 습격 후 재빠르게 초장거리 이동을 감행, 혹시나 모를 추격자들로부터 자신의 종적을 감추긴 했지만, 역시 벌인 일이 워낙 큰지라 제국 전체에 그에 대한 이야기가 파다하게 퍼진 상태.

심지어 천살마왕에 대한 은밀한 소문까지 부풀려져 이제 제국 전체에 대포란을 일으키고 있었다.

그러나 정작 수한은 그런 소동에 신경 쓰지 않고 오직 레벨 업에만 신경 쓸 따름. 결국 그런 끊임없는 노력 탓인지 지난 한 달간 자잘한 송사리(?)만 사냥했음에도 그 결과는 무려 레벨 53업. 그리고 그로 인한 보너스 스탯을 전부 공력에 투자해 이제 공력이 1000대를 돌파하기까지 했다.

그런데!! 그런데!! 왜? 어째서?! 정작 이 사냥의 목적인 아수라묵천마공의 숙련도가 안 오르느냐고?!

"으다아아아아!! 왜! 어째서?! 헉?! 설마?!"

상태창에 그려진 부동의 숙련도 69.99%에 절망하는 수한. 한참을 대지(大地) 친화적인 행동에 열중하다 불현듯 떠오른 생각에 자리에서 벌떡 일어난다. 장백산맥을 내려오기 전 교에서의 일, 정확히 말하자면 움직이지 않은 아수라묵천마공의 숙련도에 대한 수라혈제의 충고.

"깨달음이 아닌 인위적인 내공 증가로 인한 성취는 그저 미봉책일 뿐이다. 그것은 진정한 해결책이 아니기에 후에 더욱 강한 벽을 만나……."

"크어어어억! 왜 하필 지금 이 순간에?!!"

그렇다. 그것 말고는 지금 이 상황을 설명할 방법이 없다. 마공의 정체기. 그것도 이전에 겪은 것보다 더욱 심한 정체기. 수한은 그 사실을 깨닫는 순간 다시 자연인으로 되돌아간다.

떼굴떼굴.

"으아아아아아~ 나 어떡해?!"

한차례 큰 발광을 한 뒤 반나절간 자연인으로서 대지의 축복을 한껏 만끽한 수한. 그는 서서히 동이 트자, 그제야 제정신을 차리고 대책 마련에 고심했다. 이대로 가만히 있다간 앞으로 있을 묵천지회에선 무조건 필패(必敗), 결국엔 소수마제의 손에 죽을 수밖에 없다. 그러니 뭔가 다른 방법을 생각해 내야만 한다.

"그래, 아직 시간은 충분해. 뭔가 또 다른 방법이 있을 거야."

남은 시간은 대략 7개월 남짓. 수한은 아직 넉넉한 시간을 위안 삼아 절망하는 대신 재차 고민하고 또 고민했다. 그리고 마침내 그가 내린 결론은… 현재의 상태, 즉 마공 정체기를 고려할 때 더 이상 무공에만 집착한다는 것은 바보 같은 행동. 그렇다면 무공 이외에 다른 변수가 필요할 것이다. 하지만 수한이 소수마제란 엄청난 고수를 상대할 방법이 무공 이외에 또 뭐가 있을까? 순간 번뜩 그의 머리를 스치는 생각.

"그래! 내겐 능력치가 있어!!"

그렇다. 그에겐 누구에게도 지지 않을 능력이 있었다. 바로 엄청난

HP와 MP량. 이미 그 위력은 한 달 전 옥화편제와의 대결에서조차 증명되지 않았던가? 만약 먼치킨 HP가 없었다면 그는 진작 회색으로 물들어 캐릭 삭제가 되었을 터. 만약 그런 대단한 장점을 극대화시킨다면 충분히 승산이 있지 않을까? 다만 한 가지 걸리는 게 있다면 그 방법인데…….

"후우~ 결국 내가 할 수 있는 건 사냥밖에 없군. 그런데 그게 가능할까?"

능력치를 상승시킬 영약도 없고, 설사 영약을 먹어봤자 큰 효용을 바랄 수도 없는 영약 오남용자의 몸. 결국 수한이 능력치를 상승시키기 위해선 레벨 업만이 유일한 방법이다. 하지만 그것 역시 지금으로선 매우 힘든 상황. 그 스스로가 생각해도 지난 한 달간 워낙 크게 날뛴 탓에 제국 전체에 그에 대한 소문이 파다했고, 덕분에 슬슬 몸조심해야 할 처지에 놓인 것이다. 자칫 방심했다간 옥화편제 같은 고수와 마주치거나 혹은 수백, 수천의 군웅들에게 쫓기게 될지 누가 알겠는가?

"에효~ 이제부턴 주위에도 신경 써야겠는데… 그러면 어떻게 레벨을 올리지?"

물론 지금까지처럼 사냥 직후 초장거리 이동을 계속 유지한다면야 사냥을 못할 것도 없다. 하지만 청제국이 아무리 넓다 해도 그런 식으론 결국 종적이 들킬 수밖에 없고, 거기다 그의 주요 표적인 약소문파들 역시 무한정 있는 게 아니다. 특히 그런 식의 자잘한 사냥으로는 그가 원하는 수준의 폭렙은 도저히 이룰 수 없었으니…….

"크윽~ 뭔가 좋은 방법이 없을까? 레벨이 확 한계 레벨까지 오른다거나, 아니면 능력치가 지금의 두세 배가 되는……."

머리를 쥐어뜯으며 궁리하는 수한. 그러나 노력을 한다고 바위에 꽃이 필 리 없다. 그저 자신의 한계에 대한 허무함만이 머리 속을 맴돌 뿐. 결국 그 결과는……

"크아아아아아!"

뒹굴뒹굴.

비명 같은 괴성을 내지르며 다시 한 번 동굴 바닥을 뒹굴기 시작하는 수한. 이런 상황에서 대체 무슨 좋은 방법이 있겠는가? 이렇게 숙련도 때문에 고민할 바에는 차라리 이런 마공을 애초에 익히지 말걸. 아니, 애초에 천마혈존을 만나지 않았더라면… 그랬다면 자신은 기연을 찾아……

"헉! 바로 그거다!!"

기연이라는 단어가 수한의 머리를 스쳐 지나가는 순간 떠오른 과거의 일. 기억조차 가물가물한 일이지만 실제론 얼마 되지 않은 과거.

사부인 천마혈존을 만나 제자가 되고 군웅들에게 쫓기는 등 온갖 고초를 겪어 까맣게 잊고 있었던 바로 그것. 사부를 만나기 전, 왜 나는 장백산맥에서 내려가고 있었던가? 어떤 목적을 이루고자 산을 내려가는 중이 아니던가? 바로 태을검선의 심득이란 절세기연을 얻기 위해!!

"크어어어억! 내, 내가 그걸 잊고 있었다니……!"

태을검선. 별호에 '선(仙)'이란 칭호가 붙는 것으로 보건대, 적어도 그의 사부 천마혈존(天魔血尊)과 동급인 존재. 즉, 한계 레벨조차 넘어선 초인이란 의미다! 그리고 그런 사람이 남긴 심득이라면 어찌 보통 물건이랴?

그런 생각을 하자마자 바로 행랑창을 뒤지기 시작하는 수한. 그리고 잠시 뒤, 행랑창에서 꺼내진 물건. 바로 검선동(劍仙洞)의 위치가 그려진 지도가 그 모습을 드러낸다.

"크카카카카! 그래, 검선의 심득을 내가 습득하는 거야! 그럼 내가…
에? 그러고 보니… 그게 안 되잖아!!"

지도를 보며 한껏 괴소를 터뜨리던 수한. 그러다 갑자기 떠오른 생
각에 안색이 창백해진다. 순간 이 기분을 뭐라 설명할까? 마치 도를 닦
아 승천하던 용이 애들 새총에 맞아 추락하는 기분이라고 할까? 그렇
다. 수한의 속성은 마(魔), 즉 마교도다. 그리고 익힐 수 있는 무공이
오직 마공(魔功)뿐이라는 의미. 다시 말해 선(仙)의 칭호를 받은, 척 보
기에도 정파 측 인물로 보이는 태을검선의 심득을 절대 익힐 수 없다
는 뜻이다.

"크으으윽~ 젠장, 빌어먹을! 왜 하필 이런 제약이 있어서… 으아아
아아아아!"

떼굴떼굴.

결국 분루를 삼키지 못한 채 재차 대지의 축복을 온몸으로 느끼는
수한. 그러나 이내 어떤 생각이 떠올랐는지 다시 한 번 부활한다.

"아니야! 검선씩이나 되는 사람이 그냥 무공만 남겼을 리 없어!!"

아무런 준비가 없이 쫓기던 사부, 천마혈존조차 유니크 세트 무공에
다 공력까지 넘겨주었다. 거기에 마교 소교주의 신분과 마교주의 상징
물까지. 그런데 후인을 맞이하기 위해 온갖 준비─지도까지 제작해서 세
상에 나보냈다─를 했을 태을검선이 어찌 쩨쩨하게(?) 무공만 남겼겠는
가? 어쩌면 절세보검(絶世寶劍), 혹은 수한이 가장 처음 먹었던 천선단
같은 영약(靈藥), 그도 아니면 취미 생활 삼아 수집해 둔 전설적인 마두
들의 다공(魔功)이라든지… 즉, 그 심득이라는 것 외에 기타 등등의 옵
션이 붙어 있을 가능성이 높다.

"그래, 일단 찾아가 보는 거야! 검선씩이나 되는 사람이 준비한 안배일 텐데, 설마 맨손으로 나오겠어?"

이미 막다른 곳에 몰린 마당에 지푸라기라도 잡고 싶은 심정. 때문에 자신이 익히지도 못할 태을검선의 심득이라도 탐이 난, 아니, 솔직히 말하자면 그 심득 옆에 있을 부록을 노리는 수한이다.

"흐음~"

아스라이 보이는 거대한 산봉우리와 그에 이어진 거대한 산의 초입. 그리고 그 산 초입에 놓인 5m에 달하는 거대한 비석 앞에서 수한은 두 장의 지도를 바라보며 연신 고개를 갸웃거리고 있었다.

두 장의 지도. 그중 하나는 수한이 게임 초반에 특정 퀘스트를 수행함으로써 습득했던 청제국 전도(全圖). 비록 아주 비싸거나 가치가 높은 물건은 아니지만, 청제국 순회 공연(?)을 하던 수한에겐 더없이 소중한 아이템이다.

한편 수한이 들고 있는 또 다른 지도. 왠지 재질부터가 청제국 전도와는 다른 그것은 지도답지 않게 지형지물뿐 아니라 제법 긴 글귀까지 적혀 있다. 바로 수한에게 또 다른 희망을—그저 헛바람일 수도 있지만—불어넣은 검선동(劍仙洞)의 위치가 그려진 지도다. 그리고 그런 소중한 지도의 제일 상단에 적혀 있는 큼직한 세 글자.

천중산(天中山).

"드디어 도착이군."

수한은 눈앞의 '천중산'이란 글자가 새겨진 비석을 응시하며 자신이 한 달간의 여정 끝에 결국 목적지에 도착했음을 인정했다. 이왕이 면 이곳이 아닌 다른 산이길 바랐는데… 아니, 그보다 조금만 더 작은 산이었다면 좋았을 텐데…….

"에휴~ 여길 언제 다 뒤지냐?"

비록 장백산맥에 비할 바는 아니지만, 제국 내 존재하는 산들 중 열 손가락 안에 들 대산(大山)이 바로 이곳 천중산이다. 하늘을 꿰뚫을 듯 치솟은 산꼭대기와 그를 든든히 받치는 거대한 산의 규모. 소소한 산 봉우리가 백여 개고 큼직한 것은 십여 개, 그 넓은 곳을 일일이 뒤지며 동굴(검선동) 하나를 찾으려면 얼마나 많은 시간이 걸릴지 절로 암담해 진다.

물론 수한의 품 안에 검선동의 위치가 그려진 지도가 있긴 하지만, 이 지드란 녀석이 현실상의 지도같이 축척이 제대로 적용되기는커녕 방위조차 제대로 표시가 되어 있지 않았다는 게 문제였다.

척 보기에도 그를 한껏 물 먹였던 천마혈존에게서 받은 총타 지도보 다도 훨씬 뒤떨어지는 지도. 아무래도 태을검선은 무공 쪽이라면 모를 까 지드 제작엔 그리 큰 소질이 없었던 모양이다.

"에휴~ 하다 못해 총타 가는 지도만큼만 됐어도 좋았을 텐데……."

나오는 것은 그저 한숨이요, 푸념뿐이라. 그러나 이대로 가만히 있 을 수도 없는 노릇. 결국 수한은 나름대로 각오를 다지며 천중산을 오 르기 시작했다. 일단 지도상의 지형지물과 산의 대략적인 모습을 비교 해 간다면 어떻게든 될 것도 같긴 한데… 하지만 잠시 뒤, 그런 낙관적 인 생각은 쑥 들어간다. 아무리 지도를 살펴봐도 눈앞의 산과 일치하 는 부분이 없지 않은가. 설마 천중산이란 지명이 또 다른 곳에 있다는 건가? 하지만 그가 가진 또 다른 지도, 청제국 전도를 보건대 그럴 가능성은 전무.

결국 수한은 다시 한 번 한숨을 내쉬며 차근차근 산을 수색할 수밖에 없었다. 그리고 그렇게 한숨을 내쉬기를 근 보름 정도 했을까?

"크아아아아! 찾았다!!"

거친 산속 수색 작업으로 초췌해질 대로 초췌해진 몰골. 그런 모습을 한 채 수한이 연신 만세를 불렀다. 그리고 그런 그의 앞에 있는 거대한 운무(雲霧).

무려 보름이나 천중산을 뒤진 끝에 마침내 지도상의 엑스 표시에 도달한 것이다. …그나마 장백산맥에서의 산행 경험이 풍부한 그이기에 가능한 일이었지, 보통 사람이었다면 일 년을 뒤진다고 해도 결코 찾을 수 없었으리라.

"크흐흐흑! 젠장, 이 빌어먹을 지도!!"

드디어 목적지에 도달했다는 감격 때문일까? 아니면 지도로 인한 고생으로 감정이 격해져서일까?

수한은 손에 든 지도를 땅바닥에 내팽개친 뒤 성큼성큼 운무 속으로 들어가기 시작했다. 어차피 목적지에 도달한 이상 지도는 쓸모없는 물건일 뿐. 거기다 그 지도란 녀석이 지금까지 고생의 원인이었으니 자연 쓰레기 취급받아도 할 말은 없다.

어쨌든 수한이 그렇게 운무 속으로 들어간 지 얼마나 지났을까?

드디어 그의 앞에 모습을 드러낸 높이 3m에, 너비가 5m에 달하는 거대한 동굴. 척 보기에도 뭔가 비밀을 간직한 듯한 웅장하면서도 신비스런 모습을 연출하고 있었다. 그리고 결정적으로 동굴 옆, 글자가 새겨진 거대한 비석.

검선동(劍仙洞).

…산 초입에서도 그렇고 여기도 그렇고, 태을검선이나 이곳 사람들은 지역 홍보에 지대한 관심을 가지고 있는 모양이다. 뭐, 덕분에 목적지에 도착했음을 다시 한 번 실감할 수 있었지만.

"크흐흐흐흑~ 드디어!!"

동굴의 웅장한 모습을 바라보며 수한은 자신도 모르게 감격의 눈물을 흘렸다. 이제 드디어 한 달 반 동안의 고생이 그 결실을……. 하지만 그런 감격도 잠시. 뭔가를 떠올린 수한은 이내 안색을 굳힌다. 그리고 주위의 나무에서 굵직한 나뭇가지 한 개를 꺾은 뒤 잘 다듬어 지팡이를 만들고, 자잘한 돌멩이들을 십여 개 줍기 시작했다.

"흠~ 원래 기연을 얻기 전엔 장애가 있는 법!"

나름대로 무협지 탐독 신공의 성취를 이룬 수한. 그는 동굴 안에 혹시나 있을 함정들에 대해 미리 방비를 하려는 것이다. 그렇게 몇몇 소도구(?)들을 챙긴 그는 한껏 긴장한 채 조심스럽게 동굴 안으로 진입하기 시작했다. 물론 자신의 소도구들을 적극 활용하면서.

휘이이익—

탁! 떼구르르르—

"음~ 이상 없군."

먼저 돌을 던져 함정의 유무를 확인한 수한. 그러나 그것으로도 부족한지 방금 전 만들어둔 지팡이로 연신 바닥을 두들겨 댄다. 혹시나 밑으로 쑥 빠지는 함정이 있을까 나름대로 조심하는 모습.

마치 자신이 인디아나 존스, 혹은 팔라스 연합의 트레져 헌터(Treasure Hunter)라도 되는 듯 전문가 흉내를 내는 수한. 그리고 그런 전위예술(?)

로 인해 자연 그 전진 속도는 느릴 수밖에 없었다. 한 걸음을 걷기 위해서도 한참을 지체하니 자연 시간이 걸릴 수밖에. 덕분에 수한은 입구에서 고작 백여 걸음 위치에 있는 철문에 도달하기까지 거의 반나절을 소모해야만 했다.

"흠~ 함정이 없군."

함정이 없어 아쉽다는 건지, 아니면 자신의 과잉 행동이 부끄럽다는 건지… 수한은 연신 고개까지 주억거리며 자신의 함정 탐색 결과를 중얼거린다. 그러나 그런 자기 최면적 행동도 눈앞의 거대한 문을 바라보자 순식간에 날아가 버렸다.

연자여, 이곳에 있는 나의 심득을 얻어 부디 겁난(劫亂)으로부터 세상을 구하라.

—태을검선.

"크흐흐흐흐흑."

눈앞의 글귀에 재차 감격의 눈물을 떨구는 수한. 그는 그렇게 잠시 감격의 여운을 즐긴 뒤, 마침내 두근대는 마음으로 철문을 밀기 시작했다. 그런데 이게 웬일?

"엥? 왜 안 열려?"

아무리 힘을 주어도 미동조차 없는 문. 이에 혹시나 여닫이 문인가 싶어 앞으로 당겨보지만, 역시 미동조차 없다.

순간 당황하는 수한. 왠지 뭔가 잘못됐다는 생각이 그의 뇌리를 스치고 지나간다. 이에 철문 주위를 샅샅이 살피자, 그제야 철문 가장자리에 둥그런 열쇠 구멍과 어떤 문구를 발견할 수 있었다.

분연득시(焚緣得匙).

그 뜻이 뭔고 하니… 인연을 태워 열쇠를 얻어라?

"엥? 이게 뭔 소리다냐?"

방금 전까지 하늘 높은 줄 모르고 치솟던 기분이 지금 이 순간 그 끝을 알 수 없는 무저갱에 떨어지는 느낌이다. 당최 무림 기인이란 사람들은 왜 이리도 사람을 화딱지나게 만드는지… 좀 쉽게 기연을 얻을 수는 없는 건가? 그러나 아쉬운 쪽은 어디까지 수한. 결국 머리를 부여잡으며 연신 끙끙거릴 수밖에 없었다. 그리고 그런 노력에 힘입어 어떤 단서를 얻는 데 성공한다.

"에, 그러니까 여기서 인연이란 것은 나를 이곳에 인도한 그 무언이란 거지? 그럼, 그건 지도네? 그게 없었으면 여기 오지 못했으니까. 클클클, 역시 난 머리가 좋아. 에? 그런데 지도가 어디 있더라?"

자신의 좋은(?) 머리에 한창 희희낙락하던 수한. 그러나 막상 지도가 자신의 행랑창이나 품속에 없자 안색이 금세 시퍼레진다. 순간 그의 뇌리에 스치는 어떤 기억. 너무 성의없는 지도 내용에 화딱지가 난 자기 자신. 그리고 그 화를 이기지 못하고 지도를 땅바닥에 내팽개치는 자신의 모습. 바로 반나절 전 검선동의 운무 앞에서 벌어진 일이다.

"커어억! 젠장, 제발 그 자리에 가만히 있어라!!"

자신의 성급한 행동에 연신 욕설을 내뱉으며 황급히 동굴 밖으로 뛰어나가는 수한. …역시 잡템이라도 함부로 버리면 안 된다.

"휴으우우우우~ 다행이다~"

운무 밖으로 나온 수한은 안도의 한숨을 정말 길~게 내쉬었다. 다행히 지도는 그가 반나절 만에 왔음에도 얌전히 그 자리를 지키고 있었다. 지나가는 누군가가 집어가거나, 혹은 바람에 날아가거나, 그것도 아니면 지나가는 염소(?)가 날름 먹어치우는 불상사가 없었던 것이다. 그로선 정말 십년감수할 뻔한 일.

"휴우~ 내 다시는 잡템이라고 무시하나 봐라. 일단 손에 들어온 건 절대 안 버린다."

이런 일이 있었음에도 아무런 깨달음이 없다면 도리어 이상한 일.

수한은 지도를 두 손으로 꼭 부여잡으며 다짐에 다짐을 거듭했다. 이미 일 년간의 거지 생활로 인해 쩨쩨하기가 하늘을 찌르는 수한이 이런 생각을 하다니…….

그 광기 서린 눈을 보건대 왠지 마교의 재정 상태에 엄청난 타격을 줄 것 같은 예감이 든다.

"그나저나 이걸 태우라고 했으렷다? 그럼 이제 슬슬 태워볼까?"

막상 지도를 되찾자 이번엔 그 처리 방식이 문제다.

문에 쓰인 구절엔 지도를 태워 열쇠를 얻으라고 쓰여 있었다. 그러니 이젠 지도를 태워야 할 차례. 일단 이 부근은 산속이기에 태울 만한 나무야 많고 많지만, 문제는 불을 붙일 수 있는 방법. 이곳 세상에서 라이터나 성냥을 기대하는 것은 너무 지나친 생각이고, 수한에게 부싯돌을 요구하는 것은 더 더욱 과한 요구. 그러나 정작 그는 아무런 걱정이 없었으니, 그에겐 이 경우에 쓸 너무나 유용한 스킬이 있지 않던가?

화르르르륵.

지도를 쥔 손에서 일순간 뿜어져 나오는 화기(火氣). 이미 숙련도 50% 이상을 달성한 삼매진화(三昧眞火)다. 그리고 그 가공할 열기에 순식간에 재가 되어버리는 지도. 그리고 그 지도의 재 사이에 묻어 나오는 자그만 열쇠!

"클클클, 이번에야말로 진짜 들어간다!"

수한은 그 자그만 열쇠를 광기 어린 눈으로 바라보며 서둘러 동굴 안으로 뛰어들어 갔다. 이미 함정이 없음을 아는 상황에 조심이고 뭐고 없다. 산불 만난 멧돼지마냥 저돌적으로 달려가는 수한. 그는 문에 있는 열쇠 구멍에다 열쇠를 집어넣고 그대로 돌렸다.

끼리리릭.

…다행이다. 지금까지의 패턴이라면 열쇠가 뚝 하고 부러져야 정상이겠지만, 다행히 태을검선은 열쇠 하나는 튼튼히 만든 모양이다. 덕분에 자그만 열쇠는 아무 무리 없이 그 임무를 완수했다.

"크르크크크, 이제 드디어……."

서서히 열리는 문을 바라보며 더욱 두 눈에 광기를 내뿜는 수한. 그의 그런 모습으로 보건대 철문 안의 기연에 얼마나 많은 기대를 하고 있을지 알 수 있으리라.

그런데 한 가지 이상한 점은 이미 그 본연의 임무를 마친 열쇠를 슬그머니 행랑창에 집어넣는 수한의 행동이었다.

"나중에 뭐가 있을지 모르니까……."

…역시 사람은 학습하는 동물. 수한은 그 행동으로 자신이 큰 깨달음(?)을 얻었음을 증명했다. 다만 문제가 있다면, 그 깨달음이 나중에 어떤 일을 초래하느냐는 것.

클클. 왠지 기대가 된다.

쿠쿠쿠쿠쿠쿵!

엄청난 굉음과 함께 완전히 열린 거대한 철문.

원래 그 안은 완전히 어둠으로 뒤덮여 있어야 정상이겠지만, 역시 기인이 만든 곳답게 천장에 달린 수십 개의 야광주가 수한의 시야를 밝혀주고 있었다. 그리고 그런 야광주를 바라보며 군침을 삼키는 수한.

"야광주 시세가 대략 어느 정도 되더라?"

이제 돈독 오른 모습을 숨기지 않는 수한이다. 하지만 그렇다고 성급히 야광주에 손을 대지도 않았다. 그에게도 상식(?)이란 게 있을 터. 영화나 몇몇 무협지상에서 보건대, 괜히 욕심 부리다 크게 다치는 사람들이 많이 나오지 않던가? 지금 같은 분위기에서 자칫 야광주를 잘못 건들었다간 기관이 작동된다거나, 혹은 동굴이 통째로 무너질 것만 같았다.

"그래, 고작 이런 것에 연연하지 말자. 내게 중요한 건 검선이 남긴 옵션(?)이야."

수한은 열심히 '소탐대실(小貪大失)'을 중얼거리며 야광주를 외면했다. 하긴 고작 야광주들 때문에 희대의 기연을 포기할 수는 없지 않은가?

…솔직한 그의 마음은 소탐대탐(小貪大貪)이지만 말이다.

어쨌든 그렇게 얼마나 걸었을까? 대략 백여 걸음을 걷자 좁다란 길 앞에 갑자기 거대한 대전이 그 모습을 드러낸다. 지금까지의 단순한 동굴 바닥이 아닌, 온통 청석(聽石)으로 이루어진 대전 바닥, 그리고 그 대전 위에 서 있는 백여 개의 거대한 청동 인형들. 뭔가 심상치 않은 분위기가 팍팍 느껴진다.

"에? 설마?!"

불현듯 다시 한 번 발동하는 수한의 무협지 탐독 신공. 왠지 이런 광

경을 보니 검선이 시험이니 뭐니 할 것 같다. 그리고 그런 수한의 예상
은 정확히 맞아 떨어졌으니…….

연자여, 한 가닥 인연의 끝으로 이곳까지 온 것을 환영한다. 그러나 자
격 없는 자가 나의 심득을 취할 수는 없는 법. 이에 본 진인은 부득이 세
가지 시험을 준비했으니… 연자여, 부디 그 세 가지 시험을 통과해 나의
심득을 취하라.

먼저 첫 번째 관문은 그대의 무공을 시험하고자 한다. 대전에 보이는 청
동 인형들은 모두 백팔 개. 소림의 백팔나한진(百八羅漢陣)을 구축하고 있
다. 그대가 대전에 발을 들여놓는 순간 청동 인형들이 움직여 진이 발동될
터. 그대에게 그것을 파해하는 것까지는 바라지 않는다. 그저 대전을 통과
해 다른 관문으로 가길 원할 뿐.

연자여, 부디 이 기본적인 관문을 통과하기 바란다.

—태을검선.

대전 옆 커다란 비석에 떡하니 새겨진 태을검선의 글. 수한은 그중
백팔나한진이란 말에 입이 쩍 벌어진다.

"커어억?! 백팔나한진?! 소림사의 그거?!"

절로 기가 막힐 노릇. 말이 백팔나한진이지, 그게 어디 보통 진법이
던가? 무협지상에 거의 빠진 적이 없는 천고의 절진. 한마디로 절대 깰
수 없는 무적의 절진으로 나오는 것이 소림의 백팔나한진이다. 아, 물
론 먼치킨을 지향하는 무협지상에선 그것이 종종 깨지기는 한다. 다만
문제는 그것을 깰 수 있는 위인들이 전부다 주인공급 인물들뿐이라는
것. 즉, 먼치킨 무협지상에서조차 주인공의 위상을 한껏 드높이는 소

재로 쓰일 만큼 백팔나한진은 깨기 어렵다는 의미다. 그런데 그런 절진을 나보고 깨라고? 거기다 더 기가 막힌 건, 이게 기본적인 관문이라는 대목이다. 그렇다면 다음 관문은 대체 얼마나 어렵다는 말인가?

"크아아아아~ 젠장, 무슨 놈의 기연 얻기가 이렇게 힘들어?!!"

눈앞의 관문에 절망하는 수한.

잠시 뒤, 어떤 한 남자의 절규가 동굴 안에 메아리치기 시작한다. 그리고 또 잠시 뒤, 있는 대로 고함을 쳐 속이 좀 풀린 수한. 그는 그제야 진지하게 눈앞의 관문을 두고 고민하기 시작했다. 일단 상대는 청동 인형들. 그 묵직한 중량감과 크기를 볼 때 도강(刀罡)같이 데미지가 높은 것이라면 모를까, 본인의 권강(拳罡)은 아무래도 많이 부족해 보인다.

그리고 그런 청동 인형의 개체 수는 백팔 개, 거기다 진법까지 운용한다. 이류고수들이 진법을 펼쳐도 간혹 절정고수가 쩔쩔매는 경우가 있는데, 하물며 상대는 수한보다도 강해 보이는 청동 인형들(물론 직접 싸워보지 않아 모르는 일이지만, 일단 분위기상…). 결국 정면 돌파는 정말 바보 같은 행동이란 의미다.

"크으으윽. 뭔가 좋은 방법이 없을까?"

머리를 부여잡고 열심히 고민하는 수한. 그러나 지금까지의 패턴으로 보건대 그리 좋은 생각이 떠오를 것 같진 않다. 그런데 이번엔 좀 다른 모양이다. 바로 코앞에 기연이 있다는 기대감 때문일까? 정말 기적적으로 그가 좋은 생각을 떠올렸다.

"그래, 바로 그거야!!"

수한의 머리를 강타한 아이디어. 그것은 검선이 남긴 글에 비롯된 것이다. '파해하는 것은 바라지 않는다. 그저 통과만 해다오' 그거라면 수한도 충분히 할 수 있는 일이 아닌가?

"클클클, 그렇군. 꼭 진법을 파해하거나 청동 인형과 싸울 필요가 없는 거야. 그냥 통과만 하면 그만. 그럼, 이만 가볼까?"

갑자기 자신감 만땅 상태가 된 수한. 그는 보무도 당당히 대전을 향해 발걸음을 옮긴다. 그리고 그의 발이 대전의 청석에 닿는 순간…

쿠르르릉!

일제히 움직이는 청동 인형들. 그 거대한 어깨(?)들이 움직이니 동굴 전체가 울리며 무서운 기세를 내뿜는다. 그러나 청동 인형들이 막상 수한을 둘러싸려 할 땐 이미 그의 몸은 대전을 통과한 뒤였으니… 아니, 어떻게?!

"클클클. 그래, 통.과.만. 하면 그만인 거야, 통과만. 클클클."

연신 괴소를 지으며 희희낙락하는 수한. 그렇다. 수한은 대전에 발을 들여놓는 순간, 이형환위를 극성으로 발휘, 말 그대로 대전을 그냥 통과해 버린 것이다. 미처 청동 인형이 반응하기도 전에. 태을검선조차 생각지 못한 신법의 극치. 결국 수한은 태을검선의 제1관문을 이렇게 아주 손쉽게 통.과.할. 수 있었다.

"크카카카! 자, 다음. 관문이 뭐냐? 다 상대해 준다!!"

첫 번째 관문을 쉽게 통과한 수한. 이제 자신감이 넘치다 못해 하늘을 찌른다. 이제 뭐가 나와도 자신있다는 투. 하지만 그런 자신만만한 태도도 잠시.

수한은 자신의 앞에 모습을 드러낸 '그것'들로 인해 금세 두 눈을 부릅뜨며 경악했다.

"허거걱!! 이건?!"

두 눈을 있는 대로 크게 뜨며 놀라움을 표현하는 수한. 대체 무엇이 그의 앞을 가로막기에 이리도 놀란단 말인가? 설마 삼두육비(三頭六臂)의 괴물? 그도 아니면 설마 그토록 두려워하던 옥화편제라도 나타났단 말인가? 아니, 그의 앞을 가로막고 있는 건 그런 종류의 것이 아니었다. 그것은 바로…….

"크어어억~ 보물이닷!"

…그렇다. 그건 보물들이었다. 황금은 기본이요, 사파이어, 루비, 다이아몬드, 그런 보석들이 산더미같이 쌓여 있다. 그러나 정작 그런 것은 아무것도 아니다. 이곳 세상 사람이 아닌 유저인 수한에겐 보석이란 현물 거래를 할 수 없는 잡템일 따름. 정작 수한을 놀라게 만든 건 보석 뒤에 진열되어 있는 아.이.템.들이다!!

척 보기에도 보물급인 도검(刀劍)들. 권법만을 쓰는 수한조차 한 번 만져 보고 싶은 극상의 아이템들. 하지만 그런 것들조차 이곳에선 극히 하찮은 물건일 따름. 그런 보검들 옆에 놓여 있는 청제국 양식이 아닌 기이한 형태의 물건들. 그렇다. 저 멀리 팔라스 연합 측에서나 볼 수 있는 아이템들이 그의 앞에 즐비한 게 아닌가!

중갑기마병이나 쓸 것 같은 거대한 랜스(Lance), 온갖 보석들이 덕지덕지 붙은, 일견 마법검으로 보이는 바스타드 소드(Bastard Sword). 그리고 척 보기에도 심상치 않아 보이는 찬란한 빛의 롱 보우(Long Bow) 등, 갖가지 무기들이 널려 있었다. 거기다 무기뿐만이 아닌 방어구까지 만만치 않게 구비되어 있었으니… 레더 아머(Leather Armor)는 기본이요, 심지어 전신 풀 플레이트 갑옷(Full Plate Armor)까지 있는 게 아닌가?

'NEW WORLD'의 유저들 모두 암묵적으로 인정하는 사실이 하나 있다. 스킬은 청제국, 아이템은 팔라스 연합. 즉, 스킬(무공)의 위력은 청제국 쪽에서 앞서지만 캐릭의 능력을 보조하는 아이템의 성능은 팔라스 연합 측이 월등히 앞선다는 뜻이다.

그 일례로 얼마 전 수진이 걸쳤던 아이템들을 상기해 보라(물론 그녀의 경우엔 그 아이템들이 너무 뛰어난 거지만)! 그런데 그런 대단한 아이템들이 지금 이 순간 수한의 바로 코앞에 있다! 이에 수한으로선 다리가 부들부들 떨릴 수밖에. 두려움이 아닌 감격으로 인해서 말이다!!

"크하하하하!! 고생 끝에 낙이 온다더니… 크하하하하! 이제 난 부자다!!"

대충 훑어봐도 레어 급 이상. 그런 아이템들이 수백, 아니, 수천 개에 달한다. 만약 이 모든 것을 현물 거래한다면, 수한이 마녀(?)의 곁에서 벗어나는 것은 당연지사.

돈방석에 앉는 건 어디까지나 시간문제일 따름. 그로선 당연히 두 눈이 뒤집힐 수밖에 없다.

"크카카카카카!"

땅바닥을 뒹굴거리며 연신 괴소를 터뜨리는 수한. 이전까지의 땅바닥 뒹굴기와는 다른 기쁨(?)의 뒹굴거림이었다. 그리고 그것만으론 도저히 흥분을 가라앉힐 수 없는지, 자리에서 벌떡 일어난 수한. 그는 아이템의 바다(?)에 훌쩍 몸을 날려 자신의 감격을 재차 음미하고자 했다.

마치 아주 먼 옛날 TV에 방영했던 모 만화에 돈 탑에 뛰어드는 오리―과연 누구일까?―를 회상하듯, 그렇게 칼날(?)들 위로 몸을 날리는 수한. 하긴 그의 먼치킨 HP량을 고려할 때 고작 칼침 몇 번 맞는다고 죽으랴? 지금 이 순간의 그에겐 그저 자신의 감격을 재차 음미하는 것만이 중요할 따름. 그런데! 수한이 그렇게 막 아이템의 바다에 뛰어들려는 순간, 번뜩 떠오르는 생각이 있었으니…….

이에 본 검선은 부득이 세 가지 시험을 준비했으니… 연자여, 부디 그 세 가지 시험을 통과해…….

첫 번째 관문을 통과하기 직전에 본 검선이 남긴 글. 거기엔 분명 세 가지 관문이라 하지 않았던가? 그런데 정작 수한은 이제 고작 한 개의 관문을 통과했을 뿐. 그런데 왜 벌써 옵션(?)이 나오는 거지?

막 허공에 뜬 그 찰나의 순간, 어떤 불길한 예감을 감지한 수한. 그의 몸에 소름이 돋으며 머리에 빨간 불이 들어온다.

"커어억! 설마, 이건?!"

수한의 뇌리를 스치는 엄청 불길한 그것. 이에 막 아이템들에 몸이 닿으려는 찰나, 수한의 몸이 공중에서 급속토록 선회한다. 이형환위와 신법의 극성 발동, 그리고 그 모든 스킬의 마스터, 거기에 스킬 발동어가 필요없는 수한의 특징이 이룬 기적 같은 광경. 그리고 그 결과 아이템 위가 아닌 땅바닥으로 떨어지는 수한의 몸.

철푸덕—

"끄웅~"

…멋지게 착지해 마무리를 했다면 더욱 좋았겠지만, 방금 전 상황에선 지나친 과욕이리라. 어쨌든 그의 의도대로 아이템을 건들지 않았으니 그나마 다행이지 않겠는가.

"크으으윽~ 다행이다. 일단 위기는 모면한 것 같군. 하지만……."

땅바닥에 갑자기 나뒹군 것이 아픈지 연신 허리를 문지르며 자리에서 일어난 수한. 이제 그의 눈동자에는 아이템에 대한 탁한 욕심이 아

닌 청명한 혜지만이 번뜩이지… 않고 거무칙칙한 안타까움이 넘실거
리고 있다.

"크흐흐흑, 바로 코앞에 두고 건들지도 못하다니… 크흐흐흑."

아이템들을 바라보며 연신 눈물을 떨구는 수한. 그렇다. 지금 이 상
황이야말로 '그림의 떡'이 아니고 무엇이겠는가? 그러나 수한의 무협
지 탐독 신공은 지금 상황에 맹렬히 경고하고 있다.

건들면(?) 죽는다.

결국 눈물을 뿌리며 천천히 아이템들의 바다를 지나가는 수한. 그러
나 아이템들은 끊임없이 수한을 유혹하고 있었으니…….

"커억? 무당의 태극혜검(太極慧劍)? 크억? 소림의 역근경(易筋經)?!
크아아악~ 저건 말로만 듣던 규화보전(葵花寶典)?!"

어쩐지 마지막 무공이 뭔가가 걸리긴 하지만… 어쨌든 이번엔 무수
한 무공 비급들이 수한을 유혹하기 시작한다. 그것도 일부러 무공 명
이 잘 보이도록 비급 책자가 길가에 일렬로 쭉 늘어선 모습으로 말이
다. 이에 더욱 애가 타는 수한. 무공서, 즉 스킬북은 본신능력을 향상
시키는 데다가 구하기도 힘든 탓에 일반 아이템보다 더욱 비싼 아이템
이다. 그런데 그런 스킬북이 일급도 아닌 최소 레어 급만이 길가에 널
려 있다니……. 그런 눈앞의 보물들을 그냥 지나쳐야 하는 그의 마음
은 정말 갈가리 찢기는 듯했다.

하지만! 어쩌랴? 그의 머리 속엔 계속 빨간 불이 들어와 저것들을 만
지면 즉시 캐릭 삭제라고 주장하는데. 결국 수한은 눈물을 철철 흘리
며 억지로 발걸음을 옮겨야만 했다. 그러나 역시 아까운 것은 아까운
것. 수한은 아이템을 억지로 외면하며 발악하듯 소리를 질러댔다.

"크아아아아~ 만약 옵션이 이것보다 안 좋기만 해봐라! 크흐흐

흐흑!"

시작이 있으면 그 끝도 있는 법. 수한을 끊임없이 유혹하던 아이템들도 서서히 줄어들기 시작하더니 마침내 그 모습을 감추었다. 그리고 드디어 그 밑상(?)을 드러내는 비석. 수한은 족히 열 근은 빠진 듯, 홀쭉한 얼굴로 그것을 바라봤다.

연자여, 만약 그대가 이 글을 읽고 있다면, 두 번째 관문을 통과했다는 뜻. 만약 그대가 그곳의 보물에 탐심을 느껴 그것을 만졌더라면, 보물에 묻은 무형지독(無形之毒)에 의해 그 즉시 한 줌의 독수로 녹았을 터. 그러나 그대는 그 유혹을 넘겨 이 글을 읽고 있으니, 본 진인은 그대의 정심한 마음에 심히 흡족하도다.

자, 이제 남은 관문은 단 하나. 그러나 남은 한 관문은 지금까지의 관문과는 그 차원이 다른, 너무나 힘든 시련이 될 것이다. 그러니 그대 연자여, 마음이 단단히 먹고 앞으로 나아가라.

—태을검선.

"크흐흐흑. 역시 독이 묻어 있었군. 크흐흐흑~ 그래, 그랬던 거야."

수한은 눈앞의 비석을 바라보며 자신의 선택이 옳았다고 연거푸 반복해 중얼거렸다. 그러나 아무리 자기 최면(?)을 건다고 해도, 가슴속 깊숙이 내재된 억울함과 원통함은 도저히 풀 길이 없었으니……

"크아아아아아~ 아까워~"

…잠시 동굴 안엔 한 남자의 절규가 쩌렁쩌렁 울려 퍼졌다.

"후아~ 정말 미치겠네."

수영은 한숨을 푸욱 내쉬며 연신 푸념을 늘어놓았다. 대체 어디서부터 일이 잘못되었기에 이 지경이 되었는지… 그저 나오는 건 한숨이요, 착잡한 마음뿐이다. 그러나 일단 할 일은 해야 하기에, 그리고 혹시나 하는 마음에 옵저버들의 보고를 듣기 시작하는 수영.

"그래, 그림 페이스의 위치는 파악되었나요?"

―제1조, 네거티브(Negative)입니다.

―제2조 네거티브입니다.

―제3조 마찬가집니다.

―제4…….

"하아～ 이거 참, 대체 어디로 숨어든 건지……."

모니터상에 이어지는 보고들 모두 부정적인 것뿐. 결국 수영은 다시 한숨을 내쉬며 모니터에서 물러났다. 그러자 수영의 그런 모습이 안돼 보였는지 옆에 있던 수진이 불쑥 말을 건넨다.

"아야! 인상 좀 펴라. 그러다 주름살 생길라. 언젠가 발견하겠지. 뭐～ 안 발견되면 할 수 없고."

이게 대체 위로하는 건지 복장 터지게 하는 건지… 듣는 사람으로 하여금 기분을 더욱 저하시키는 소릴 해대는 수진. 그러나 정작 수영은 슬쩍 입꼬리를 올리며 친구에게 사근사근(?)한 미소를 보냈다.

함께한 지 거의 이십 년이 다 돼가는 친구다. 그런데 어찌 그 속내를 모를까? 이것도 그녀 나름대로의 위로 방식임을. 거기다 자기 할 일을 다 내팽개치고, 표적이 포착되길 기다린다고 이곳에서 합숙(?)까지 하는 친구다. 그런데 어찌 그런 친구에게 쓴소리를 할 수 있겠는가. 그저 약간 즈려 밟을 필요를 느낄 뿐이다.

"하아～ 그래, 잘되겠지. 그나저나 수진아, 네 남자 감별법이 틀린 모양이다?"

"엥? 잘 나가다 왜 난데없이 내 다릴 긁냐?"

수영이 은근히 실눈을 뜨며 수진을 압박하자 수진이 순간 당황해 버렸다. 일부러 모른 척은 하고 있지만, 수영의 말을 모르려야 모를 수 없는 그녀다. 그림 페이스를 가장 근접해서 관찰한 뒤 그에 대한 평가를 했던 사람이, 그 누구도 아닌 그녀 자신이 아닌가? 그리고 그녀의 안목을 믿었던 수영은 그런 판단을 기초로 하여 지금의 척살 계획 이전 '다크 스카이 체인지' 라는 계획을 세웠고, 결국 지금의 상황이 연출된 것이다. 그러니 조금 과장해서 말하자면, 지금 불상사의 시초는 수진이라고도 볼 수 있을 터. 거기다 얼마 전 그녀는 그렇게 주의를 듣고도 잠깐의 방심으로 인해 그림 페이스를 놓친 전력까지 있다. 그리고 그 덕에 지금은 그림 페이스의 종적을 도저히 찾을 수 없는 상황. 결국 그 책임을 통감한 그녀가 이렇게 합숙까지 하며 그림 페이스가 다시 나타나길 기다리는 것이 아니겠는가?

한편 수진이 당황하는 모습을 보이자 수영은 불현듯 장난기가 발동한다. 왠지 이번 기회를 잘 활용하면 두고두고 편해질 것 같은 예감. 때문에 좀 더 공격의 강도를 높이는 수영.

"지금까지 입은 피해를 확인해 보니, 자그마치 153개의 문파가 봉문당했더군. 아, 물론 그중엔 완전히 멸문한 곳도 있고. 게다가 이젠 주위 시선조차 신경 쓰지 않는지 아예 폭주를 하고 있지. 말 그대로 폭주를. 바로 네가 그렇게 다루기 쉬울 거라던 그림 페이스가 말이야."

"커어억!"

수영의 말에 가슴을 부여잡으며 비틀거리는 수진. 그러나 수영은 아직 배가 부르지 않는 모양이다.

"그런 폭주 덕에 옵저버들의 정보 차단은 이미 물 건너갔어. 아니, 한참 전에 소문이 날 대로 났지. 이미 청제국 전체가 그림 페이스 때문에 들썩이고 있어. 그런데 정작 그림 페이스는 그 종적이 묘연하지. 그것도 무려 두 달 가까이!! 큭, 거기다 그런 말도 안 되는 신법이 있을 줄이야……. 이전 천마혈존을 능가하는 초장거리 이동에다 그 빠르기라니… 그런데 그런 마당에 언젠가 발견하겠지~? 안 발견되면 할 수 없고~?"

"커어억!"

수영의 연타에 재차 비틀거리는 수진. 이에 수영은 손으로 브이 자를 만들며, 'I Win'을 선언한다.

그 모습이 띠거워서일까? 비틀거리는 와중에도 화가 난 수진. 결국 그녀는 가슴에 담고 있던 비밀을 말하고야 말았다.

"으으윽! 꼭 내가 잘못 본 것도 아니라고! 그 녀석 날 보고 '수진 누나'라고 불렀단 말이야. 그러니까 적어도 내 취향의 미소년들 중 하나……."

"뭣?! 그걸 왜 지금에서야 말해?!!"

수진의 갑작스런 말에 수영은 자리에서 벌떡 일어났다. 그런 결정적인 정보를 왜 지금에서야 말해 사람 당황하게 만든단 말인가! 현재 용의자로 지목된 사람은 어디까지 회사 내 간부들뿐. 그러니 그중에서 수진과 안면이 있는 사람만 솎아내도 충분히 그 범인을 찾을 수…….

"가만, 그렇다면?!!"

순간 수영의 머리에 번득 스치는 생각. 수진을 '누나'라고 부른다. 그리고 회사 전용 게임 캡슐룸을 가지고 있다. 그 두 가지 사실의 접점, 그런 사람이 흔할 리 없다. 아니, 오직 단 한 명만이 있을 뿐이다.

"으아아! 왜 그걸 이제야 말하는 거야?!"

"아니, 난 어디까지 확실하지 않은 정보이기에……."

수영이 재차 괴성을 지르며 발작하자 수진의 몸이 다시 쪼그라들며 변명한다. 하지만 이미 수영의 귀엔 그녀의 말이 들리지 않는 상태. 바로 코앞에 범인을 두고도 전전긍긍하고 있었다니……. 그나저나 감히 날 속여?! 뭔가를 떠올린 수영.

순간 그녀의 눈에서 불길이 치솟았고, 동시에 수진에게 버럭 소리를 내지른다.

"수진아! 조교용(?) 도구 전.부. 챙겨!! 그리고 빨리 우리 집으로 와! 난 먼저 가서 기다릴 테니!"

"에? 그게 무슨… 아아~ 알겠어."

반문하자마자 바로 고리눈을 치켜뜨며 노려보는 시퍼런 서슬에 바로 꼬리를 마는 수진. 그렇게 만족스런(?) 반응을 보이자 수영은 그제야 몇몇 기자재를 챙긴 뒤 사무실에서 뛰쳐나간다. 그리고 정신없이 주차장을 향해 달려가는 수영. 간혹 몇몇 사람이 그녀에게 아는 척을 하지만, 그녀는 본체만체 정신없이 내달릴 따름. 그리고 마침내 자동차에 올라탄 그녀는 자동차에 올라타자마자 바로 시동을 걸더니 그대로 쾌속질주를 시작했다.

부르르릉─ 우우우우웅!

속도 위반을 넘어 자살 지망생의 속도를 구현하는 수영의 자동차. 그러나 그녀의 솔직한 심정은 이 정도로도 부족하다. 만약 게임상의 텔레포트를 사용할 수 있다면 당장 그걸 쓰고 싶은 심정.

더 빨리, 더 빨리!!

그런 조급한 마음 탓일까? 자동차 속도는 더욱더 높아졌고, 결국 자동차는 평상시보다도 배나 빠르게 집에 도착했다.

벌컥!

집에 도착하자마자 수한의 방으로 박차고 들어간 수영. 그런 그녀의 눈에 얌전히 게임 캡슐룸에 누워 있는 수한의 모습이 띄었으니…….

그런 그의 모습에 수영의 입가에 잔인한 미소가 그려진다.

"크크크. 그래, 정말 잘됐군. 이 참에 아예 확인을 할 수 있으니."

뭔가 심상치 않는 분위기가 흐른 뒤 수영은 그녀가 들고 왔던 소형 모니터 장치와 게임 캡슐룸을 연결했다. 그러자 모니터상에 뜨는 비밀번호를 묻는 문구. 그러나 수한에 대해 모르는 것이 없는 수영은 거침없이 자판을 누를 따름이다.

"클클, 예전부터 비밀번호 센스를 바꾸라고 했건만… 늘 같은 번호만 고수하면 이런 일도 당한단다, 수한아. 클클클."

그런 그녀의 장담대로 이내 캐릭 정보 시스템에 침입한 수영. 수진의 게임 캡슐룸에서의 조사처럼 순식간에 그 정보를 훑어본다. 그리고 잠시 두, 모니터상에 나타나는 수한의 캐릭 정보에 그녀의 입이 절로 벌어진다.

"정말 필멸자였구나!! 거기다 이런 말도 안 되는 스탯이라니!! 이 녀석, 대체 무슨 짓을 했길래…….."

눈앞에 뜬 먼치킨 수치에 경악을 금치 못하는 수영. 그래도 설마 했는데 사실이었다니… 거기다 동생이 필멸자란 사실만으로도 놀라운데 이런 먼치킨 캐릭까지 만든 줄이야……. 그 내용을 보건대, 이전 수진이 말했던 아무리 죽여도 죽지 않는 캐릭이라는 말이 절로 수긍이 갈 지경. 하지만 그런 경악도 잠시뿐이었다. 수영은 이내 더욱 사악한 미소를 ㅈ으며 두 눈을 번뜩이기 시작한다.

"크크크. 좋아, 좋아, 아주 좋아. 이렇게 된 이상 내가 제대로 활용(?)해 주지. …그나저나 외모는 왜 이따위로 만든 거야?"

수한의 먼치킨 능력치에 아주 만족하는 수영. 그러나 그런 그녀도 그 외모만은 받아들일 수 없는 모양이다. 하긴 예전부터 수한의 외모에 지대한 관심을 가졌던 그녀로선 그것이 지극히 당연한 반응. 수영에게 수한이 어디 보통 동생이던가?

수영이 자신의 동생, 수한의 무한한 잠재력(?)을 처음으로 깨달았던 것은 지금으로부터 약 십 년 전 수영이 열다섯 살, 그리고 수한이 열 살 때였다.

당시 그 어린 나이에도 불구하고 귀여운 외모로 주위의 관심과 귀여움을 독차지하던 수한. 이에 일말의 질투를 느낀 수영은 수한을 골탕 먹일 요량으로 자신의 옷을 억지로 수한에게 입혀 놀려주려 했었다. 그런데! 이럴 수가! 여자 옷을 입은 수한의 자태에서는 이미 아이의 경지를 넘어선 그 무언가가(?) 느껴지는 것이 아닌가?

수한의 아리따운 자태에 넋이 나간 수영. 어색한 여자 옷에 울음을 터뜨리고 있던 수한이었건만, 그녀의 눈에는 그런 소소한 일은 비치지 않았다. 그저 새로운 장난감, 일 대 일 비율의 거대 인형을 발견했다고 크게 좋아했을 뿐.

그리고 그로부터 2년. 그 긴 시간 동안 수한은 수영의 온갖 협박 속에 거의 여자 옷만 입고 지내는 신세가 되었다. 프릴이 덕지덕지 달린 치마에서부터 심지어 여중생의 교복까지. 수한으로서는 무한한 인내와 굴욕의 시간을 보내야만 했다. 하.지.만. 그의 진정한 불행은 이때부터가 본격적인 시작이었다.

수영의 나이 17세. 슬슬 사춘기 소녀로서 이성에 대한 호기심과 부푼 가슴으로 인한 분홍빛 배경이 보일 시기. 그러나 그녀에겐 자신이 범인들과 너무나 다른 존재임을 증명하는 시기였다.

다른 또래의 소녀들이 야오이 소설과 할리퀸 소설로 한창 마음의 양식을 쌓으며, 아이돌 가수의 뒤를 쫓으며 한창 다리품을 팔고 있을 때! 그녀는 나이에 걸맞지 않게 돈맛을 알게 된 것이다.

5년 전, 갑작스런 부모님의 교통사고와 죽음. 그러나 그들 오누이에게 남겨진 집과 보험금, 그리고 친척들의 도움으로 아무 탈 없이 커왔던 수영과 수한이다. 하지만 그런 친척들의 도움과 통장의 돈에도 한계가 있는 법. 수영은 슬슬 위기감을 느끼기 시작했고, 그래서 더욱 악착스러워질 수밖에 없었다.

아직 자신은 미성년자이며 학업을 계속해야 하니 직장은 무리다. 대신 아직 남아 있는 목돈으로 뭔가를 해야 한다. 이에 결국 돈이 곧 힘이다! 란 구호를 외치며, 주변에서 열심히 투자 재료(?)를 찾기 시작한 수영. 그런 살기등등한 그녀의 눈에 수한이 띈 것은 그에겐 너무나 큰 불행이었다.

이미 수영에 의해 인형으로서 삶을 살고 있던 수한. 그는 그때부터 그의 누나에 의해 사업 도구로 이용되어졌던 것이다!

이미 2년간의 시간 동안 여자 옷에 익숙해질 대로 익숙해진 열두 살의 수한. 그는 수영의 철저한 관리(?)로 인해 은근히 색기마저 풍기는 아리따운 여아(?)로 성장해 있었다. 그리고 그런 수한의 가치를 누구보다 잘 알고 있던 수영. 그녀는 수한의 여장 사진집 '귀여움의 극치, 12세 소녀의 아리따운 자태'를 그녀만의 음성적인 루트로 세상에 뿌리기 시작했다.

로리 특수를 노린 수영의 안목과 수한의 살인적인 귀여움. 한창 로리마교 열풍으로 세상이 떠들썩하던 당시로선 그야말로 대박 중의 대박이었다. 그리고 그 후 3년간 벌어들인 수익이 어느 정도인지는 오직 수영만이 알겠지만… 고작 17세 소녀이던 그녀가 당시 다이아 핸드폰 줄과 함께 악어 가죽 책가방을 가진 여고생이었다는 것만 알아두길.

하지만 수영이 고작 그 정도에 만족할 리 없었다. 수영은 수한의 상품성을 높이기 위해 한층 더 수한을 관리하기 시작했다. 머리는 매일 트리트먼트 마사지에 스타일링을, 피부는 일주일에 세 번 이상 미백 마사지와 팩을, 치아 역시 아주 고른 모양을 내기 위해 조금 돈을 투자했고, 혹 살찌거나 너무 마르는 것을 막기 위해 철저한 칼로리 식단에 30여 가지에 달하는 영양제와 한약을 매 끼니 때마다 수한에게 먹였다.

단! 운동은 혹여 근육이 생길 우려로 일절 시키지 않는 철저함까지.

그런 피나는 노력으로 인해 더욱 큰 돈 수레를 끌기 시작하던 수영. 하지만 메뚜기도 제철이란 말이 있다. 아무리 수한이 귀엽고 여자 아이 같다고는 하나, 나이를 먹어감에 따라 언젠가 그 상품성이 떨어지는 것은 당연한 이치. 때문에 수영은 이내 새로운 판로 개척에 열을 올렸다. 비록 이전에 비해 그 수익은 줄어들겠지만, 아주 오랜 시간 우려먹을 수 있는 바로 '그것' !!

이에 수영은 동생에게 각종 야오이 소설들을 주입하기 시작했다. 때마침 수한은 그녀의 철저한 관리로 인해 한창 만개(?)하던 절정의 시기. 당시 곧 고등학생이 될 사내아이였음에도 살결은 새하얗고 피부는 매끈매끈, 엄청 크고 촉촉한 눈동자를 지닌 동안 중의 동안, 거기다 결정적으로 그녀의 조교(?) 덕에 얼굴엔 늘 겁먹은 강아지 같은 표정이었으니…….

결국 수영의 그런 생각으로 인해, 수한의 몸은 단순히 수한 개인의 것이 아닌 전국 백만 야오이 동호회의 자산이 되어갔다. 거기다 특히 수진의 적극적인 원조와 도움으로 인해 그 계획은 더욱 구체화되어 갔으니… 수한은 자신도 모르는 사이, 성 정체성에 큰 위기를 맞이할 뻔한 상황. 그러나 하늘은 수한을 버리지 않았다.

지금으로부터 5년 전, 수한의 미래를 결정지을 바로 그 결정적인 순간에 수영의 앞에 나타난 'Four Children'의 멤버. 이에 수영은 그들을 통해 처음으로 자신의 인생을 걸 그 무언인가를 발견했고, 자연 그녀는 수한에게서 멀어질 수밖에 없었다. 그리고 그로 인해 절체절명의 위기, 아니, 누나의 마수에서 벗어나게 된 수한.

하지만! 아무리 수영이 수한에게서 멀어졌다고는 하나, 그녀가 수한의 외모에 지대한 관심을 가지고 있다는 건 변함없는 사실. 그것은 지금도 마찬가지다. 특히 옆에서 수진이 끊임없이 지원 사격까지 하는 상황이기에 더 더욱 그럴 수밖에 없었다. 그런데 그렇게 수영이 두 눈을 시퍼렇게 뜨고 있는데, 수한이 지금 탈선(?)을 한 게 아닌가!

그런 신이 내린 축복을 지닌 채, 감히 게임상이라지만 이따위로 외모를 바꿔?! 하늘이 용서하고 땅이 묵인해도 내가 용납 못한다!!

"크크크. 그래, 내가 너무 많이 풀어줬던 거야. 역시 사흘에 한 번씩은 바싹 조여줬어야 했는데… 크크크크크."

무섭다, 정말 무섭다. 어찌 인간의 형상을 가진 채 이런 기운을 풍길 수 있단 말인가? 방 안의 온도가 순간 몇십 도가 내려간 듯 혹한의 냉기만이 느껴지고, 지옥 밑바닥에서 악귀들이 기어 나와 춤을 추고 있었다. 그리고 그 중심에 있는 악귀들의 여왕 수영.

"크크크크, 어디 보자. 조교는 이따 수진이 오면 될 테고… 일단 어디 숨어 있길래 우리가 못 찾았는지 한번 볼까나?"

대체 무엇을 생각하는지, 연신 섬뜩한 미소를 짓는 수영. 그녀는 열심히 자판을 두들겨 수한의 정보를 재차 훑어보기 시작했다. 현재 수한이 쓰는 게임 캡슐룸은 회사 전용이기에 그 기능상 직접 접속이 가능하다. 덕분에 수영은 수한이 보고 듣는 것을 실시간으로 볼 수 있었다.

타타타탁— 탁!

띠링.

자판의 엔터키를 침과 동시에 모니터에 뜨기 시작하는 동영상과 그에 따른 정보창. 순간 수영의 안색이 크게 변했다.

"…태을검선? 뭐, 태을검선의 심득?!"

동영상에 뜬 검선동의 모습과 그에 따른 정보들. 수영은 늘 찾아 헤매던 태을검선의 종적을 이런 식으로 발견했다는 사실에 잠시 황당해졌다. 왜 난데없이 태을검선이란 이름이 여기서 나온단 말인가? 거기다 그의 마지막 심득이라고?

"설마… 태을검선이 '그걸' 했단 말인가? 그래서 모습을 감춘 거고?"

혹시나 하던 생각이 사실로 드러나자 순간 망연자실해진 수영. 하긴 은연중에 위안이 되던 최강의 패가 덧없이 사라져 버렸으니 그녀로선 그럴 수밖에 없었다. 그러나 이내 어떤 사실을 떠올리자 그녀의 손이 재차 바삐 움직이기 시작한다.

타타타타탁.

현재 수한의 능력치와 무공의 숙련도, 그리고 태을검선이 남겼을 심득의 내용. 그 모든 것을 고려해 이루어진 어떤 가정…….

탁!

띠링.

"<u>크크크크크크큭</u>."

가벼운 기계음과 함께 모니터에 뜬 어떤 사실들. 그것을 본 수영은 도저히 웃음을 참을 수 없다는 듯 연신 큭큭거린다. 대체 그 내용이 무엇이길래…….

"이걸 보고 일석이조(一石二鳥)라고 하는 건가? 어차피 한 번은 로그아웃을 할 터. 잘 타이르면 알아서 수정하겠군. 거기다 소수마제를 상대하는 데 도움이고 뭐고 다 필요없겠어. 아니, 어쩌면 태을검선을 대신할 전력이 생겼다고 할까? 크크크크."

두 눈이 뭔가로 번들거리는 가운데 재차 웃음을 터뜨리는 수영. 마치 도저히 웃음을 참을 수 없다는 듯 연신 큭큭거린다. 그리고 그 번들거리는 눈으로 게임 캡슐룸 안의 수한을 바라보는 수영.

"크크크크. 수한아, 어서 나오렴. 이 누나가 기다리고 있잖니? 크크크크."

먹잇감을 코앞에 둔 뱀마냥 사기(邪氣)로 번들거리는 수영의 눈. 순간 수한-의 몸이 움찔한다.

魔畵傳說
Dark Legend
Legend 8
환골탈태를 하다

Legend Of Dark
환골탈태를 하다

“엣취~ 감긴가? 왜 갑자기 한기가 느껴지지?”

게임상에서 도저히 일어날 수 없는 현상에 수한은 연신 고개를 갸웃거렸다. 가상현실상에서 감기라니… 독 중독이나 저주 등의 상태라면 모를까, 황당하기 그지없는 생각이다. 그러나 수한은 정말로 오한이 드는지 연신 부들부들 떨고 있다. …왜 그런지는 설명하지 않겠다. 그리고 수한 역시 그런 사소한 일은 신경 쓰지 않겠다는 듯, 이내 말을 돌렸다.

“하아~ 이제 마지막 관문만 통과하면 드디어… 그런데 왠지 좀 이상한데?”

두 번째 관문을 통과한 이후, 아무런 방해 없이 편안히 안으로 들어가던 수한. 그는 불현듯 뭔가 이상함을 느꼈다. 두 번째 관문을 통과한 지 10여 분이 지났건만 아무런 방해가 없다? 이제 슬슬 뭔가 나와도 진작 나왔어야 할 시간인데? 매도 빨리 맞는 게 낫다고, 괜히 이렇게 시간을 끄니 왠지 더욱 불안해지는 수한이다.

"거참, 역시 마지막 관문이라 뭔가 달라도 다르단 건가? 크흠~ 조심해야겠어."

마음속 깊숙한 곳까지 침습하는 불안감에 수한의 발걸음은 조금씩 무거워져 갔다. 그러나 그로부터 다시 10여 분이 흐른 뒤에도 여전히 천장의 야광주만이 그를 반기고 있다.

"이게 뭐야? 혹시 이거 인내심 시험하는 관문인가? 그렇다면 어디……."

통로에 아무런 변화가 없자 결국 수한은 신법을 운용해 빠른 속도로 나아가기 시작했다. 그리고 그렇게 다시 10여 분.

"어라? 이것 봐라?"

비록 수한이 전력을 다한 것은 아니지만, 그렇다고 그 속도가 느린 것도 아니었다. 신법을 운용한 채 10여 분을 갔으니 제법 먼 거리를 이동한 셈. 그런데 정작 통로엔 아무런 변화가…….

"억! 가만, 변화가 없어?"

수한은 그제야 자신이 처한 상황을 제대로 파악할 수 있었다. 가만히 주위를 살펴보니, 전부 다 방금 전 봤던 풍경들. 아무리 인위적으로 가공된 동굴 안이라고 해도 이렇게까지 똑같은 광경이 계속 이어질 리가 없다. 즉, 그는 지금까지 계속 제자리에서 맴돌고 있었던 것이다.

"큭, 이번엔 진법(陣法)이란 건가?"

수한의 얼굴에 금세 당혹감이 떠오른다. 설마 말로만 듣던 진법이라니……. 음양(陰陽)이니, 팔괘(八卦)니 하는 말에 머리가 절로 지끈거리는 그로선 무협지에서 진법에 관한 얘기가 나오면 바로바로 넘겼던 전력까지 있다. 그러한 그에게 지금 상황은 정말 최악의 것. 당최 뭘 알아야 대응을 할 게 아닌가.

"아, 젠장. 이 경우 어떻게 빠져나가더라? 대부분 이런 상황이면 옆에서 머리 좋은 녀석들이 보조하던데… 지금 난 혼자잖아."

수한은 불현듯 전삼의 존재가 너무나 아쉬웠다. 물론 전삼이 진법에 달통하다는 의미가 아니다. 그저 그와 같이 머리 좋은 사람이라면 진법에 대해 문외한이라도 뭔가 그럴듯한 대응책을 마련할 터. 역시 이런 순간엔 머리를 굴릴 줄 아는 사람이 절실히 필요해진다.

"크윽! 어떡한다? 적어도 안으로 들어가는 건 무리인 듯하고… 결국 다시 나가서 진법 책이라도 구해 공부해야 되나?"

이제 이 마지막 관문만 통과하면 태을검선이 남긴 옵션을 취할 수 있는데…… 그러나 현재 그의 능력으론 도저히 통과가 불가능한 상황. 결국 수한은 아쉬움을 뒤로 한 채 돌아설 수밖에 없었다. 그런데! 이게 또 웬일인가?!

"컥! 돌아갈 수도 없다는 거냐?"

족히 10여 분을 전력으로 신법을 운용했지만, 방금 전에 봤던 두 번째 관문이 보이지 않는다. 즉, 되돌아가는 것이 불가능하다는 의미. 수한에겐 어처구니없는 상황이지만, 일단 그는 진법에 완전히 갇힌 듯 보였다. 그리고 그런 상황을 제대로 파악하는 순간, 수한은 끔찍한 공포에 휩싸였다.

"커어억! 안 돼!!"

지나친 두려움에 부들부들 떨기까지 하는 수한. 그러나 현재 그의 뇌리를 가득 채운 건 폐쇄 공포니 뭐니 하는 그런 종류의 두려움이 아니었다. 지금 이 순간 수한이 두려워하는 건 바로 아사(餓死)에 대한 공

포. 게임 초반에 겪었던 그 지독한 배고픔과 굴욕감. 그 당시엔 ‘구걸
하기’ 라는 필살기로 간신히 위기를 넘겼지만, 이곳은 그조차 통용되지
않는 장소다. 즉, 이대로 진법에 갇힐 경우 게임을 접지 않는 한 그런
고통을 다시 한 번 느껴야 한다는 의미.

“안 돼!! 여기서 벗어나야 돼!!”

콰릉! 콰릉!

고작 굶는다는 데 왜 그리 난리냐며 남들이 알면 비웃을지 모르지만,
수한에겐 너무나 절실한 문제다. 이에 연달아 권강을 날리며 이 상황
을 타개하려는 수한. 물론 진법의 구성원을 파괴해 진법을 벗어나겠다
는 고등적 생각의 발로가 아닌, 두려움에 미쳐 본능적으로 그런 짓을
하는 것뿐이다. 그리고… 그 덕에 그를 가둔 진법은 본격적으로 발동
되어졌다.

“에? 이게 뭐야?”

권강을 연달아 날렸지만 정작 동굴 벽은 멀쩡했고, 도리어 안개가
자욱이 깔리기 시작한다.

이에 크게 당황하는 수한. 왜 이리 자신은 하는 일마다 안 풀리는
지… 절로 탄식이 흘러나온다. 그러나 안개는 그런 그의 탄식에도 불
구하고 전혀 사정을 봐주지 않은 채 금세 주위를 한 치 앞도 구분할 수
없게 만들었으니… 결국 수한이 할 수 있는 일은 멍하니 있는 것뿐.

역시 잘 모르는 상황에선 함부로 행동했다간 이런 결과를 초래한다.

“뭐야, 이거? 젠장, 무슨 놈의 기연 얻기가 이렇게 힘든 거야?”

그런 기연조차 얻지 못한 일반인들이 들으면 절로 욕설이 터질 만한
망발을 하며 연신 투덜거리는 수한. 진법에 갇혔다는 압박감과 시야까
지 제약받는다는 두려움에 이 상황의 원인인 태을검선을 욕하고 있다.

그러자 그 순간, 태을검선이 정말 화가 났는지 진법의 또 다른 공능이 드러나기 시작한다.

"에, 정말. 훅훅, 이따위로… 훅훅, 에? 왜 갑자기 숨이 가빠지는 거지? 거기다 왠지 더운 것 같기도 하고…….."

왠지 얼굴이 상기되고 몸이 뜨거워진 느낌. 그리고 입에선 연신 더운 김이 나오고 있다. 거기다 머리 속으론 왜 이렇게 자꾸 이상야릇한 상상이…….

"어어어어? 이거 왜 이래? 이거?"

갑작스런 신체 변화에 당황하는 수한. 그리고 그런 그의 앞에 안개를 헤치며 일단의 무리가 그 모습을 드러내기 시작했다.

"허걱? 웬 바니걸들?"

그렇다. 수한의 정면에 등장한 인영들은 아슬아슬한 차림을 한 바니걸들. 전부 다 쭉쭉빵빵에 한 미모를 하는 여자들뿐이다. 그러나 수한을 놀라게 할 등장 인물들은 이제부터가 시작이었으니… 그 바니걸들 뒤로 계속 이어지는 이상야릇한 차림의 미인들.

"헉? 스튜어디스? 억? 간호사?"

…왜 전문 직종 여성들의 옷차림이 이상야릇한지는 상상에 맡기겠다. 어쨌든 수한의 앞에선 뭔가 므흣한 기분이 드는 광경들이 계속 연출된다. 그리고 마침내 그 절정에 도달한 듯, 한층 더 뜨거워진(?) 분위기에 오늘의 하이라이트!!

"헉? 저건 또 뭐야?"

여인네들의 군무가 끝난 뒤, 갑자기 홀로 그 모습을 드러낸 여인. 지금까지의 여자들보다 훨씬 더 민망한 차림을 한 주제에 얼굴은 특이하게 나비 가면으로 가리고 있다. 거기다 지금까지는 단지 예고였다는 듯 아주 노골적인 유혹의 자세를 취했으니… 그러자 이미 어느 정도 패턴을 이해한 수한은 눈앞의 이 여자가 바로 메인 메뉴(?)임을 간파할 수 있었다.

"꿀꺽."

왜 이리도 침이 꿀떡꿀떡 삼켜지는지… 수한은 자신의 현재 상황을 까맣게 잊은 채 멍하니 눈앞의 여자를 바라봤다. 여자 손목조차 제대로 잡아보지 못한 그에겐 도저히 눈을 뗄 수 없는 광경. 하긴 수영과 수진의 모종의 조치로 인해 인터넷상의 야동조차 보지 못한 그에겐 지금의 상황은 너무나 충격적일 수밖에 없다. 그리고 그런 수한의 기대에 부응하기 위해서일까? 그나마 입고 있던 천 조각마저 벗어 던지는 여인. 순간 수한의 눈이 화등잔만하게 커진다. 이에 마침내 한 발 한 발 여인에게 다가가기 시작하는 수한.

그러나 그의 손이 막 여인의 몸에 닿으려는 결정적인 순간! 수한 앞의 스트립걸(?)이 더 이상 벗을 게 없어 얼굴에 쓴 가면을 벗어 던진다. 순간 수한의 뜨겁던 피가 순식간에 차디차게 식어버렸으니…….

"케엑!! 수진 누나?!"

그렇다. 수한의 앞에 있던 여인의 얼굴은 바로 그가 그토록 두려워 마지않는 수진의 얼굴. 자연 욕정이고 뭐고 순식간에 만 리 밖으로 날아가 버린다. 이에 여자에게 다가가던 수한은 더 빠른 속도로 뒤로 물러났으니… 바로 그 순간! 자취를 감추는 기쁨조(?) 부대와 안개, 그리고 그의 정면에 그 모습을 드러난 거대한 비석.

연자여, 마지막 관문을 통과한 것을 축하한다. 방금 전까지 그대를 괴롭혔던 것들은 모두 천상미궁환락진(天上迷宮歡樂陣)이란 상고의 기진에 인한 조화.

진의 특징상 그대는 도저히 벗어날 수 없는 미궁에 빠진 느낌을 받았을 것이다. 그러나 그대의 강한 의지로 그 압박을 견딘 채 가만히 있었다면 진은 자동으로 걷혔을 터. 그 덕에 지금 이 자리에 그대가 있을 수 있는 것이다.

혹 그대가 조급한 마음으로 진을 건드렸다면 그 즉시 진의 환락진이 발동돼 그대가 가장 이상형으로 여기는 여성이 그대를 유혹했을 터. 그 유혹을 뿌리치고 진을 빠져나오는 것은 거의 불가능…….

"커어억?! 뭐라고?! 이상형?!"

태을검선이 남긴 글을 조합하건대, 방금 전 시험은 어디까지 흔들림 없는 강한 인내심을 시험하는 내용인 모양이다. 그런데 정작 수한이 진을 발동시키고 또 어처구니없이 그것에서 빠져나왔으니… 만약 태을검선이 이 사실을 안다면 대체 무슨 말을 할까? 그러나 수한에겐 그런 사실은 아무런 의미도 없는 것일 따름. 그의 뇌리에는 그저 '이상형' 이란 단어만이 메아리치고 있다. 설마 수진 누나가 내 이상형?!

"크아아아아~ 거짓말이야!!"

결국 수한은 자기 자신을 부정하며 절규할 수밖에 없었다.

"흑흑, 그럴 리 없어. 절대 그럴 리 없다고……."

동굴 한쪽 구석에서 끊임없이 뭐라 중얼거리며 땅바닥에 기하학적 문양을 그리는 남자.

…당연한 이야기겠지만, 이 글의 주인공인 수한이다. 태을검선의 마지막 관문으로 인해, 자신의 내밀한 어둠(?)을 발견한 그는 이렇게 현

실 도피를 하고 있었던 것이다.

세상에, 어디 여자가 없어 수진 누나가 자신의 이상형이란 말인가? 난 어디까지 귀엽고, 깜찍하고, 내 말 잘 듣고, 채찍질 잘하는… 허걱! 내가 무슨 소릴?! 재차 깨달은 자신의 정체성에 더욱 고개를 숙이는 수한. 그러나 언제까지 절망만 할 순 없다.

"크윽~ 어서 독립을 해야 돼. 더 이상 세뇌당했다가는 내가 어떻게 될지도 몰라."

불현듯 자신의 입장을 되새긴 수한. 그는 무너져 내리는 자기 자신을 간신히 추스르며 다시 한 번 눈앞의 비석을 노려봤다. 지금 이 게임을 시작한 목적이 무엇이던가? 바로 독립을 위한 자금 확보가 아니던가? 그러니 더욱 열심히 게임에 임해 돈을 벌어야 한다! 그러기 위해선 반드시! 반드시 태을검선의 심득, 아니, 옵션이 필요하다!

"크흠~ 일단 관문을 다 통과했단 말이지? 그럼 이제 드디어……."

방금 전에 대충 읽어보았던 비석의 글을 재차 확인한 수한. 그는 그제야 자신이 모든 관문을 통과했음을 실감할 수 있었다. 그렇다면 이제 남은 건 태을검선이 남긴 것을 습득하는 것뿐. 이에 수한은 힘차게 자리를 박차고 일어나 앞으로 걸어가기 시작했다. 물론 금세 빈혈 환자마냥 흐느적거리기 시작했지만. 역시 태을검선의 세 관문, 특히 마지막 관문에서의 타격이 너무 컸던 모양. 그러나 어쨌든 수한은 나름대로 열심히 앞으로 나아갔고, 그런 그의 앞에 마침내 거대한 대전이 그 모습을 드러냈다.

반경이 족히 백여 미터는 될 듯한 거대한 공간. 그 뒤로 더 이상 길이 없는 것을 볼 때, 이곳이 마지막 종착지임을 알 수 있었다. 그리고 그 중앙에 있는 거대한 단 위, 청수한 인상의 노인이 곱게(?) 가부좌를 튼 채 앉아 있었다. 왠지 전형적인 무협지상의 한 광경을 보는 듯.

"허? 역시 무협지상의 패턴을 그대로 답습하는 건가?"

수한은 대전 안으로 서서히 발걸음을 옮기며 주위를 휘휘 둘러보기 시작했다. 그러나 아무리 둘러봐도 수북이 쌓인 보물 같은 것은 보이지 않고 텅 빈 공간만이 있을 뿐. 있는 것이라곤 오직 중앙의 노인밖에 없었다.

"쯧, 이렇게까지 낭비(?)를 하다니… 고작 시신 한 구와 비급 하나에 무슨 놈의 공간을 이렇게 넓게 책정한 거야? 생각보다 허례허식이 지나친 인물이군, 검선은."

연신 투덜거리며 태을검선으로 추정되는 노인에게 걸어가는 수한. 아무래도 세 가지 관문으로 인해 나름대로 쌓인 것이 많은 듯. 그러나 태을검선의 옵션을 취하기 위해선 일단 그 유일한 단서인 검선의 시신에게 다가갈 수밖에 없었다.

그렇기 서너 계단을 올라 마침내 단 위로 올라선 수한. 그는 순간 자신의 정면, 돌단 바닥에 일필휘지로 새겨진 글을 발견했다.

심득을 취해 겁난(劫亂)으로부터 세상을 구원하라.

—태을검선.

"헐헐헐. 거참, 엄청 걱정 많은 노인네네. 여기도 겁난, 저기도 겁난… 우화등선(羽化登仙)까지 했으면서도 끝까지 세상을 걱정하다니… 그렇게 걱정이 되면 자기가… 가만……."

태을검선이 남긴 글을 보며 한참 비웃음을 터뜨리던 수한. 순간 어떤 생각이 떠오르자 등골이 오싹해졌다. 시신이 남아 있다? 'NEW

WORLD' 설정상 죽은 뒤 30분이 지나면 그것이 유저이든 NPC이든 그 시신은 무조건적으로 세상에 환원된다. 즉, 시신이 절대 존재할 리 없다는 뜻. 그럼 내 앞에 있는 이건 대체 뭐지?

끼기긱—

기름칠 덜된 로봇의 머리마냥 천천히 부자연스럽게 돌아가는 수한의 얼굴. 그리고 그런 그의 앞에 있는 검선의 시신, 아니, 시신으로 추정되는 그 무엇. 왠지 아주 불길한 예감이 드는 건 왜 일까?

혹시 이 시신같이 생긴 게 벌떡 일어나 자신이 최후의 관문이라 주장하는 건 아닐까? 무슨 던전의 보스 몹처럼 말이다. 그도 아니면 이 시신이 태을검선 본인으로서 지금까지 일은 그냥 장난이었다고 말한다거나… 아니, 최악의 상황엔 자신의 투덜거리는 모습을 보고 검선(劍仙)씩이나 되는 자가 본신의 무공으로 자신을 공격한다거나…….

"꿀걱."

수한은 떨리는 몸을 억지로 진정시키며 천천히 시신을 향해 다가갔다. 설마… 아니겠지? 그러나 자꾸 불길한 예감이 드는 건 어쩔 수 없다. 그래도 혹시나 하는 마음에 슬쩍 시신을 건드리는 수한. 바로 그 순간! 시신(?)이 두 눈을 번쩍 뜬다.

"으억?! 죄송합니다! 죄송합니다! 아까 전에 했던 욕들은 그저… 엥?"

사르르르륵.

탁! 떼구르르르.

시신이 눈을 뜸과 동시에 바닥에 넙죽 엎드린 수한. 그런데 그 순간, 그의 의도와 무관하게 검선, 아니, 검선의 시신은 분분히 흩어지기 시작했다. 손이 닿자마자 고운 가루가 되어버린 태을검선의 시신. 그리고 그렇게 사라진 시신에서 뭔가가 떨어져 수한의 발치로 굴러왔으니…….

"구슬?"

수한의 주먹만한, 아니, 그보다 약간 더 큰 구슬. 그렇다. 뭔가 특별해 보이지 않는 그냥 그저 그런 구슬이었다. 아마 그 크기 때문에 구슬치기를 할 수조차 없는 평범한 구슬.

수한은 자신도 모르게 그것을 집어 들어 멍하니 바라봤다. 재질을 보건대 결코 구슬 모양의 영약이 아닌, 정말 말 그대로 옥구슬. 수한은 자신도 모르게 시신이 있던 단 위를 둘러보기 시작했다. 설마… 그러나 그의 시선에 보이는 건 오직 수북이 쌓여 있는 시신의 가루뿐.

"에? 앗? 설마?!!"

멍하니 서 있다가 번뜩 제정신으로 돌아온 수한. 그렇다. 시신이 왜 이제야 가루가 되었는지, 혹은 무슨 의도로 이런 현상이 일어났는지는 전혀 중요한 것이 아니다. 정작 중요한 것은 태을검선이, 그러니까 검선(劍仙)씩이나 되는 사람이 고작 구슬 하나만 남겼단 사실.

"설마? 그럴 리가 없어!! 고작 구슬 하나가 달랑?! 하다못해 비급, 아니지, 그보다 절세신병(絶世神兵)이나 영약이라도 있어야지!!"

태을검선이 남긴 옵션에 엄청 기대를 했던 수한. 마(魔) 속성이라는 자신의 제약을 생각, 비급 습득 같은 것은 애초에 기대조차 하지 않았다. 어차피 태을검선의 무공은 익히지도 못할 테니, 그저… 그저 조금 더 강해질 수 있는 그 무언가만 있으면 된다고 생각했는데……. 그런데 그 고생을 하고 그 결과물이 고작 구슬?

수한은 정말 좌절하고 절망했다. 이럴 수가! 이게 뭔가 대체! 비급이라면 납득이라도 할 수 있다. 심득이라는 말까지 썼으니, 적어도 무공에 관한 것이어야 하지 않은가? 그런데 구슬? 이게 대체 무슨 의미가 있다고!

"그래, 이럴 리 없어. 그래, 뭔가가… 뭔가가 또 있을 거야."

수한은 미친 듯이 주위를 살피기 시작했다. 뭔가 부스러기 비슷한 것이라도 있는지 샅샅이. 그러나 보이는 것이라곤 그저 시신에서 나온 가루뿐. 결국 수한은 인정할 수밖에 없었다.

소문난 잔치에 먹을 거 없다.

"이럴 수가?! 고작… 고작 구슬 하나?! 대체 이게 뭐길래?!"

지금까지 자신이 했던 고생과 태을검선에 대한 실망감. 수한은 복받쳐 오르는 분노에 구슬을 힘껏 집어 던지… 려다가 재차 구슬을 살피기 시작했다. 아무래도 이곳에 온 이후 아이템에 대한 집착이 더욱 커진 듯. 거기다 이곳에 들어오기 직전의 지도에 대한 기억이 그런 그의 행동을 막아섰다.

"그래, 일단 검선이 남긴 물건이야. 지도의 경우처럼 뭔가 특별한 게 있을 수도 있어."

그러자 손에 든 평범한 구슬이 왠지 특별해 보인다. 혹시 뭔가 특별한 기능이?

"그래, 이게 갑자기 절세기병으로 변한다거나, 혹은 껍질을 까먹는 영약일 수도 있어. 그래, 뭔가 다른 것일 수… 그러니까 제발… 정보창!!"

구슬을 부여잡은 채 부들부들 떨며 정보창을 소환한 수한. 그러자 그의 정면에 구슬에 대한 정보창이 뜬다. 그리고…

"크어어어어억! 이건?!"

눈앞의 정보창 내용에 기겁하는 수한. 전혀 예상치 못할 정도로 대단한, 아니, 이런 경우를 생각지 못해 정의조차 내릴 수 없는 엄청난 내용. 그것은 바로……

[태을검선의 심득(心得)]
종류:심득
등급:이벤트
속성:無
제한:無(습득 방법:스킬북의 스킬 습득과 동일)
무게: 5
내용:팔선 중 하나인 태을검선이 우화등선하기 직전, 세상에 닥칠 겁난을 우려, 자신의 깨달음을 유형화한 영기(靈氣)의 정화. 습득 시 현재 익히고 있는, 그리고 앞으로 익힐 모든 스킬 숙련도 +50%. 이벤트 발동에 따른 보너스 스탯 +500

무공서가 아니다. 그렇다고 영약 같은 것도 아니다. 하지만 그 두 가지를 모두 합친 것보다도 더욱 대단한 내용들. 익히고 있는 모든 스킬 숙련도를 올려? 그것도 앞으로 익힐 스킬까지? 거기다 보너스 스탯 +500? 이거야말로 진정한 먼치킨이다!!

그 엄청난 내용에 수한은 잠시 멍해졌다. 하지만 언제까지 진실(?)을 외면할 순 없는 노릇. 그의 뇌에 이 엄청난 내용들이 제대로 인식되는 순간, 환호성이 터져 나온다.

"이런 말도 안 되는!! 크카카카카카! 역시 검선!! 그 이름값을 하는구나!!"

심득(心得)이다. 무공이 아닌 심득이다. 그저 말로만 심득일 뿐 무공과 별다를 게 없을 줄 알았는데 무공서와는 전혀 다른 종류의 것이었고, 그 탓에 마(魔) 속성이란 무공 습득 제약을 슬쩍 벗어날 수 있었다. 왜 검선이 그토록 이곳에 오는 데 장애를 만들었는지 이제야 이해되는 대목. 거기다 습득할 경우 수한 자신이 가장 원하고 원하던 스킬 숙련도를 상승시킨다고 한다. 그것도 50%씩이나!! 아니, 놀라운 건 그뿐만이 아니다. 보너스 스탯 +500! 이건 정말 사기다!!

진정한 먼치킨 기연에 기쁨의 눈물까지 줄줄 흘리는 수한. 심지어 그는 자신이 제정신을 유지하고 있다는 것이 신기할 지경이었다.

"크카카카카카~ 역시 난 주인공이었어!!"

기쁨에 차 드디어 발광을 시작하는 수한. 그리고 그렇게 폭풍 같은 기쁨의 전율이 지나 어느 정도 이성을 되찾자, 수한은 황급히 구슬을 두 손으로 부여잡는다. 방금 전까진 그저 그런 구슬이었지만 이젠 더없는 소중한 보물 중의 보물. 혹시나 누가 낼름 집어갈까 걱정되는 모양이다.

"후우~ 후우~ 수한아, 진정해라, 진정. 그래, 일단 어서 습득해야 돼. 괜히 어물거리다가 또 무슨 일을 당할라."

쩨쩨하기가 하늘을 찌르고, 이번엔 잡템마저 수거할 줄 아는 철저함까지 깨달은 상태. 수한은 혹여 있을지 모를 불상사를 대비, 서둘러 심득 습득에 나섰다. 역시 이런 건 서둘러 익혀야 마음이 놓이는 법.

"습득!"

우우우웅—

수한의 외침과 함께 눈부신 빛을 뿜어내는 구슬. 그것은 이내 수한의 몸을 뒤덮는다. 그리고 그의 머리에 울리는 더없이 맑은 기계음.

띠링.

─태을검선의 심득을 습득하셨습니다. 심득의 습득에 따라 습득하신 모든 스킬의 숙련도가 50% 오르셨습니다.

─태을검선을 습득함에 따라 '구원자' 이벤트가 발동됩니다. 이벤트 발동에 따라 보너스 스탯 500을 얻으셨습니다.

"크카카카카! 숙련도 50% 상승! 드디어 이제 4단계 무공을 익힐 수 있다!!"

귀에 울리는 기계음에 연신 괴소를 터뜨리는 수한. 이제 정체되었던 아수라묵천마공은 목표 숙련도인 70%를 넘어 4단계 무공을 익힐 수 있게 되었다.

하지만 여기서 수한이 미처 생각지 못한 부분이 있었으니… 현재 그의 아수라묵천마공의 숙련도는 69.99%. 즉, 여기에 숙련도 50% 상승할 경우 당연히 아수라묵천마공은 대성(大成)의 경지가 아니겠는가? 자연 또 다른 기계음이 그를 경악시킨다.

띠링.

─내공심법, 아수라묵천마공을 마스터하셨습니다. 유니크 내공심법을 마스터하심에 따라 보너스 스탯 300을 얻으셨습니다.

─유니크 내공심법의 마스터와 이벤트 발동에 따라 환골탈태(換骨奪胎)가 시작됩니다.

우우웅!

뭔가 심상치 않는 소리와 함께 수한의 시야가 암흑이 된다. 그리고 이 생각지 못한 변화에 당황하는 수한. 하지만 이내 기계음의 내용을 상기하고 더욱 큰 기쁨에 휩싸인다.

"크카카카카카카~ 심법의 마스터? 그래서 보너스 스탯 300이 추가돼? 거기다 환골탈태? 크카카카카카카~ 하늘이시여, 왜 이렇게까지 저를 편애하십니까?"

　너무 좋아 입이 거의 찢어질 듯 벌어진 수한. 그러나 그의 기연은 여기서 끝난 것이 아니었다. 마치 현실에서 일어날 어.떤. 일.을 위로하듯, 하늘은 다시 한 번 더 수한에게 아량(?)을 베푼다.

　띠링.

　―환골탈태가 진행 중입니다.

　―환골탈태를 함에 따라 보너스 스탯 200을 얻으셨습니다.

　―환골탈태를 함에 따라 '극마지체(極魔之體)'를 이루셨습니다. 환골탈태가 끝난 뒤 상태창을 확인하십시오.

　― '극마지체'를 이룸에 따라 '수화불침(水火不侵)'과 '백독불침(百毒不侵)'을 습득하셨습니다. 환골탈태가 끝난 뒤 스킬창을 확인하십시오.

　― '극마지체'를 이룸에 따라 지금부터 레벨 1업 시 보너스 스탯 3씩 주어집니다.

　"크어어어억?! 한 번 더?!! 보너스 스탯 200에다 앞으론 보너스 스탯이 3씩 주어진다고?!! 거기다 수화불침, 백독불침?!"

　수한, 이제 두 눈이 뒤집힌다. 보너스 스탯 200을 더 얻은 것도 놀랍고, 이제 레벨 업할 때마다 보너스 스탯을 3씩 얻는 것도 놀랍다. 하지만 제일 놀라운 건 바로 백독불침. 그럼 이제 난 모든 독에 저항할 수 있는 신체?! 그렇다면 두 번째 관문의 아이템들을 전부 취할 수도 있다는 건가?

　"크아아아아아! 태을검선님, 싸랑해요~"

　광견병 걸린 개마냥 거품까지 무는 수한. 너무나 큰 기쁨에 이제 기절 직전이다. 이제 환골탈태만 끝나면 난… 그러나 하늘은 광분하는 수한의 정신 상태가 걱정이 되는지 한 템포 쉬는 여유를 베푼다.

띠링.

─환골탈태의 마지막 단계가 진행 중입니다. 캐릭의 전체적인 스탯치 상승 보정 및 이벤트 관련 정보 수정 작업이 있사오니 한 시간 후 재접속해 주십시오.

"에? 그냥 끝나는 게 아닌가? 클클클. 뭐, 할 수 없지. 고작 한 시간 후에 접속하는 건데. 클클클."

암흑 공간이 걷히자마자 바로 아이템들을 쓸어 담으려던 수한. 그러나 게임 시스템상 환골탈태씩이나 되는 현상이 그냥 이루어질 리 없는 모양이다. 그 탓에 한 시간 후 재접속을 요구하는 기계음. 이에 수한은 약간의 아쉬움을 느끼면서도 아이템이 도망갈 리 없다는 생각에 그냥 편하게 '로그아웃'을 외쳤다. 현실에서 무엇이 그를 기다리고 있는지 모른 채…….

푸슈슈슉!

"끄응, 엇차! 제법 오랫동안… 엥? 뭔가 좀 이상한데?"

로그아웃을 성공적으로 마친 뒤 막 게임 캡슐룸에서 일어나려던 수한. 그런데 왠지 자기 방에 위화감이 느껴진다. 뭔가 변한 것 같은데? 하지만 달리 생각하면 그리 변한 것도 없는 모습. 수한은 그냥 그런가 넘어가기로 하고, 답답한 방에서 빠져나왔다. 하긴 한 시간 뒤엔 충분한 독립 자금을 마련할 텐데 무슨 상관이랴? 그런데! 거실에 웬 자욱한 연기가?!

"허걱?! 설마 불?! 불이야!! 불이야!!"

"…혼자 개그하지 말고 그냥 여기 앉아라."

“에? 누나?”

자욱한 연기에 연신 ‘불이야’를 외치던 수한. 그는 거실 소파에 비스듬히 앉아 있는 수영의 모습에 뻘쭘해졌다. 설마 자욱한 연기가 담배 연기일 줄이야……

“무슨 너구리라도 잡을 일 있어? 왜 이렇게 줄담배야?”

“후우~ 수한아, 왜 그랬니?”

방금 전까지 좋던 기분이 누나의 담배 연기로 나빠지자 자연 말이 거칠어진 수한. 그러나 정작 수영은 담배 연기를 내뿜으며 도리어 뭔가 심상치 않은 분위기를 풍긴다. 이에 수한의 머리 속에 켜지는 적색경보.

“왜… 왜 그래, 그게 무슨 뜻이야?”

뭔지는 알 수 없지만, 워낙 당하는 입장이라 절로 말을 더듬는 수한. 이에 수영은 속으로 미소 지으며 더욱 분위기를 잡는다.

“내가 수차례 당부한 게 있었지? 외모를 늘 소중히 여기라고.”

“으으응, 그랬지.”

귀에 못이 박히도록, 거의 세뇌 수준으로 듣던 말이다. 뭐, 자신이 혼자만의 몸이 아닌 전국 모 단체의 자산이라나? 그 탓에 늘 피부 관리에다 바깥출입조차 허락받고 하는 신세가 되었다. 그런데 그 말을 왜 갑자기 지금?

톡.

“에? 이건?”

난데없이 탁자 위로 뭔가를 던진 수영. 가만히 살펴보니 누군가의 스캔 사진이다. 이에 수한으로선 더욱 의아해질 수밖에 없다. 갑자기 이게 무슨 뜻인지… 그런데 왠지 스캔 사진상의 얼굴이 낯이 익다? 흥

신악살을 방불케 하는, 사악의 극치를 표현한 험악한 인상. 그건 바로……

"커어억?! 이건?"

"크크크크. 그래, 네가 게임상에서 하고 다니는 얼굴이지. 설마 내가 모를 줄 알았냐?"

음침하면서도 사악한 오라가 수영의 주위를 감싸는 가운데, 수한은 순간 깊이를 알 수 없는 나락으로 빠지는 것을 느꼈다. 설마 이걸 알아낼 줄이야… 게임상으론 동영상 저장이나 스크린샷을 찍을 수 없다고 너무 방심했다. 하지만 자신의 누나가 누구던가? 이 정도 일이야 어떻게든 알아낼 수 있는 존재다. 그런데 그것을 잠시 잊었다니… 거기다 이 사실이 발각된 이상 단순히 혼(?)나고 끝날 문제가 아니다. 게임하는 조건들 중, 게임상 캐릭의 외모를 잘못 지정했을 경우 그 캐릭을 삭제한다고 했던가? 설마 하는 마음에 그걸 무시했었는데… 설마… 컥, 그건 안 돼!! 지금까지 그걸 어떻게 키웠는데! 거기다 이제 한 시간만 있으면, 드디어 독립 자금 조성이 완료되는데!!

"저… 누나, 그러니까 이미 만든 캐릭이니까… 아, 저, 그러니까……"

절대 캐릭 삭제를 해선 안 되는 상황. 자연 수한은 비굴의 극치를 달릴 수밖에 없다. 그러자 슬그머니 미소를 짓는 수영. 다행히 그녀 역시 캐릭을 삭제시킬 마음이 없었다. 하긴 실컷 부려먹어야 하는데 왜 삭제를 시키겠는가? 거기다 외모 수정 방법까지 있는 마당에.

"후우~ 걱정 마. 캐릭 삭제해서 다시 키우란 말은 하지 않을 테니. 내, 특.별.히. 봐주지. 하지만!! 환.골.탈.태.란 이벤트가 있을 때 외모 수정이 가능하다고 하니까, 그땐 반드시 내가 지정한 외모로 바꿔."

"에? 환골탈태?!"

수한은 속으로 뜨끔했다. 마치 자신의 현 상황을 아는 듯이 말하는 누나. 하지만 그럴 리가 없다.

'그래, 게임상에서 발생하는 일은 게임 회사에서조차 제어할 수 없다고 하던데… 어떻게 누나가 그걸 알겠어? 이런 사진도 어찌어찌 간신히 구했겠지. 그래, 억측일 거야.'

방금 전까지 자신의 게임 영상이 실시간으로 보여졌다는 사실을 전혀 모르는 수한. 그는 그저 우연이라 치부하며 누나의 능력에 감탄할 따름이었다. 대체 발이 얼마나 넓기에 이런 일까지 아는 건지… 그나저나 환골탈태로 외모를 바꾸면 그만인가? 캐릭 삭제까지 시킬까 봐 걱정했던 수한은 그렇게 내심 가벼운(?) 처벌에 안도의 한숨을 내쉬었다. 하지만! 수영의 말은 아직 끝난 것이 아니었다.

"그나저나 처벌은 받아야겠지?"

"에? 외모 변경으로 끝난 게 아니야?"

"후우~ 웃기고 있네. 그건 당연히 해야 할 일이고 처벌은 별개야. 후후후, 수진아!"

"이히히히히, 왜 지금 불러~ 기다린다고 얼마나 좀이 쑤셨는데. 이히히히. 수한아, 오랜만이양~"

"커커커커컥!"

갑자기 나타난 수진. 이에 수한은 숨조차 제대로 쉴 수 없었다. 평상시에도 거북한 존재였지만, 방금 전 게임에서의 일 때문에 더 더욱 마주 보기 껄끄럽다. 그런데 이런 상황에서 불쑥 등장하다니! 그러나 그런 수한의 속도 모른 채 그녀들은 더욱 수한을 절망의 구렁텅이에 빠뜨린다.

"이히히히. 기대해, 수한아. 이번엔 약간 옵션을 추가했어. 짜짠! 바니걸 의상에 스튜어디스, 그리고 간호사까지! 아참! 이 토끼 귀하고 고양이 귀도 있으니 기대해~ 이히히히. 어때, 네 취향에 맞니?"

"야, 수진아. 저번에 생각해 둔 세팅은 어떻게 됐냐?"

"아?! 그거? 걱정 마. 이번엔 약간 더 하드코어한 모션으로……."

온갖 코스프레 옷들이 난무하는 가운데, 뭐라 뭐라 별나라 얘기를 해대는 두 여자. 수한은 결국 언젠가의 그때처럼 재차 절규할 수밖에 없었다.

"크아아아아아! 이건 꿈이야!!"

그렇게 처절한 절규가 있은 뒤, 수한은 한 떨기 꽃잎으로 바스러졌다.

[제3권 끝]

◆설정집

[NEW WORLD 설명]

㈜F.C사가 운영하는 가상현실 게임. 크게 두 지역, 청제국과 팔라스 연합으로 나뉘어져 무림 세상과 판타지 세상을 구현하고 있다. 두 지역 사이엔 장백산맥(팔라스 연합 측에선 드래곤 산맥)이라 불리는 험난한 지역이 있어, 서로 간의 왕래가 거의 불가능하고—바다와 하늘 역시 제각기 파수꾼들이 존재, 원천적인 봉쇄—그 탓에 유저는 두 지역 중 한 곳을 선택, 게임을 즐길 수밖에 없다. 그러나 일설엔 어떤 특정 퀘스트를 달성할 경우 장백산맥을 넘어 타 지역에 갈 수 있다고 한다.

1. 청제국(青帝國) 설명

지역 특징:인간과 인간의 대립이 모토로, 타 게임보다 상대적으로 마물 존재가 극히 적다. 팔라스 연합보다 스킬 운용 방식이 월등히 앞서는 대신 스킬의 다양성이 뒤떨어지며, 일 대 일 대전 전문 게임 스타일을 지향하기에 문파전이나 비무전같이 수준 높은 대전을 원하는 유저가 선택하는 지역이다. 캐릭 보조로 쓰이는 아이템의 질과 양이 팔라스 연합 측보다 크게 뒤떨어지는 대신, 영약을 통한 영구적인 능력치 상승을 꾀할 수 있는 게 특징이다(단, 그 영약들 대부분이 레어 아이템 이상의 가치를 지니고 있다).

지역 구분:제국 전체를 하나의 황도(皇都)와 열아홉 개의 성(省)으로 나
눈다.

북경(=北京), 하북성(河北省), 하남성(河南省), 호남성(湖南省), 호북성(湖
北省), 청해성(青海省), 사천성(四川省), 운남성(雲南省), 광서성(廣西省), 광
동성(廣東省), 감숙성(甘肅省), 귀주성(貴州省), 섬서성(陝西省), 산서성(山
西省), 산동성(山東省), 강소성(江蘇省), 안휘성(安徽省), 절강성(浙江省), 복
건성(福建省), 강서성(江西省).

2. 팔라스 연합(Pallas Union) 설명

청제극과 달리 하나가 아닌 총 열두 개—최근엔 일곱 개 왕국으로 줄어들었
다고 한다—의 왕국으로 나뉘어져 마물에 대항하는 연합을 구축한 지역. 인
간과 마물 간의 대립을 모토로 일반적인 판타지 RPG 게임을 지향한다.
청제국보다 아이템의 질과 양이 월등히 앞서는 대신, 스킬들 대부분이 그
습득에 대한 직업별 제한이 있다(직업을 가져야 상급 스킬의 습득이 가능하
며, 일부 스킬에 대해선 습득이 불가능하다). 청제국에 비해 직업에 대한 얽
매임이 많은 대신, 보다 전문화된 스킬과 전직이 가능하다.

3. 경제 시스템

청제국/팔라스 연합
동자(銅子)=브론
은자(銀子)=실버

금자(金子)=골드

10,000동자(브론)=100은자(실버)=1금자(골드)

4. 기타 게임상 설정

사망 시 패널티:레벨 10% 하락, 아이템 30% 드롭, 5일간 접속 불가(게임 시간으로는 거의 20일)

급소 타격 시(크리티컬):인체의 치명적인 부위를 가격할 경우, 일반 데미지의 5배에서 10배에 해당하는 추가 데미지를 입힐 수 있다.

단, 영수나 보스 급 몬스터, 그리고 특수 무공을 익힌 경우 급소가 없을 수도 있다.

[각 능력치에 관한 설정]

성명:유저가 게임상에 쓰는 이름

별호:일정 레벨과 명성치를 얻을 경우, 게임상 여론의 힘으로 자동 생성되는 또 하나의 이름(생성 시 성명보다 주로 별호로 불리게 된다)

직업:게임상 유저가 가지고 있는 직업

성향:캐릭이 가지는 성격 및 행동 양식. NPC와의 관계, 무공에 따른 성향(속성)—무공 습득에 대한 제한을 부여(정(正), 중도, 사(邪), 마(魔)), 일반 NPC들과 유저들에게 가지는 성향—일반적으로 몹과 일반 NPC들을 구분하는 척도(우호, 중간, 적대)

레벨:유저가 명성치와 경험치를 환원해 이룬 레벨의 수치

근력(STR):캐릭의 힘이 얼마나 센지 알려주는 수치. 물리 데미지(공격력)와 물리 스킬 데미지를 증가

민첩(DEX):캐릭의 몸놀림이 얼마나 빠르고 정확한지를 나타내는 수치. 공격 시전 속도, 신법류 스킬 시전에 큰 영향을 주며, 회피율에 가산되어 방어력어 큰 영향. 부수적으로 크리티컬 확률과 명중률에도 영향

근골(CON):캐릭이 얼마나 강하고 튼튼한지 나타내는 수치. 근골 및 최대 HP량, 체력에 큰 영향

지력(INT):캐릭이 얼마나 많은 지식을 가지고 있는지 나타내는 수치. 스킬 발동 시 그 위력에 큰 영향

지혜(WIS):캐릭이 얼마나 머리 회전이 빠르고 응용력이 있는지를 나타내는 수치. 스킬 발동 시 MP 소모량과 스킬 발동 속도에 영향. 부수적으로 스킬 조합 성공 확률을 높임(히든 피스로 지혜가 높을 경우 스킬 숙련도보다 빠르기 오른다고 함)

공력(MEN):캐릭이 내적으로 얼마나 강인한지 나타내는 수치. 최대 MP량에 영향

운(LUCK):캐릭이 얼마나 운이 있는지 나타내는 수치. 아이템 획득 기회 및 더미지 회피에 일부 영향

보너스 스탯:레벨 업이나 퀘스트 달성 후 주어지는, 유저가 자체 활용 가능한 스탯 수치

생명(HP):캐릭의 생명을 나타내는 수치. 이 수치가 0이 되면 사망

내공(MP):캐릭의 내공(마나)을 나타내는 수치

공격력:캐릭이 상대에게 줄 수 있는 최대 물리 데미지 수치(크리티컬과 스킬 운용을 고려하지 않을 경우)

방어력:캐릭이 상대에게서 공격(데미지)을 방어하는 수치(자체적인 방어력과 회피율 환산)

체력:캐릭의 체력(Stamina)을 나타낸 수치

포만감:캐릭의 공복 정도를 나타낸 수치

[각 능력치 계산 방법]

공격력:근력*1+민첩*0.5(레벨 2 UP 시 +1)

방어력:민첩*1+근력*0.2(레벨 5 UP 시 +1)

생명:체질*50(레벨 1 UP 시 +10)

내공:공력*20(레벨 1 UP 시 +5)

체력:근력*10+체질*20+공력*30(단, 표시는 %로 되어 그 수치를 알 수 없음). 50% 이하일 경우 움직임 20% 둔화. 10% 이하일 경우 움직임 50% 둔화. 0% 이하일 경우 졸도

포만감:공력*10+근력*20+체질*30(단, 표시는 %로 되어 그 수치를 알 수 없음). 10% 이하일 경우 한 시간당 현 생명 수치의 10%씩 감소. 0% 이하일 경우 아사(餓死)

보너스 스탯(인간형 캐릭을 기준):레벨 500 미만(한계 레벨 499까지) 레벨 1 UP 시 +1. 레벨 500 이상 레벨 1 UP 시 +3(특수한 체질의 경우 다소 변동 사항이 있을 수 있음)

각 능력치는 아이템이나 영약, 스킬 등으로 상향 조정 가능

운(LUCK)이 높을 경우:레벨 UP 시 능력치 중 하나가 랜덤으로 추가 상승(기연, 깨달음). 몬스터를 잡은 뒤 아이템 획득 확률 상승. 죽음의 패널티의 경우 아이템 드랍 확률 저하

[별호 시스템(아래 조건은 어디까지 유저에게만 적용, 청제국을 기준)]

일정 레벨 이상, 그리고 일정 명성치를 습득한 경우 별호를 가질 수 있음. 단, 인위적인 호칭이 아닌 NPC들에 의한 성향 분석에 따른 게임 자체

적인 호칭이 부여(명성치는 선악(善惡) 구분이 없다)

레벨 100 이상, 명성치 1000 이상일 때부터 별호를 습득

레벨 200 이상, 명성치 5000 이상일 때 별호 뒤에 군(君)이 붙는다

레벨 300 이상, 명성치 15000 이상일 때 별호 뒤에 왕(王)이 붙는다

레벨 400 이상, 명성치 50000 이상일 때 별호 뒤에 황(皇)이나 제(帝)가 붙는다

인간형 NPC나 유저의 레벨 제한:400대(레벨 499가 한계)

레벨 500 이상, 명성치 500000 이상일 때 별호 뒤에 선(仙)이나 존(尊)이 붙는다

어떤 특정 깨달음을 얻거나 조건을 충족했을 때야 비로소 레벨 500을 달성. 그 경우 인간이 아닌 반신(半神, Demi God)의 경지

[무공 등급(아이템 등급)]

삼급 무공(기본공):초보들이 익히는 가장 기본적인 무공(스킬), 대표적인 예로 삼재검법이 있다

이급 무공:무관에서 퀘스트를 달성할 경우 습득 가능한 무공. 이를 익힌 뒤에야 제대로 된 무사로 취급받을 수 있다

일급 무공:일류 고수의 척도. 이를 마스터할 경우 절정고수까지 승급 가능

레어 급 무공:절정 이상 고수만이 익힐 수 있는 상승 무공

유니크 급 무공:오직 선택된 소수의 사람만이 익힐 수 있는 초절정무공

등급 외(이벤트):히든 피스

〈참고〉

삼급 내공심법 마스터 시 보너스 스탯 +10

이급 내공심법 마스터 시 보너스 스탯 +50

일급 내공심법 마스터 시 보너스 스탯 +100

레어 내공심법 마스터 시 보너스 스탯 +200

유니크 내공심법 마스터 시 보너스 스탯 +300

[무공(스킬)(청제국 기준)]

대부분 스킬이 '무공'이란 이름으로 비급(스킬북), 혹은 NPC를 통해 익힐 수 있다

무공 습득 시 제한 조건(특수한 유니크 무공의 경우, 제한 조건이 다를 수 있음)

─내공 계열의 무공:지력과 지혜가 일정 수치 충족되어야 습득 가능

─외공 계열의 무공:근력과 민첩이 일정 수치 충족되어야 습득 가능

무공의 구현(내공 계열의 무공의 경우):습득 조건이 지력과 지혜임에도 정작 그 스킬의 위력을 가중시키는 요소는 근력과 민첩이다. 그런 이유로 내공 계열의 캐릭을 키울 때 고른 능력치 배분이 필수. 단, 후반에 들어갈수록 그만큼 강력한 위력을 발휘

무공 습득 시 세 가지(정(正), 사(邪), 중도, 마(魔)는 제외) 무공 속성 중 오직 하나만을 선택, 그 속성상의 무공만을 익힐 수 있음

특수 무공의 경우(예를 들어 오행(五行)의 한 가지 특징을 극대화한 무공) 그 외 다른 모든 무공을 익힐 수 없다

자동 생성 스킬:유저가 특수한 조건을 완수할 경우 자동으로 생성되는 스킬

예)구걸하기:생성 조건은 포만감 수치를 1% 이하로 유지한 채 마을 대

로에서 누워 있기 & 지나가는 NPC에게 구걸 성공(확률 30%)

NPC에게 동정을 사서 일정 확률로 돈이나 음식을 얻는다. 대성할 경우 상위 스킬 '미친 척하기'를 습득

특수 스킬 : 일정 기준 이상의 레벨과 특정 스킬의 숙련도에 따라 비급(스킬북)에 무관하게 자동으로 생성되는 스킬

예) 검기(劍氣), 검강(劍罡)

[특수 스킬]

레벨(NPC는 그 레벨에 어울리는 능력치를 가졌을 경우)과 무공의 숙련도에 따라 무공서 없이 자동으로 생성되는 최상급 스킬(특수한 레어, 유니크 무공인 경우 조건에 상관없이 자동으로 습득 가능)

1)검기(劍氣) : 레벨 200 이상, 이급 이상의 검법 마스터 시 습득 가능(레벨 300어 마스터 가능)

크리티컬 확률 +10% 본신 공격력 3배(팔라스 연합의 Sword Aura와 동일)

2)도기(刀氣) : 레벨 200 이상, 이급 이상의 도법 마스터 시 습득 가능(레벨 300에 마스터 가능)

크리티컬 확률 +5% 본신 공격력 3.5배

3)권풍(拳風) : 레벨 200 이상, 이급 이상의 권법 마스터 시 습득 가능(레벨 300에 마스터 가능)

명중 시 스턴 효과 3초간 지속(시전자보다 저렙일 경우). 본신 공격력 3배. 장거리 공격 가능(숙련도에 따라 사전 거리가 길어짐)

4)장막(掌幕) : 레벨 200 이상, 이급 이상의 장법 마스터 시 습득 가능(레벨 300에 마스터 가능)

장력으로 이루어진 막을 형성, 상대의 공격을 방어, 혹은 공격(권풍과 거의 동일)

본신 공격력의 3배 방어력 형성(스킬 시전 동안 계속 MP 소모)

5)검막(劍幕):검기 마스터 시 습득 가능

검기로 이룬 막을 만들어 상대의 공격을 방어

본신 공격력(검의 공격력 포함)의 3배 방어력 형성(스킬 시전 동안 계속 MP 소모)

6)도풍(刀風):도기 마스터 시 습득 가능

도기로 이루어진 바람의 칼을 방출

크리티컬 확률 +5% 본신 공격력 3.5배. 장거리 공격 가능(숙련도에 따라 사정 거리가 길어짐)

7)검강(劍罡):레벨 300 이상, 일급 이상의 검법 마스터 시 습득 가능(레벨 400에 마스터 가능)

크리티컬 확률 +20% 본신 공격력 6배(팔라스 연합의 Aura Blade와 동일)

8)도강(刀罡):레벨 300 이상, 일급 이상의 도법 마스터 시 습득 가능(레벨 400에 마스터 가능)

크리티컬 확률 +10% 본신 공격력 7배

9)권강(拳罡):레벨 300 이상, 일급 이상의 권법 마스터 시 습득 가능. 권풍에다 강기를 함께 방출(레벨 400에 마스터 가능)

명중 시 스턴 효과 5초간 지속(시전자보다 저렙일 경우). 크리티컬 확률 +5%, 본신 공격력 5배. 장거리 공격 가능(숙련도에 따라 사정 거리가 길어짐)

10)검환(劍丸):검강 마스터 시 습득 가능

크리티컬 확률 +30%, 본신 공격력 9배. 장거리 공격 가능(MP 소모 속도에 따라 사정 거리 조절)

11)도환(刀環):도강 마스터 시 습득 가능

크리티컬 확률 +15%, 본신 공격력 9.5배. 장거리 공격 가능(MP 소모 속도에 따라 사정 거리 조절)

12)장환(掌環):레벨 400 이상, 일급 이상의 권법, 장법 마스터 시 습득 가능. 둥근 고리 모양의 두 개 강환(罡環)을 조절

크리티컬 확률 +10%, 본신 공격력 7배. 장거리 공격 가능(MP 소모 속도에 따라 사정 거리 조절)

13)호신강기(護身罡氣)—레벨 400 이상, 일급 이상 내공심법 마스터 시 or 레벨 300 이상 레어 급 이상 권법 마스터 시 몸 주위에 강기막을 둘러쓴다

방어력 5배(본신 자체 방어력을 기준). 상대 크리티컬 확률 50% 감소(시전하는 동안 계속 MP 소모)

14)이형환위(移形換位):레벨 400 이상, 레어 급 이상의 신법 마스터 시 습득 가능

10초간 스킬 시전자의 잔상을 남김. 10초간 시전자의 체감 속도(이동, 공격 속도 모두 포함) 10배 고속화. 한 번 시전 시 MP 소모량 500(숙련도가 올라감에 따라 점차 줄어듦)

[청제국 십대고수]

일황삼제육왕(一皇三帝六王)

무극검황(無極劍皇) 무허 레벨 445—곤륜파의 장로(정파)

단천도제(斷天刀帝) 이연 레벨 414—낭인(정사 중간)

옥화편제(玉花鞭帝) ? 레벨 410—편법의 달인. 여중제일고수(정사 중간)

암영살제(暗影殺帝) ? 레벨 401—천하제일살수. 살수지왕(사파)

반불권왕(半佛拳王) 공현 레벨 398—소림사 방장(정파)

천무검왕(天武劍王) 천무 레벨 385—유저 중 최고렙(정파)

녹림천왕(綠林天王) 초류성 레벨 378—녹림삼십육채 총채주(사파)

천향검왕(天香劍王) 태허 레벨 376—무당파 장문인(정파)

장강용왕(長江龍王) 파진군 레벨 375—장강십팔채 총채주(사파)

구룡창왕(九龍槍王) 호용 레벨 372—황궁제일고수. 군문제일고수(정사 중간)

[묵천마신교 주요 고수]

천마혈존(天魔血尊) 레벨 701—전대 묵천마신교의 교주(암천룡주의 대리인)

소수마제(素手魔帝) 레벨 499—묵천마신교의 부교주(교주 보좌)

흑살마제(黑殺魔帝) 레벨 465—내총관. 교 내 본단의 일을 책임. 경비대와 내원 소속 무사들 관리. 흑살장이 특기

독수마제(毒手魔帝) 레벨 456—외총관. 분타와 평신도들을 책임. 외원 소속 무사들을 관리. 독을 주로 다룸

지옥혈제(地獄血帝) 레벨 445—겸을 무기로 씀. 혈천마인대(血天魔人隊)의 대주

염라혈제(閻羅血帝) 레벨 443—염라권의 달인. 염라천인대(閻羅千人隊)의 대주

수라혈제(修羅血帝) 레벨 420—조법이 특기. 수라만마대(修羅萬魔隊)의 대주

묵천암영(墨天暗影) 레벨 405―마교의 비밀 무기(별호에 칭호 부여가 되지 않음). 교주 직속 묵천십팔도객을 이끄는 수장

[묵천마신교의 주요 무력 집단]

마교 5대 무력:묵천십팔도객(墨天十八刀客), 호교원(護敎院), 수라만마대(修羅萬魔隊), 염라천인대(閻羅千人隊), 혈천마인대(血天魔人隊)

1)묵천십팔도객(墨天十八刀客):교주 직속 무력 단체. 레벨 405의 수장과 레벨 300대 후반의 절정고수 열일곱 명. 한 명당 열 명의 절정고수(레벨 300 중반)의 수하를 거느림

2)호교원(護敎院):흑살마제가 관리하는 무력 단체. 본단 내원의 고수들을 주축으로 하였으며, 그 수는 유동적.

단, 마교 5대 무력 중 가장 많은 고수를 보유하고 있다고 추측됨

3)수라만마대(修羅萬魔隊):수라혈제가 관리하는 무력 단체. 레벨 300대 후반의 다섯 명의 부대주. 총 다섯 개 소대(한 소대당 레벨 300 중반의 고수 50명)를 보유

4)염라천인대(閻羅千人隊):염라혈제가 관리하는 무력 단체. 레벨 300대 후반의 네 명의 부대주. 총 4대 소대(한 소대당 레벨 300 초중반의 고수 150명)를 보유

5)혈천마인대(血天魔人隊):지옥혈제가 관리하는 무력 단체. 레벨 300대 중반의 열 명의 부대주. 총 열 개의 소대(한 소대당 레벨 300대 초반의 고수 100경)를 보유

6)마영대(魔影隊):부교주. 소수마제 직속 무력 단체. 레벨 300 중반의 대주와 부대주. 나머지는 레벨 200대 중후반의 일류고수들(약 700여 명). 무력 단체이기 전에 정보 수집 단체

7)원로원(元老院):은퇴한 노고수들이 모인 단체. 그 인원은 늘 유동적이며, 그리 큰 힘을 발휘 못한다(원로원에 소속된다는 건 언제 죽어도 알 수 없을 만큼 기력이 쇠진했다는 의미다)

8)백팔독귀대(百八毒鬼隊):독수마제가 관리하는 무력 단체. 무력 단체라기보단 독을 연구하는 연구 단체. 타 무력 단체와 달리 다양한 레벨대의 고수들(107명)을 보유. 가끔 분타에 문제가 생기면 해결사 노릇을 한다

[옥화편제(더 윕)의 상태창과 아이템 목록]
성명:더 윕 별호:옥화편제(玉花鞭帝)
직업:편수(낭인) 성향:중도(중간)
레벨:410
근력(STR):105(+450)
민첩(DEX):200(+350)
근골(CON):50(+150)
지력(INT):10(+300)
지혜(WIS):10(+300)
공력(MEN):100(+250)
운(LUCK):5(+200)
보너스 스탯:0
생명(HP):14100/14100 내공(MP):9050/9050
공격력:1035(+700) 방어력:743(+2200)
체력:99% 포만감:99%

1)신속의 부츠(Rapid Boots)

종류:부츠(Boots) 등급:레어

속성:풍(風) 제한:민첩 100 이상

내구력:10000/10000 무게:1

설명:민첩 +50, MP 50 소모로 '헤이스트(Haste, 일정 시간 동안 시전자의 체감 속도(이동, 공격 속도 모두 포함) 2배 고속화)' 사용 가능

2)오우거 로드 장갑(Ogre Lord Gloves)

종류:장갑(Gloves) 등급:유니크

속성:지(地) 제한:레벨 300 이상 & 근력 200 이상

내구력:15000/15000 무게: 50

설명:근력 +200 특수 스킬 '오우거의 분노(Ogre' s Anger, 일정 시간 동안 근력 수치를 2배로 만듦)' 사용 가능

3)공간의 벨트(Belt of Space)

종류:벨트(Belt) 등급:유니크

속성:천(天) 제한:레벨 300 이상 & 민첩 200 이상

내구력:무한 무게:5

설명:민첩 +100, 근력 +50 '블링크(Blink, 일정 거리 내로 순간 이동)' 사용 가능

4)수호의 귀고리(Earring of Protection)

종류:귀고리(Earring) 등급:레어

속성:성(聖) 제한:마(魔) 속성 사용 불가능

내구력:무한 무게:0.1

설명:방어력 +200, '앱설루트 실드(Absolute Shield, 방어력 50000의 실드. 하루 한 번 시전 가능)' 사용 가능

5)치유의 축복(Benediction of Healing)
종류:목걸이(Necklace) 등급:유니크
속성:성(聖) 제한:마(魔) 속성 사용 불가능
내구력:무한 무게:0.1
설명:공력 +100, 운 +50, '힐링 웨이브(Healing Wave, 자신을 포함한 근처 우호 성향의 모든 인물들의 HP를 회복)' 사용 가능

6)죽음의 세례(Baptism of Death)
종류:반지(Ring) 등급:유니크
속성:마(魔) 제한:성(聖) 속성 사용 불가능 & 총능력치 총합 2000 이상
내구력:무한 무게:0.1
설명:공격력 +200, 크리티컬 확률 +50% 특수 스킬 '죽음의 손(Death Hand, 자신의 최대 HP량만큼 상대에게 무조건적으로 데미지를 입힌다. 하루 한 번 시전 가능)' 사용 가능. 본래 마(魔) 속성 존재만이 사용 가능한 물건이나 원주인(데스 로드)을 봉인한 카오틱 드래곤이 이 물건에 금제를 한 탓에 그 능력(본래 이벤트 급 아이템)과 제한이 많이 낮춰진 상태

7)전격의 반지(Ring of Lightning)
종류:반지(Ring) 등급:레어
속성:천(天) 제한:지혜 수치 100 이상
내구력:무한 무게:0.1

설명:지혜 +50 전격 저항력 +200%, '체인 라이트닝(Chain Lightning, 전격 마법 공격 스킬)' 사용 가능

8)텔레포트 반지(Ring of Teleport)

종류:반지(Ring) 등급:레어

속성:천(天) 제한:지력 수치 100 이상

내구력:무한 무게:0.1

설명:지력 +50. '텔레포트(Teleport, 기억된 특정 좌표로 반지 소유자를 공간 이동)' 사용 가능

9)불의 제왕(Lord of Fire)

종류:팔찌(Bracelet) 등급:유니크

속성:화(火) 제한:화(火) 속성. 저항력이 100% 이상 & 능력치 총합이 1000 이상

내구력:무한 무게:1

설명 지력, 지혜 +100. 화(火) 속성 저항력 +200% '헬파이어(Hellfire, 화계 마법 공격 스킬. 하루 세 번 시전 가능)' 사용 가능

10)신의 가호(God's Blessing)

종류:팔찌(Bracelet). 등급:이벤트

속성:성(聖) 제한:마(魔) 속성 사용 불가능 & 나나(Nanna)의 인정을 받을 것

내구력:무한 무게:1

설명:전 스탯 +100. 특수 스킬 '기적(The Miracle, 시전 자에게 가장 좋

은 방향으로 상황을 진행시킴. 한 달에 한 번 시전 가능)' 사용 가능. 공격으로 인한 모든 상태 이상(저주, 독, 스턴, 기절) 무효화

11) 쉐도우 댄서(Shadow Dancer)

종류: 채찍(Whip) 등급: 유니크

속성: 풍(風) 제한: 민첩 250 이상

공격력: 500 내구력: 30000/30000 무게: 30

설명: 민첩, 근력 +50 특수 스킬 '월영난무(月影亂舞, 시전 자 근방 5미터 모든 지역에 전체 공격력의 3배 데미지를 입힌다)' 사용 가능

12) 카오틱 드래곤 슈트(Chaotic Dragon Suit)

종류: 슈트(Suit) 등급: 이벤트

속성: 혼돈(Chaos) 제한: 주신(主神)의 인정을 받을 것

방어력: 2000 내구력: 무한 무게: 5

설명: 모든 속성에 저항력 +100% 전 스탯 +50. 특수 스킬 '드래곤 피어(Dragon Fear, 시전 자보다 저렙인 주위 모든 개체에게 60초간 무조건적인 스턴 상태 부여. 하루 세 번 시전 가능)' 사용 가능